셜록 홈즈 모험 걸작선

셜록 홈즈 모험 걸작선

지은이 · 아서 코난 도일 | **옮긴이** · 박지현

펴낸이 · 오광수, 진성옥 | **펴낸곳** · **새론북스**

편집 · 김창숙, 박희진 | **마케팅** · 최대현, 김진용

주소 · 서울시 용산구 갈월동 101-49 고려에이트리움 713호

TEL · (02) 3275-1339 | **FAX** · (02) 3275-1340

http://www.dreamnhope.com | jinsungok@empal.com

초판 1쇄 인쇄일 · 2013년 7월 15일 | **초판 1쇄 발행일** · 2013년 7월 20일

ⓒ 새론북스

ISBN 978—89—93536—37—9 (03840)

*도서출판 꿈과희망은 새론북스의 계열사입니다.

*책값은 뒤표지에 있습니다. 잘못된 책은 바꾸어 드립니다.

셜록 홈즈
Sherlock Holmes

모험 걸작선
Adventure

아서 코난 도일 지음 | 박지현 옮김

새론북스

차 례

위스테리아 별장

(The Adventure of Wisteria Lodge)

위스테리아 별장
(The Adventure of Wisteria Lodge)

　내 수첩을 보면 이 사건은 1892년 2월말 무렵, 바람이 매우 세게 부는 날이었다고 쓰여 있다.

　점심을 먹고 있는데 전보가 배달되고, 홈즈가 무엇인가 답장을 썼다. 거기에 대해서는 말이 없었으나, 무척 신경에 거슬리는지 식사가 끝나자 생각에 잠긴 얼굴로 벽난로 앞에 섰다. 그리고는 파이프의 연기를 피워올리며 가끔 전보 쪽으로 눈길을 보내곤 했다. 내가 물었다.

　"그 전보에 뭐라고 쓰여 있는데 그러나?"

　홈즈는 큰 소리로 전보를 읽었다.

믿을 수 없을 만큼 이상한 일을 당했음. 조사 의뢰차 찾아갈 것임.

– 스콧 에클스 –

"전보를 친 게 남자일까, 여자일까?"

"남자가 틀림없을 거야. 여자였다면 굳이 돈들여 전보치기보다는 곧장 찾아왔을 테니."

"만날 생각이 있는 건가?"

"왓슨, 캐러더스 대령 사건이 정리되고 나서 내가 얼마나 무료해 하는지 알잖나? 금방이라도 헛도는 기계처럼 내 마음이 고장날 것만 같다네. 일을 하기 위해 만들어졌는데, 그 일에 굶주리고 있으니 말이야. 이런 생활은 너무 평범하고, 신문도 읽을 만한 기사가 없네. 범죄의 세계에서 범죄다운 범죄는 자취를 감추어 버린 것이 아닌지 모르겠어. 그런데도 자네는 사건을 맡을 건지를 내게 묻는 겐가? 비록 그것이 대수롭지 않은 거라고 해도 말일세. 아! 사건 의뢰자가 도착한 모양인 걸."

계단에 발소리가 들리고, 이내 방으로 안내된 사람은 다부진 체격에 키가 크고, 새치가 섞인 구레나룻을 기른 위엄을 갖춘 신사였다. 근엄한 표정에 점잖은 태도를 하고 있으나, 무엇인가 놀라운 일을 당한 모양인지 침착성을 잃고 있었으며, 머리카락이 흐트러지고, 얼굴에는 흥분의 기색이 짙었다. 신사는 화를 억누르는 듯한 태도로 곧 용건을 꺼냈다.

"나는 설명하기 어려운 매우 이상하고 불쾌한 일을 겪었습니다. 홈즈 씨, 지금까지 살면서 이런 일은 처음입니다. 무슨 일이 있어도 의문을 풀지 않고는 견딜 수 없을 것 같소."

홈즈가 달래듯 말했다.

"우선 앉으십시오, 스콧 에클스 씨. 먼저 한 가지 물어보겠습니다. 특별히 나를 찾아오신 이유가 있습니까?"

"뭐, 경찰에게 맡길 만큼의 일도 아닌 것 같고……, 내가 사실을 말씀드리면 이 일을 그냥 지나칠 수 없다는 걸 알게 될 겁니다. 여지껏 사립탐정은 나와는 아무 관련이 없는 부류로 생각했었는데 이런 일을 겪고 보니……."

"그런데 왜 곧장 오시지 않았습니까?"

"그건 무슨 뜻이지요?"

홈즈는 흘끗 회중시계를 꺼내 보며 말했다.

"벌써 2시간 15분이 지났습니다. 전보를 친 게 1시경이었죠? 그런데 당신의 머리나 복장이 흐트러져 있는 것으로 보아, 눈을 떴을 때부터 걱정스러운 일이 있었던 걸 알 수 있습니다."

에클스 씨는 빗질을 하지 않은 머리를 매만지고, 면도를 하지 않은 턱을 어루만지며 말했다.

"맞습니다, 홈즈 씨. 몸단장 같은 건 생각하지도 못했지요. 그런 집에서는 한시바삐 나오고 싶었습니다. 하지만 이곳에 오기 전에 이곳저곳 돌아다니며 수소문을 좀 해봤지요. 부동산업자에게도 가봤는데, 가르셔 씨는 집세도 밀린 것이 없고 여하튼 아무 문제가 없다고 하더군요."

홈즈가 웃으며 말했다.

"당신은 여기 내 친구 왓슨 같군요. 이 사람은 이야기의 앞뒤를 혼동하는 나쁜 버릇이 있답니다. 제발 머릿속을 가다듬고, 순서대로 이

8

야기해 주십시오. 당신이 그토록 허둥지둥 상의하러 온 사건이라는 걸 차근차근히 말입니다."

에클스 씨는 서글픈 얼굴로 자신의 흐트러진 모습을 둘러보았다.

"그렇군요. 이거 내가 엉망입니다, 홈즈 씨. 지금까지 한 번도 이런 일을 당한 적이 없으니까요. 자, 그 이상야릇한 이야기를 시작하겠습니다. 듣고 나면, 내가 왜 이렇게 허둥지둥거렸는지 이해하시게 될 겁니다."

하지만 에클스 씨의 이야기는 그 첫머리부터 중단되어야 했다. 현관이 어수선하더니, 여주인 허드슨 부인이 문을 열고 두 남자를 안내하고 들어왔던 것이다. 한 사람은 낯익은 경시청의 그레그슨 경감이었다. 경감은 홈즈에게 악수를 청하며, 데리고 온 남자를 소개했다.

"이분은 세리 주 경찰서에 근무하는 베인스 경감입니다. 우리는 서로 협력해서 범인을 수사중입니다. 그리고 그 단서 중의 하나가 이리 온 것을 알고……."

그렇게 말하더니 불독을 닮은 그의 눈을 에클스 씨에게 돌리며 물었다.

"당신은 리이 마을의 포펌 별장에 사는 스콧 에클스 씨죠?"

"그렇습니다."

"아침부터 당신을 뒤쫓고 있던 중입니다."

홈즈가 말했다.

"전보로 행방을 알아낸 모양이군요."

"그렇습니다, 홈즈 씨. 채링크로스 우체국(채링크로스는 런던의 한복판으로 가장 번화한 곳)에서 전보를 친 사실을 알고 이곳으로 직행했습니다."

"그런데 어째서 나를 뒤쫓는 겁니까, 무슨 일로요?"

"위스테리아 별장에 사는 가르셔 씨가 어젯밤 살해당한 사건에 관해 설명을 듣기 위해서입니다."

에클스 씨는 눈이 휘둥그레지며 벌떡 몸을 일으켰다. 그의 얼굴에는 핏기가 없어 보였다.

"뭐라구요? 지금 죽었다고 했습니까?"

"그렇습니다. 죽었습니다."

"왜 죽었나요? 사고입니까?"

"틀림없는 살인입니다."

"그럴 리가! 설마, 나를 의심하는 건 아니겠죠……."

"죽은 사람의 주머니에서 당신의 편지가 발견되었고, 어제 그 집에 묵으려 했다는 사실을 알고 있습니다."

"묵었습니다."

"역시 그랬군요."

경감은 경찰 수첩을 꺼냈다. 홈즈가 입을 열었다.

"잠깐, 그레그슨 경감. 당신은 이분에게 여과없이 있는 그대로의 설명을 듣고 싶지는 않습니까?"

"에클스 씨, 직무상 경고합니다만, 그 설명은 나중에 불리한 증거로 쓰일지도 모릅니다."

"에클스 씨가 막 이야기를 시작하려고 하던 때에 당신들이 찾아온 겁니다. 왓슨, 소다수를 탄 위스키를 준비해 주겠나? 자, 에클스 씨, 듣는 사람이 늘었다는 것에는 신경쓰지 말고 이야기를 계속하시기 바랍니다."

에클스 씨는 위스키를 단숨에 들이켰고 이내 얼굴에 홍기가 돌았다. 에클스 씨는 경감의 수첩을 신경질적으로 한번 쳐다보고는 곧 이야기를 시작했다.

"나는 독신이지만 사교성이 많은 편이라 친구가 많습니다. 그 중 한 명인 멜빌 씨는 켄싱턴의 앨브마를 저택에 살고 있는데, 원래 양조장을 하던 사람입니다. 그런데 그의 초대를 받아 간 자리에서 가르셔라는 젊은 사람을 소개받았습니다. 스페인계의 사람으로, 대사관과 어떤 관계가 있는 것으로 알려져 있었습니다. 영어도 잘하고, 태도도 공손하며, 아주 잘생긴 사람이었지요.

어떻게 된 일인지 나는 이 젊은 사람과 급속히 친해지게 되었습니다. 가르셔는 처음부터 나에게 친근감을 가지고 있었던 모양인지, 만난 지 이틀 만에 리이 마을의 우리집으로 놀러 왔습니다. 그리고 이번에는 내가 가르셔가 사는 위스테리아 별장으로 초청되었습니다. 위스테리아 별장은 에셔와 옥스숏 중간쯤에 있는데, 나는 그 약속을 지키려고 어제 저녁 그의 집으로 갔던 겁니다.

가르셔는 내가 방문하기 전에 자기 집 사정에 대해 들려 주었습니다. 자기는 충직한 하인을 데리고 있는데, 그 사람도 스페인 사람이지만 영어를 할 줄 알고, 자신을 대신해서 집안을 꾸려 나간다고 하더군요. 그리고 요리사는 혼혈인으로 가르셔가 여행중에 만난 사람인데,

요리 솜씨는 나무랄 데 없으나 영어를 할 줄 모른다고 했습니다.

위스테리아 별장은 에서에서 남쪽으로 3km 가량 떨어진 곳에 있어서, 나는 그곳까지 마차로 갔습니다. 집은 길에서 약간 들어간 곳에 있는 상당히 큰 별장이었는데, 아름드리 떡갈나무 사이로 마찻길이 나 있었습니다. 손질한 지가 언제인지 낡고 황량한 건물이었습니다. 마차가 비바람에 색바랜 현관 앞에 멈추어 섰을 때, 나는 그제서야 그렇게 친해지지 않은 사람의 집을 찾아간 것을 후회했습니다.

하지만 곧 가르셔가 달려나와 진심으로 나를 맞이해 주었습니다. 그리고 얼굴색이 거무스름한 하인이 내 가방을 들고 침실로 안내해 주더군요. 집안은 어디를 보나 우중충했습니다.

저녁식사는 가르셔와 마주 앉아 했습니다만, 그는 정신이 딴 데 팔려 있는 모양인지 도무지 앞뒤가 안 맞는 이야기만 해댔습니다. 그리고 쉴 새 없이 식탁을 두드리고 손톱을 씹는 등, 신경이 곤두서 있었습니다.

음식도 별로 자랑할 만한 것은 아니었고, 무뚝뚝한 하인이 심각한 표정으로 시중을 들었기에, 도저히 즐거울래야 즐거울 수가 없는 시간이었습니다. 나는 그날 밤 안으로 어떤 구실을 만들어서라도 돌아가야겠다고 몇 번이나 생각했습니다. 참, 이 두 경감께서 수사하고 있는 사건과 관계가 있을 것 같은 일이 하나 생각납니다. 그때는 그렇게 생각하지도 않았습니다만, 저녁식사가 끝나갈 무렵, 하인이 편지 한 통을 갖고 들어왔습니다. 가르셔는 그것을 읽고는 정신이 나간 듯한 태도가 더 심해진 듯 보였습니다.

아예 나와의 대화도 잊은 채, 골똘히 생각에 잠기는가 하면, 줄담배를 피워대는 것이었습니다. 하지만 그 편지 내용에 관해서는 한 마디도 하지 않았습니다. 그럭저럭 11시가 되어 침대에 들어가니, 그제서야 살 것 같더군요. 잠시 뒤, 가르셔가 캄캄한 침실문을 조금 열고 물었습니다.

'초인종을 눌렀나요?'

'그런 일 없었는데요.'

내가 그렇게 대답하자 가르셔가 말했습니다.

'잘못 알았군요. 실례했습니다. 벌써 1시가 다 되었으니 푹 쉬십시오.'

그리고 그는 돌아갔습니다. 나는 피로가 몰려오면서 깊이 잠들었습니다. 음, 여기에서부터 매우 이상야릇한 일이 벌어집니다. 내가 눈을 떴을 때는 사방이 환했습니다. 시계를 보니 9시 정도 되었더군요. 8시에 깨워달라고 부탁해 두었는데 이럴 수가 있나 싶어 초인종을 눌렀습니다. 응답이 없더군요. 몇 번이고 다시 눌렀지만 마찬가지였습니다. 그래서 초인종이 고장났나 싶어 급히 옷을 입고 화가 나서 아래층으로 내려갔습니다. 그런데 놀랍게도 아무도 없지 뭡니까!

나는 현관까지 걸어가 큰 소리로 사람을 불러 봤지만, 집 안은 쥐 죽은 듯 고요했습니다. 그래서 닥치는 대로 방문을 열어 봤지만 사람의 그림자는 보이지 않았습니다. 가르셔가 어젯밤 자기 침실을 알려주었기에, 그의 침실도 노크해 보았습니다. 하지만 응답이 없더군요. 나는 손잡이를 돌려 안으로 들어가 보았습니다.

방 안은 텅 비어 있었고, 침대는 사람이 잔 흔적도 없었습니다. 외국인인 집주인과 외국인 하인, 외국인 요리사까지 모두 하룻밤 사이에 자취를 감춘 겁니다."

홈즈는 이야기를 다 듣고 나더니, 자못 흥미롭다는 듯 두 손을 비비며 물었다.

"당신의 경험은 정말 이상하군요. 그래, 그 다음에 당신은 어떻게 하셨습니까?"

"나는 화가 머리끝까지 치밀어올랐습니다. 처음에는 장난치고 있다는 생각에 괘씸했죠. 그래서 짐을 챙겨 현관문을 쾅 닫고는, 가방을 손에 들고 에서 마을로 걸어갔습니다. 그리고 마을에서 그 지방 부동산 소개소인 앨런 브러더스 사에 들러 물어보니, 가르셔가 그 소개소에서 위스테리아 별장을 빌렸다는 것을 알 수 있었습니다. 내가 부동산 소개소를 찾아가 봤던 이유는, 어쩌면 장난이 아니라 집세가 밀렸기 때문이 아닌가 생각했기 때문입니다. 그러나 그곳 사람들에 의하면 집세는 이미 지불되어 있다는 것입니다.

그래서 나는 런던에 돌아와서 그 길로 스페인 대사관을 찾아갔습니다. 대사관에서 가르셔라는 인물에 대해 아는 바가 없다고 하더군요. 그래서 다시 멜빌을 찾아갔지요. 그의 집에서 처음 가르셔를 알게 되었으니까요. 하지만 오히려 멜빌이 나보다 그를 더 모르고 있었습니다.

그래서 홈즈 씨에게 전보를 치고 이렇게 찾아 뵌 겁니다. 홈즈 씨는 난처한 입장에 빠진 사람들에게 지혜를 빌려 주신다기에…….

그런데 경감님, 아까의 말씀으로는 살인사건이 일어난 모양인데, 명백히 밝혀두지만 지금 이야기한 것은 틀림없는 사실이며, 그밖에 가르셔의 운명에 대해서는 전혀 아는 바가 없습니다. 내가 할 수 있는 범위 안에서 경찰에 협력하겠다는 것밖에는 더 할 말이 없군요."

그레그슨 경감이 부드럽게 말했다.

"그건 잘 알고 있습니다, 에클스 씨. 당신이 이야기한 것은 모두 사실과 일치하는 것 같습니다. 예를 들어, 저녁식사 때 가져왔다는 편지 말입니다. 그 편지는 어떻게 됐는지 아십니까?"

"예, 압니다. 가르셔가 구겨 벽난로 속으로 던져넣더군요."

"맞습니다. 베인스 경감."

베인스 경감은 단단한 몸집의 혈색이 좋은 사람으로서, 얼핏 낙천적인 면이 엿보였으나 움푹 패인 눈만은 날카롭게 빛나고 있었다. 베인스 경감은 입가에 미소를 띠며 주머니에서 그을린 종이 한 장을 꺼냈다.

"가르셔가 벽난로 깊숙히 던져넣어서 타지 않았습니다."

홈즈가 빙그레 웃으며 감탄하는 투로 말했다.

"벽난로 깊숙한 곳까지 조사했다니 정말 철저하십니다."

"철저를 기한다는 것이 나의 수사 방침입니다. 홈즈 씨, 읽어 볼까요. 그레그슨 경감?"

그레그슨이 고개를 끄덕였다.

"편지는 크림 색의 보통 편지지이며, 작은 가위로 두 군데 가량 잘려져 있습니다.

세 번 접어 보라색 초로 봉인을 했는데, 초는 급히 칠한 것 같으며, 그 위에 무엇인가 평평하고 둥근 것으로 눌렀습니다. 받을 사람은 '위스테리아 별장의 가르서 씨'로 되어 있고, 내용은 다음과 같습니다.

'우리의 색은 녹색과 백색. 녹색은 열리고, 백색은 닫힘.
정면 계단, 제 1 복도, 오른쪽에서 일곱 번째, 녹색 커튼,
부디 성공하기를. D로부터.'

여자가 쓴 모양인지 가는 펜으로 쓰여 있습니다만, 받을 사람의 주소는 다른 펜으로 썼던가 아니면 다른 사람이 쓴 겁니다. 보시다시피 글씨가 큽니다."

홈즈가 다시 한 번 내용을 읽어 본 다음 말했다.

"보기 드문 편지로군요. 그리고 세밀한 점까지 주의를 기울인 것은 훌륭합니다. 베인스 경감. 그런데 두서너 가지 첨가할 수가 있겠습니다. 원형의 봉인 자국은 평평한 커프스 버튼으로 누른 겁니다. 달리 그런 모양을 갖고 있는 것은 없으니까요. 그리고 가위는 손톱 화장용입니다. 가위 자국이 휜 것을 보면 알 수 있습니다."

베인스 경감이 다소 멋쩍게 웃으며 말했다.

"철저히 조사했다고 생각했는데, 그래도 빠뜨린 점이 있었군요. 그 편지로 짐작할 수 있는 것은, 무엇인가 음모가 꾸며지고 있었고, 또 늘 그렇듯이 그 그늘에는 여자가 있었다는 것이군요."

에클스 씨는 그 동안 침묵을 지키고 있다가 다시 입을 열었다.

16

"그 편지를 발견해 낸 것은 다행스런 일입니다. 내 이야기가 진실이라는 것이 증명되었으니까. 그런데 가르셔 씨가 어떻게 죽었는지 알고 싶군요."

그레그슨 경감이 말을 받았다.

"가르셔 씨의 운명은 이렇습니다. 오늘 아침 집에서 2km 가량 떨어진 옥스숏 커먼 공유지에서 시체로 발견되었습니다. 머리를 모래 주머니 같은 것으로 강하게 얻어맞은 모양인지 사체가 형편없이 망가져 있었습니다.

현장은 외진 곳으로, 400~500m 이내에는 집이 없습니다. 처음에는 뒤쪽에서 때린 것으로 보이나, 범인은 상대가 죽은 뒤에도 계속 내리친 것 같습니다. 대단히 지독한 범행입니다. 발자국은 없었고, 그 밖에 범행의 단서가 될 만한 것도 발견할 수 없었습니다."

"도난당한 것은?"

"무엇을 훔쳐간 흔적은 없습니다."

스콧 에클스 씨가 울상이 되어 말했다.

"어떻게 그런 끔찍한 일을……. 이거 내가 무척 곤란한 처지가 되었군요. 가르셔가 밤중에 나가 그런 봉변을 당한 것은 나와 아무런 상관이 없다고는 하나, 내가 그 사건에 말려든 결과가 되었으니……."

베인스 경감이 말했다.

"그건 어쩔 수 없는 일입니다. 시체의 주머니 속에서 발견된 거라고는 당신의 편지뿐이었고, 또 거기에는 그날 밤 가르셔의 집에 당신이 묵겠다는 말이 적혀 있었습니다. 피살자의 이름과 주소를 알게 된 것도 당신이 보낸 편지 덕분입니다. 오늘 9시가 지나 피살자의 집으로 갔으나, 집 안에는 당신도 없었고 다른 사람들도 없었습니다. 나는 그레그슨 경감에게 런던에서 당신을 찾아봐 달라고 요청을 해 놓고, 위스테리아 별장을 샅샅이 조사했습니다. 그리고 그레그슨 경감은 에클스 씨가 친 전보를 근거로 해서 당신이 이곳에 온다는 것을 알아냈습니다."

그레그슨 경감이 일어서며 말했다.

"전신국의 협조가 컸습니다. 하여간 이 사건의 수사상 에클스 씨의 구술서를 받아 두어야겠으니 경찰서까지 가주시면 고맙겠습니다."

"그렇게 하죠. 하지만, 홈즈 씨. 계속 이 사건의 진상을 조사해 주십시오. 비용은 아끼지 마시고……."

홈즈가 베인스 경감을 바라보며 말했다.

"내가 이 사건 수사에 관여해도 이의가 없겠습니까?"

"물론입니다. 에클스 씨의 정식 의뢰를 받은 이상."

"경감은 현재까지 철저하게 수사를 전개해 온 것 같은데, 피살자가 죽은 정확한 시간에 관한 단서가 있었습니까?"

"새벽 1시부터 시체는 현장에 있었던 것으로 생각됩니다. 그 시각부터 비가 내렸으니까요. 가르셔가 1시 이전에 살해된 것은 확실합니다."

에클스가 외쳤다.

"그럴 수는 없습니다. 내가 가르셔의 목소리를 잘못 알아들었을 리가 없습니다. 그는 내 침실에 와서, 1시가 되었으니 자라고 말했는 걸요."

홈즈가 미소를 지으며 말했다.

"이상하기는 하지만, 결코 불가능한 일은 아닙니다."

그레그슨 경감이 의아스러운 표정으로 물었다.

"무슨 근거라도?"

"얼핏 보기에 이 사건은 그렇게 복잡한 건 아닌 것 같습니다. 하기야, 좀 특이하고 흥미로운 특색이 없는 것은 아닙니다만, 마지막 결정적인 의견을 내놓기 전에, 좀더 사실을 알아둘 필요가 있습니다. 그런데, 베인스 경감. 집 안을 조사했을 때 편지 외에 무엇인가 이렇다 할 물건은 없었나요?"

베인스 경감은 놀란 눈으로 홈즈의 얼굴을 바라보고 말했다.

"두어 가지 눈길을 끄는 것이 있었습니다. 우리 경찰서의 일이 끝날 무렵 오셔서 의견을 나눌 수 있겠습니까?"

홈즈가 초인종을 누르며 대답했다.

"그러기로 하지요. 허드슨 부인, 손님들이 가신답니다. 손님들이 돌아가시거든 곧 사환을 시켜 전보를 치게 해주십시오. 회신료 5실링을 첨가해서."

손님들이 돌아간 뒤, 우리는 잠시 말없이 앉아 있었다. 홈즈는 담배를 뻐끔거리며 이마에 깊은 주름을 잡고 있더니, 갑자기 나를 보고 물었다.

"자네는 이 사건을 어떻게 생각하나?"

"뭐가 뭔지 모르겠는 걸."

"하지만 살인에 대해서는?"

"그야, 피살자의 하인들이 자취를 감춘 것으로 보아 그들이 이번 살인에 어떤 관계가 있어 도망간 것이 아닌가 생각하네."

"그것도 생각에 넣을 수는 있지. 그러나 자네도 인정하겠지만, 두 하인이 주인을 배신하고, 더구나 손님이 온 날 밤에 그를 해치운다는 건 좀 이상하지 않나? 다른 날 밤에 혼자 있을 때 얼마든지 할 수 있었을 텐데 말이야."

"그렇다면 왜 도망갔을까?"

"왜 도망갔는지가 문제지. 다음 문제는 에클스 씨의 기묘한 체험일세. 자, 왓슨. 이 사실들을 연결지어 가설을 세워 보세. 만일 그 가설로 이상야릇한 글귀가 적힌 수수께끼의 편지도 설명할 수 있다면 그건 가설로서 인정할 가치가 있을 걸세."

홈즈는 눈을 지그시 감고 등받이에 몸을 기댔다.

"에클스 씨가 기묘한 일을 겪은 것은 단순한 장난으로는 생각되지 않네. 그 뒤에서 중대한 사건이 진행되고 있었다는 것은 가르셔의 죽음으로도 짐작이 가는 일이야. 에클스 씨를 위스테리아 별장으로 오게 한 것도 그 사건과 관계가 있어."

"어떤 관계가?"

"하나하나 생각해 보세. 가르셔가 에클스와 갑자기 친해진 것은 어딘지 모르게 부자연스러운 구석이 있네. 적극성을 띤 것은 가르셔 쪽이었는데, 그는 에클스와 만난 바로 다음 날 런던의 반대쪽 끝에 있는 에클스의 집을 방문했네. 가르셔는 그 뒤에도 에클스와의 친분을 애써 두텁게 하고는, 마침내 위스테리아 별장으로 초대를 했지. 에클스에게 무엇을 바란 것일까? 나는 에클스에게 남다른 인간적인 매력이 있다고는 생각하지 않네. 그런 에클스가 오히려 유머가 풍부한 스페인 사람과 친해질 것 같지 않거든. 가르셔가 알게 된 사람은 그 밖에도 많이 있을 텐데, 그 중에서 왜 에클스가 가장 목적하는 바에 적합하다고 선택되었을까? 무슨 특별한 특성이 있는가? 나는 있다고 생각하네. 에클스 씨는 전형적인 영국 특유의 근엄한 신사일세. 증인으로서 다른 영국인들을 믿게 하기에는 안성맞춤이지. 자네도 들은 것처럼, 에클스의 진술에는 상식을 벗어난 내용이 있었지만, 두 경감은 그것을 의심하려 들지 않았지."

"그럼 에클스가 어떤 일의 증인이 되었다는 건가?"

"일이 이렇게 되고 보니 아무런 소용이 없게 되었지만, 만일 다른 결과가 되었다면 중대한 증인이 되었을 것 같네. 이게 내 생각일세."

"알겠어. 가르셔가 에클스의 침실에 들른 시각에는 다른 장소에 없었다는 알리바이가 필요했던 것이 아닐까?"

"바로 그걸세. 왓슨. 에클스가 초대된 까닭은 바로 가르셔의 알리바이를 위해서였을 거야. 지금, 가령 위스테리아 별장 사람들이 한 덩어리가 되어 어떤 계획을 세웠고, 그 시각을 밤 1시 이전으로 잡았다고 가정해 보세. 벽시계를 조금만 앞으로 돌려놓으면, 에클스를 진짜 시간보다도 그만큼 빨리 잠자리에 들게 하는 것은 어려운 일이 아니지. 하여간 가르셔가 1시라고 말했을 때의 실제 시간은 12시쯤이었을지도 모를 일이야.

가르셔가 어떤 일을 했든 간에, 그 일을 끝내고 그 시각까지 돌아와 있었다면, 나중에 비록 심문을 받게 된다 해도 걱정할 것이 없지 않을까? 흠잡을 데 없는 근엄한 영국 신사가 가르셔는 그 시각에 집에 있었다고 증언해 줄 테니 말일세."

"음, 그것은 이해가 가네만, 하인들이 자취를 감춘 것은 무슨 이유일까?"

"아직 사실을 모두 밝혀낸 것은 아니지만, 설명이 불가능한 것은 아니라고 생각하네."

"그리고 그 편지에는 어떤 의미가 있지?"

"이런 글귀였지. '우리의 색은 녹색과 백색' 경마와 비슷하군. '녹색은 열리고, 백색은 닫힌다.' 이건 분명히 어떤 신호일세. '정면 계단. 첫 번째 복도, 오른쪽에서 일곱 번째, 녹색의 커튼' 이건 장소의 지정일세. 위험한 모험인 것 같아. 그렇지 않고서는 '부디 성공하기를'이라고 기원까지 할 필요가 없지 않은가! 'D'로부터' 이 부분은 안내를 맡은 사람일 거야."

"그 남자는 스페인 사람이었다고 했지? 'D'는 스페인에 흔한 여자 이름인 돌로레스(Dolores)를 의미하는 것이 아닐까?"

"그럴듯하군, 왓슨. 하지만 그 가정은 들어맞지 않겠는 걸. 스페인 사람끼리의 편지라면 스페인어로 쓰는 것이 상식이지. 편지를 쓴 사람은 분명히 영국인일세. 어쨌거나 그 베인스라는 유능한 경감이 부르러 올 때까지는 잠자코 기다리는 걸세."

베인스 경감이 되돌아오기 전에 홈즈가 치게 한 전보의 회신이 도착했다. 홈즈는 그것을 읽고 주머니에 넣으려고 하다가, 내가 궁금해하는 것을 알고는 웃으면서 그것을 넘겨 주었다.

"사건은 신분이 높은 사람 쪽으로 옮겨가는 걸."

전보 내용은 이름과 주소를 나열한 것이었다.

— 핼링바이 경 — 딩글 저택. 조지 포리옷 경 — 옥스숏 저택. 치안판사 하인스 씨 — 퍼디 저택. 제임스 베이커 윌리암스 씨 — 포턴 올드 홀 저택. 핸더슨 씨 — 하이 게이블 저택. 조슈어 스톤 교수 — 니더 월슬링 저택 —

"이것이 우리가 수색해야 할 구역일세. 조직적인 머리를 갖고 있는 베인스 경감도 틀림없이 같은 손을 쓰고 있을 것으로 생각되지만."

"무슨 말인지?"

"그래? 가르셔가 저녁식사를 할 때 받은 편지는 어느 집의 구조를 나타내고 있는 것이 확실하네. 그런데 정면 계단을 올라가 복도에서 일곱 번째 문이라면, 그 집이 꽤 크다는 것을 알 수 있지. 또한 그 집이 옥스숏에서 2~3km 정도 밖에 떨어져 있지 않다는 것도 확실해지네.

왜냐하면 가르셔는 그 방향으로 걸어가고 있었고, 알리바이가 성립되도록 1시까지는 위스테리아 별장에 돌아올 생각이었기 때문일세. 옥스숏 부근의 규모가 큰 저택이라면 그 수가 뻔하므로, 에클스가 들러 봤다는 부동산 소개소에 전보를 쳐서, 그럴 만한 저택의 주인과 그 명칭을 적어 보내달라고 부탁한 것일세. 그게 바로 이 전보이고, 문제의 저택은 이 중의 하나일 걸세."

그날 저녁, 홈즈와 나는 베인스 경감과 함께 서리 군의 에서라는 아름다운 마을에 도착했다. 홈즈와 나는 불 여관에 방을 정하고 나서, 베인스 경감의 안내로 위스테리아 별장으로 향했다. 춥고 어두운 3월의 밤이어서, 차가운 바람과 이슬비가 얼굴을 때렸다.

추위에 떨며 가라앉은 기분으로 3km 가량 걸어, 도로를 향해 나 있는 높은 나무문이 있는 곳까지 왔다. 문을 들어서서 어두운 마찻길을 걸어가니, 잿빛 하늘을 배경으로 낮은 집 한 채가 검게 웅크리고 있고, 현관 왼쪽 창에서 희미한 불빛이 새어 나오고 있었다.

"경관 한 명을 집 안에 배치해 두었습니다. 창을 두드려 봅시다."

베인스는 그렇게 말하고 잔디밭을 가로질러, 창 밑으로 가서 창문을 두드렸다. 그러자 벽난로 앞의 의자에서 한 사람이 벌떡 일어서는 것이 보이더니, 뭐라고 소리를 지르며 허둥지둥 현관으로 달려나와 문을 열었다. 그 경관의 얼굴은 창백했고, 촛대를 들고 있는 손이 부들부들 떨리고 있었다.

베인스 경감이 날카롭게 물었다.

"무슨 일인가, 월터스?"

경관은 손수건으로 이마를 닦고, 안도의 숨을 몰아쉬었다.

"이제, 오셨으니 살 것 같습니다. 시간가는 것이 왜 그리 더디던지……."

"자네는 담력이 큰 줄 알았는데, 잘못 봤군."

"그야……, 이렇게 쓸쓸하고 쥐 죽은 듯한 집 안에서 혼자 있어 보십시오. 그리고 부엌 쪽에서 이상한 소리가 나지 뭡니까. 그러고 있는데 갑자기 경감님이 창문을 두드리는 바람에 또 나타난 줄 알고 기겁을 했지요."

"또 나타나다니, 뭐가?"

"틀림없는 악마예요. 창문 밖에 나타났었어요."

"창문 밖에 뭐가 나타났었단 말인가? 언제쯤이지?"

"두 시간쯤 전입니다. 어둠이 짙어지기 시작할 무렵이었지요. 의자에 앉아 소설책을 읽고 있었는데, 문득 고개를 들어 보니 유리창 너머로 이쪽을 바라보고 있는 얼굴이 있는 겁니다. 아, 그 기괴한 얼굴! 나는 아마도 매일 밤 그 얼굴을 꿈에 볼 것 같습니다."

"여보게, 월터스! 경관답지 않게 그게 무슨 소린가!"

"하지만 어쩔 수 없습니다. 거짓말을 한들 무슨 소용이 있겠습니까? 검정도 아니고 흰색도 아니고, 흙덩이에 우유를 엎지른, 그런 이상한 색깔이었습니다. 그 얼굴의 크기가 경감님의 두 배는 되어 보였습니다. 또, 그 얼굴, 주먹만한 눈을 부릅뜨고, 굶주린 짐승 같은 흰 이가 드러나 보였습니다.

정말입니다. 경감님, 그놈이 휙 사라지기 전까지는 손가락 하나 움직일 수 없었고, 숨이 꽉 막혔습니다. 그놈의 모습이 사라지고 나서야 밖으로 달려나가 정원 숲 속을 살펴보았습니다만, 다행히 아무것도 없더군요."

"자네가 착실한 사람이라는 걸 알고 있지 않았다면 점수가 깎일 일인 걸. 비록 진짜 악마였다고 하더라도, 근무중의 경관이 그놈을

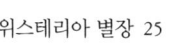

잡지 못하고 사라진 것을 다행으로 여기다니, 혹시 피로해서 잘못 본 건 아닌가?"

홈즈가 소형 칸델라에 불을 붙여 잔디 위를 살펴보고 나서 말했다.

"월터스 경관이 한 말은 사실입니다. 여기에 굉장히 큰 발자국이 있습니다. 다른 신체 부위도 발만큼 크다면, 대단한 거인일 겁니다."

"그래요, 그럼 어디로?"

"덤불 속을 빠져나가 도로 쪽으로 간 모양입니다."

베인스 경감은 심각한 얼굴이 되어 말했다.

"그놈이 누구든, 또한 무슨 일로 왔든 간에 지금은 도망가고 없습니다. 하지만 우리에게는 당장 할 일이 있습니다. 자, 홈즈 씨, 집 안을 안내해 드리겠습니다."

침실과 거실을 샅샅이 살펴보았으나 아무것도 찾아낼 수가 없었다. 가르셔는 자기의 소유물은 아무것도 없이, 모든 도구와 가구까지 갖춘 상태에서 집을 빌린 모양이었다.

런던의 막스 회사의 상표가 붙은 의류가 몇 벌 나왔다. 이 회사에서도 이미 전보로 조회해 보았지만, 그 회사에서는 지불이 깨끗한 손님이라는 것밖에는 가르셔에 대해서 아는 것이 없었다. 그리고 가르셔의 개인 소유물로는 담배 파이프와 서너 권의 스페인어 소설, 구식 권총, 기타 등이 전부였다.

베인스 경감은 촛불을 들고 방에서 방으로 돌아다니며 말했다.

"이런 잡동사니로는 도움이 안 되겠군요. 그럼, 홈즈 씨, 부엌 쪽을 살펴봐 주시기 바랍니다."

부엌은 뒤뜰 쪽으로 난 음침한 방으로, 한구석에 짚이 깔려 있는 것은 요리사의 잠자리였을 것으로 생각되었다. 테이블 위에는 먹다 남은 음식 찌꺼기가 남아 있는 지저분한 접시가 몇 개 놓여 있었다. 경감이 말했다.

"이걸 보십시오, 어떻게 생각하십니까?"

그리고 촛불을 들어 식기 선반 위에 놓여 있는 묘한 물건을 가리켰다. 말라 비틀어져 줄어들고 주름이 간 그것이 원래 무엇이었는지 분간할 수는 없었다. 마치 검은 가죽 같은 것으로 만든 작은 인형으로 보였다. 얼핏 보기에는 미라가 된 흑인의 갓난아이 같기도 하지만, 자세히 보니 얼굴이 일그러진 나이 먹은 원숭이 같기도 했다. 그 한가운데에 흰 조개 껍질을 엮은 띠가 이중으로 말려 있었다.

홈즈가 그 이상한 물건을 들여다보며 말했다.

"흥미 있군요. 뭐, 다른 것도 있습니까?"

베인스 경감은 말없이 하수도 쪽으로 걸어가 불을 밝혔다. 큼직한 흰 새가 깃털이 여기저기 흩어진 채 죽어 있었다. 홈즈가 새를 집어 들고 머리 위의 볏을 가리키며 말했다.

"흰 수탉입니다. 흥미 진진하군요. 아주 재미있는 사건입니다."

베인스 경감은 조리대 밑에서 들통을 끌어냈다. 거기에는 피가 가득했다. 이번에는 큰 쟁반을 들어냈는데, 거기에는 자잘한 뼈가 수북했다.

"무엇인가 살해되고 태워진 겁니다. 이건 모두 불 속에서 긁어낸 것인데, 오늘 아침 의사의 자문을 구해 보았습니다. 의사 말로는 사람의 것은 아니라고 합니다.”

홈즈는 미소를 머금고 말했다.

“경감, 이런 까다로운 사건에 손대고 있다는 것을 축하드립니다. 당신의 능력은 시골 경찰로는 아까울 정도입니다.”

베인스 경감의 작은 눈이 기쁜 빛을 띠었다.

“그렇습니다, 홈즈 씨. 우리는 지방에 묻혀 이렇다 할 기회도 없이 한 평생을 썩고 말지요. 워낙 조용한 시골이니까요. 하지만 이런 사건이 일어나면 출세의 기회가 주어질 수도 있지요. 나는 그걸 잡아 볼까 합니다. 그런데 이 뼈를 어떻게 생각하십니까?”

“양일까요, 아니면 송아지?”

“그럼, 흰 수탉을 어떻게 생각하시는지요?”

“묘합니다, 경감. 실로 이상야릇합니다.”

“맞습니다. 이 집에는 묘한 짓을 하는 묘한 자들이 모여 있었던 것이 틀림없습니다. 그 중 하나가 죽었습니다. 하인이 뒤쫓아가 죽였을까요? 그렇기만 하다면 붙잡을 수 있습니다. 항구마다 감시망을 쳐두었으니까요. 하지만 내 생각은 전혀 다릅니다.”

“그럼, 어떤 짐작이라도?”

“한번 부딪쳐 볼 생각입니다, 홈즈 씨. 성공하면 내 명예가 오르겠지요, 당신은 이미 명성을 얻고 있습니다만, 나는 이제부터입니다. 당신의 도움없이 해결할 수 있다면 그게 가능해집니다.”

홈즈가 기분 좋게 웃었다.

“그렇습니다, 경감. 이 사건에서 당신은 당신의 소신을 밀고 나가고, 나는 나의 길을 가보기로 합시다. 내가 조사한 자료는 언제든 기꺼이 제공해드리겠습니다. 요청만 하시면 됩니다. 자, 이 집에서는 볼 만한 것은 다 본 것 같으니, 어딘가 다른 곳에서 시간을 보내는 것이 좋을 것으로 생각됩니다. 그럼, 이만 실례합니다. 행운을 빕니다."

다른 사람으로서는 도저히 짐작할 수 없는 일이겠지만, 나는 홈즈가 지금 몇 가지 단서를 잡고 그것을 맹렬히 뒤쫓고 있다는 것을 느낄 수 있었다. 겉으로는 달라진 것이 없지만, 눈에 빛이 더하고 태도가 기민해진 것으로 보아, 그는 이미 사냥감을 눈앞에 보고 있는 것이 틀림없었다. 늘 그래 왔지만 홈즈는 내게 아무 말도 하지 않았고, 나 역시 아무것도 묻지 않았다. 나로서는 사냥감을 잡는데 동행해 주는 것만으로도 충분했고, 홈즈의 팽팽히 긴장한 신경을 쓸데없는 말참견으로 흐트러트릴 필요가 없는 것이다. 때가 오면 다 알게 될 테니까.

그래서 나는 마냥 기다렸지만, 그런 보람도 없이 며칠이 지나도록 홈즈는 아무런 활동도 하지 않았다. 어느 날 아침 홈즈는 런던에 다녀 왔는데, 그가 무심코 흘린 말로 그가 대영박물관에 다녀왔다는 것을 알았다. 그 밖에는 혼자 산책을 하거나 친해진 마을 사람들의 잡담으로 시간을 보냈다.

이윽고 홈즈가 말했다.

"왓슨, 시골에서 이렇게 1주일을 지내는 것은 자네에게도 크게 도움이 될 걸세. 생울타리에 새싹이 돋고, 개나리가 노랗게 꽃을 피우는 것을 지켜본다는 것은 즐거운 일이 아닌가. 작은 부삽과 채집함, 그리고 식물학 입문서를 들고 돌아다니면 좋은 시간을 보낼 수 있다네."

홈즈는 그런 소도구를 마련하여 어딘가를 쏘다니다가 해질녘에 돌아왔지만 채집한 식물은 별것이 없었다. 어쩌다가 함께 마을을 어슬렁거리다가 가끔 베인스 경감을 만나는 일도 있었지만, 경감도 사건에 대해서는 별말이 없었다. 그런데 사건이 있고 닷새 정도가 지난 아침, 신문을 읽던 나는 다음과 같은 제목에 크게 놀랐다.

– 옥스숏 사건 해결. 살인 용의자 체포 –

내가 소리내어 제목을 읽자, 홈즈가 무엇에 찔린 사람처럼 후닥닥 일어섰다.
"뭐라고? 베인스 경감이 범인을 잡았다고?"
"그런 것 같은데……."
나는 그렇게 말하고 기사를 읽기 시작했다.

– 어제 저녁 늦게 옥스숏 살인사건의 용의자가 체포됨으로써, 에셔의 주민들은 흥분을 가라앉히지 못하고 있다. 이미 보도한 것처럼, 위스테리아 별장의 가르셔 씨가 옥스숏 커먼 공유지에서 죽은 채로 발견되었는데, 시체에는 심한 폭행을 당한 흔적이 있었다.
더구나 그날 밤 하인과 요리사가 도주함으로써 그들이 범죄에 관계가 있는 것으로 생각된다. 위스테리아 별장에는 무엇인가 귀중품이 있었고, 그것을 탈취하려는 것이 범행 동기가 아닌가 생각되나, 아직 그 증거는 드러나지 않고 있다.

사건을 담당한 베인스 경감은 도주한 범인의 은신처를 찾는 데 수사의 초점을 맞추었다. 그래서 두 하인이 멀리까지는 도망가지 못하고 미리 준비한 은신처에 숨어 있으리라는 확신을 가졌다.

범인 중 한 사람인 요리사는, 그의 얼굴을 본 증인들의 말에 의하면 황갈색 피부에 흉하게 생긴 거인이라고 한다. 이 남자는 범행이 있었던 다음 날 밤, 대담하게도 위스테리아 별장에 나타났고 이를 월터스 경관이 목격한 바 있다. 베인스 경감은 거기에도 무슨 목적이 있는 것으로 보고 다시 나타날 것을 예상하여, 위스테리아 별장의 경계를 풀고 정원 숲 그늘에 경관을 잠복시켰던 것이다. 범인은 어젯밤 이 덫에 걸려 격투 끝에 붙잡혔는데, 다우닝 순경은 그 과정에서 범인에게 물려 중상을 입기도 했다. 이 용의자의 체포로 사건 수사는 크게 진전될 것으로 보인다. ―

홈즈는 모자를 집어들며 외쳤다.

"곧 베인스 경감을 만나야 해. 그 사람이 나가기 전에 어떻게든 만나봐야 한다고."

둘이 마을 길을 급히 가보니, 예상대로 경감은 막 숙소를 나서려는 참이었다. 경감은 주간신문을 내보이며 물었다.

"신문을 보셨군요, 홈즈 씨."

"아, 보았습니다. 친구와 함께 충고해드릴 말이 있는데, 무례하다고는 생각하지 마십시오."

"충고라니요, 홈즈 씨?"

"나는 이 사건을 세밀히 조사해 왔는데, 아무래도 경감의 수사 방향이 잘못된 것 같습니다. 확신이 서지 않는 한, 그 방향으로만 너무 깊이 파고들지 마십시오."

"친절에 감사드립니다."

"당신을 생각해서 하는 말입니다."

베인스 경감의 작은 눈 위의 눈썹이 찌푸려지는 것 같았다.

"각각 자신의 방식대로 수사하기로 약속된 거 아닙니까? 나는 그대로 이행하고 있다고 생각합니다, 홈즈 씨."

"그건 그렇습니다. 나쁘게 생각하지 마십시오."

"물론입니다. 홈즈 씨의 호의는 잘 압니다. 하지만 사람마다 각기 방법이 다르게 마련이지요, 홈즈 씨. 당신의 방법이 있듯이."

"그 이야기는 그만둡시다."

"이쪽의 정보는 언제든지 제공해드리겠습니다. 체포된 용의자는 야만인이나 다를 바 없으며, 그 힘이 말보다도 더 세고, 거칠기가 악마 같은 거인입니다. 다우닝 순경의 엄지손가락을 물어뜯을 뻔했는데, 영어는 한 마디도 못하고 으르렁거리기만 합니다. 그래서 아직 아무것도 알아내지 못하고 있어요."

"그래 그 거인이 주인을 죽였다는 증거는 찾아냈나요?"

"나는 그런 말은 하지 않았습니다, 홈즈 씨. 단지 사람에게는 각기 자기 방식이 있다는 걸 주장하고 싶습니다. 당신은 당신 방식대로 해 나가십시오. 나는 내 방식을 따를 뿐입니다. 약속이 그렇지 않았던가요?"

베인스 경감과 헤어지고 나서 홈즈가 어깨를 으쓱하며 말했다.

"난 저 사람을 통 알 수 없단 말이야. 엉뚱한 토끼를 쫓고 있는 것 같거든. 그 사람의 말대로, 각기 자기의 방식대로 해봐서 어떤 결과가 나오는지 지켜볼 수밖에, 하여간에 베인스 경감에게는 도저히 이해할 수 없는 점이 있네."

불 여관에 돌아오자 홈즈가 말했다.

"거기 의자에 앉게나. 자네에게 상황을 알려 주고 싶네. 오늘밤에는 자네의 도움을 받을 필요가 있을 것 같으니까. 이 사건에 대해 내가 아는 것을 설명해두겠네. 줄거리는 간단하지만, 범인을 체포하기가 쉽지 않을 것 같아. 아직 그 점은 더 확인을 해봐야겠지만. 우선 가르셔가 살해된 날 밤에 온 편지로 되돌아가 보세. 베인스 경감은 가르셔의 하인들이 사건에 관계가 있는 것으로 알고 있지만, 그 혐의점은 잠시 젖혀두기로 하세. 그 증거로는 스콧 에클스 씨를 초대한 것은 가르셔였고, 그 목적은 자기의 알리바이를 세우기 위해서였어.

따라서 가르셔에겐 그날 밤 어떤 범죄 계획이 있었는데, 그 계획을 수행하다가 오히려 당한 것으로 생각되네. 그러면 가르셔에게 반격을 가해 살해한 자는 누구일까? 그건 가르셔가 노렸던 대상자였을 거라는 결과가 나오지. 여기까지의 내 추리는 틀림없다고 생각하네.

다음에 가르셔의 하인들이 모습을 감춘 이유를 생각해 보세. 간단히 말해서 두 하인은 가르셔의 협조자일세. 범죄 계획이 성공하고 가르셔가 무사히 돌아오면, 에클스 씨라는 든든한 증인이 있는 터라 만사가 잘 되었을 것일세.

하지만 그 계획은 위험하기 짝이 없는 것으로, 가르셔가 정해진 시간까지 돌아오지 않으면 십중팔구 살해된 것으로 생각할 수밖에 없었던 것일세. 따라서 그런 경우에는 두 하인은 미리 정해 놓은 장소로 피하여, 다시 계획을 세우기로 되어 있었던 것이지. 대충 납득이 가나?"

나는 홈즈의 설명으로 얽히고 설킨 수수께끼가 모두 풀리는 것처럼 생각되었다.

"그런데 그 요리사가 왜 혼자 되돌아왔을까?"

"몸을 피할 때 너무나 다급한 나머지 무엇인가 중요한 것, 도저히 포기할 수 없는 물건을 놓고 간 것으로 생각되네. 그가 거듭 그곳에 나타난 건 그것 때문이야."

"그래, 다음 문제는?"

"다음은 가르셔가 식사 도중에 받은 편지일세. 그건 적의 소굴에 숨어 들어가 있는 한패거리가 보낸 것일세. 그럼, 적이 살고 있는 집은 어디인가?

그것은 그 부근의 상당히 큰 저택이 틀림없는데, 그런 저택은 숫자가 뻔하지. 여기에 대해서는 이미 이야기한 바가 있었다고 생각하네.

나는 이 마을에 와서 매일 산책을 하며 지내고, 식물 채집을 하면서 그럴 듯한 저택을 정찰하며 거기에 사는 주인의 내력을 조사해 보았네. 그 결과 한 저택이 내 주의를 몹시 끌더군. 하이 게이블이라는 오래된 저택으로, 옥스숏으로부터 1.5km, 살인 현장에서 1km 떨어진 곳에 위치한 곳이네.

다른 저택에 살고 있는 사람은 극히 평범하고 건실한 사람들로 어두운 범죄와는 거리가 먼 생활을 하고 있었지만, 하이 게이블 저택의 핸더슨 씨는 아무리 보아도 비정상적이고, 무슨 비밀을 지니고 있는 사람처럼 보였네. 그래서 나는 그 집에 주의를 집중시켰지.

모두가 별난 사람들이더군. 왓슨, 그 중에서 가장 심상치 않은 자가 주인이었네. 그럴 듯한 구실을 만들어 간신히 만나보았는데, 그의 검게 푹 꺼진 눈을 바라보니 왠지 오금이 저려 오더군. 50이 넘은 당당한 몸집을 한 남자로, 머리는 희끗희끗 하지만 눈썹은 검고 짙으며, 방 안을 서성이는 폼이 사슴처럼 민첩하고, 그의 태도는 황제처럼 위엄이 가득하더군. 검게 탄 얼굴에 불꽃처럼 격렬한 정신을 가지고 있는 듯했네. 그는 외국인이 아니면, 열대 지방에서 오래 생활한 사람으로 짐작되었지.

한편, 그의 친구이자 비서인 루카스는 틀림없는 외국인으로, 피부색은 초콜릿 색이었네. 여간내기가 아닌 모양인지, 고양이처럼 부드럽지만 독기를 품은 얼굴을 하고 이야기를 하더군.

왓슨, 이로써 우리는 두 패의 외국인들과 맞부딪치게 된 걸세. 한 패는 위스테리아 별장에 있었고, 다른 한 패는 하이 게이블 저택에 있었네. 이렇게 해서 의문은 한 겹 더 벗겨졌지.

핸더슨과 루카스는 아주 밀접한 사이로 보였고, 집주인 핸더슨에게는 열한 살과 열세 살 된 딸이 있었네. 그 애들의 가정교사인 버넷이라는 40세 가량의 영국인 여자가 있고, 그 밖에 하인이 세 명 이상이 그 집의 식구 모두였네.

핸더슨은 여행을 좋아하는지, 늘 여행을 하는 모양이었네. 그가 거의 1년에 가까운 여행을 끝내고 돌아온 것이 불과 2~3주 전이라고 하더군. 그리고 핸더슨은 어마어마한 부자로, 돈으로 할 수 있는 일이라면 뭐든지 가능한 사람인 모양이더군.

이상의 내용을 나는 마을 사람들의 말과 나의 관찰로 알아냈네. 집에서 쫓겨나 주인을 원망하는 하인이야말로 그 주인에 관한 일을 캐내기에 안성맞춤이네. 그런데 다행히 그런 사람을 하나 찾아냈지. 하이 게이블 저택의 정원사였던 존 워너인데, 핸더슨의 비위를 건드려 쫓겨난 것을 알아냈던 것일세. 하이 게이블 저택에는 워너의 친구가 아직도 일하고 있는데, 하인들은 모두가 핸더슨을 두려워하고 싫어하는 거야. 이로써 나는 그 집의 비밀을 푸는 열쇠를 손에 쥔 셈이었지.

워너의 말에 의하면, 하이 게이블 저택은 두 채의 집으로 되어 있는데, 작은 쪽을 하인들이, 큰 쪽을 주인 가족들이 쓰고 있더군. 두 채 사이에는 아무런 연결도 없으며, 가족의 식사는 반드시 출입구까지 운반되는데, 그것이 유일한 연락 장소로 되어 있네.

가정교사와 아이들은 거의 외출하는 일이 없으며, 핸더슨은 절대 혼자는 돌아다니지 않는 것 같더군. 피부색이 검은 비서가 늘 그림자처럼 따라다닌다는 거야. 그런데 하인들이 보는 바로는 주인은 뭔가를 몹시 겁내는 것 같다고 하네.

워너는 '그 양반은 돈을 받고 영혼을 악마에게 팔아넘긴 터라, 그 악마가 찾아오는 것이 두려워서 늘 겁을 집어먹고 있는 것이 틀림없어.'라고 말하더군.

핸더슨이 어디에서 왔는지, 어떤 인물인지 아는 사람은 없네. 무척 성격이 거칠어서, 말 채찍으로 두 번 사람을 매질한 일이 있는데, 충분한 돈으로 배상을 해주었기에 간신히 재판까지는 가지 않았다더군.

자, 왓슨. 이 새로운 정보에 근거를 두고 상황을 판단해 보기로 하세. 그 편지는 이 묘한 집에서 온 것으로, 사전에 계획했던 일을 실행에 옮기도록 가르셔에게 내통한 것으로 여겨도 무방할 걸세. 그러면 그 편지를 쓴 사람이 누구일까? 핸더슨 가까이에 있는 여자라고 하면 가정교사인 버넷 부인 밖에는 없네.

버넷 부인이 그 편지를 썼다면, 그녀는 가르셔와 한 패로 공모자가 틀림없겠지. 그렇다면 가르셔가 살해되었다는 것을 알게 되는 경우 어떤 행동을 취할까? 가르셔가 불법적인 계획을 세우고 있을 때 살해되었다면, 버넷 부인은 입을 다물고 있을 걸세.

하지만 마음속으로는 가르셔를 죽인 사람에 대하여 원한을 품고, 복수하기 위해 가능한 모든 일을 하려 들 것이 틀림없네. 그렇다면 버넷 부인을 만나 이용해 볼 수는 없을까? 내가 제일 먼저 생각한 것은 그것이었네. 하지만 거기에서 이상한 사실에 부딪히게 되었네.

버넷 부인은 살인사건이 있었던 날 밤부터 한 번도 모습을 나타낸 일이 없다는 게 아닌가. 살아 있는 건지, 아니면 그날 밤 가르셔와 마찬가지로 목숨을 잃었는지…… 또는 갇혀 있는지 알 수가 없다는 말일세.

우리가 부딪쳐 있는 상황이 극히 어렵다는 것은 이것으로 이해가 가나, 왓슨? 체포 영장이나 가택 수색을 해도 증거가 될 만한 것이 아무것도 없어. 우리의 추측이나 상상을 치안판사에게 이야기해 봤자,

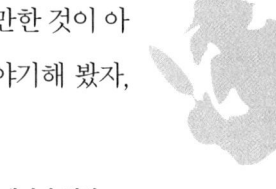

근거도 없는 이야기라며 비웃음만 살게 뻔하거든. 그 여자의 모습이 보이지 않는다는 것만으로는 이유가 되지 않는단 얘길세. 그 묘한 집에서는 주인도 몇 달이고 행방을 감추니 말이야.

어쨌거나, 버넷 부인이 살해되지 않았다면, 지금쯤 모진 고생을 하고 있을 걸세. 내가 당장 할 수 있는 일은 그 집을 주목하고, 우리 편스파이인 워너로 하여금 그 집 문 앞을 감시하게 하는 것이 고작일세. 이런 소극적인 방법으로는 아무런 결론을 내릴 수도 없는 일이고, 법률이 손을 쓸 수 없다면 우리 스스로 뛰어들 수밖에 없는 일이 아니겠나."

"그래, 뭘 하자는 건가?"

"나는 버넷 부인의 방을 알고 있네. 별채의 지붕으로 들어갈 수가 있지. 오늘밤, 자네와 둘이서 수수께끼의 진상을 알아보러 갈까 하네."

솔직히 말해서, 이건 별로 마음이 내키는 일은 아니었다. 살기가 감도는 낡은 저택에, 정체를 알 수 없는 무서운 사람들이 도사리고 있어서 자칫 잘못했다가는 어떤 위험이 있을지 모르거니와, 법률적으로도 우리는 불리한 입장에 서는 것이다. 하지만 홈즈의 냉철한 추리에 따라 사태를 생각해 보면, 이 문제를 해결하기 위해서는 그렇게 하는 방법밖엔 다른 도리가 없다는 것은 확실했다.

나는 아무 말 없이 홈즈의 손을 잡으며 고개를 끄덕였다.

하지만 우리는 그런 모험을 치르지 않아도 되었다. 해가 지는 오후 5시경, 어떤 남자가 흥분한 얼굴로 방에 뛰어들었다.

"놈들이 떠났습니다, 홈즈 씨. 막차로 말입니다. 그런데 그 여자분이 도망치기에 마차로 모셔왔지요."

남자는 하이 게이블 저택을 감시하던 워너였다. 홈즈가 펄쩍 뛰며 소리쳤다.

"그거 다행이군! 이제 수수께끼는 풀리게 됐어."

달려나가 보니 마차 안에 한 여인이 축 늘어져 있었다. 초췌한 모습인 걸 보니 말할 수 없이 심한 시달림을 받았다는 것을 한눈에 알 수 있었다. 숙였던 고개를 들어 멍한 눈을 우리에게 돌렸을 때, 회색 빛 눈의 동공이 검은 점으로 움츠려져 있다는 것을 알았다. 아편을 먹인 것이리라. 워너가 말했다.

"홈즈 씨, 선생님이 시키는 대로 문 앞을 감시하고 있는데 마차가 달려나오더군요. 저는 역까지 뒤따라가 보았습니다. 이 부인은 마치 술 취한 것 같았는데, 놈들이 기차에 태우려고 하자 갑자기 정신이 드는 모양이었습니다. 모두가 기차 안으로 밀어넣으려 했으나 부인은 발버둥쳤고, 나는 부인의 편을 들어 기차에 못 태우게 한 다음 마차에 태우고 모셔온 것입니다. 부인을 낚아채 올 때, 떠나는 그 기차에서 노려보던 놈의 무서운 얼굴은 당분간 잊지 못할 것 같군요. 핸더슨, 그 악마가 노려보면 소름이 끼치거든요."

우리는 버넷 부인을 업어서 2층으로 데려가, 소파에 누이고 진한 커피를 두 잔 마시게 했다. 그제야 부인의 마약 기운이 가라앉고, 비로소 정신을 가다듬는 것 같았다. 홈즈는 급히 사람을 보내어 베인스 경감을 오게 하여 대충 사태를 설명해 주었다. 경감은 홈즈의 손을 덥석 잡고 말했다.

"내가 잡으려고 했던 증거를 잡으셨습니다. 나 역시 처음부터 당신이 뒤쫓던 사냥감을 노렸습니다."

"뭐라고요? 경감도 핸더슨을?"

"놀라실 것 없습니다. 홈즈 씨. 당신이 하이 게이블 저택의 풀섶을 기어다니고 있을 때, 나는 나무 위에 올라앉아 당신을 내려다보고 있었으니까요. 누가 먼저 증거를 잡느냐의 경쟁이었지요."

"그럼 무엇 때문에 그 거인을 체포했습니까?"

베인스는 씩 웃었다.

"나는 핸더슨이란 사람이 자기에게 혐의를 두었다고 생각하면 꼬리를 내밀지 않을 것이라 생각했습니다. 그래서 엉뚱한 거인을 체포해서, 경찰은 그 자를 범인으로 생각하고 있다고 믿게 한 거지요. 그래야 놈들은 안심하고 멀리 달아날 생각을 하고, 또 그래야만 버넷 부인을 증인으로 확보할 기회가 있을 것으로 믿었기 때문입니다."

홈즈는 경감의 어깨에 손을 얹었다.

"당신은 경찰계에서 분명히 출세할 겁니다. 탐정으로서의 본능과 직감력이 예민하니까요."

베인스 경감이 기쁜 듯이 약간 얼굴을 붉혔다.

"최근에 사복 형사를 계속 역에 배치해 두었습니다. 하이 게이블 저택의 일당이 어디로 가든, 그 뒤를 밟게 할 생각이었지요. 그때 당신 부하가 버넷 부인을 낚아채 감으로써 만사는 잘 풀렸습니다.

버넷 부인의 증언 없이는 그들을 체포할 수 없으므로, 부인의 진술서는 속히 받아야겠습니다."

홈즈는 가정교사 쪽을 흘끗 바라보고는 말했다.

"곧 기운을 차릴 겁니다. 그런데, 경감. 그 핸더슨은 어떤 인물입니까?"

"'산 페드로의 호랑이'라고 알려진 '돈 무릴로'입니다."

'산 페드로의 호랑이'란 아메리카 대륙의 중간에 위치한 서인도제도의 아이티 섬 산 페드로 지방의 독재자로, 주민들이 악마처럼 두려워했던 인간이다. 성격이 난폭하고 겁을 모르는 이 사나이는, 10여 년에 걸쳐 무자비한 힘으로 주민을 탄압하여 막강한 권세를 누렸다.

그러나 너무나 가혹한 정치에 시달린 주민들은 마침내 독재자 돈 무릴로에 대한 반항 운동을 벌였다. 하지만 그는 매우 교활하여, 더 이상 주민을 억누를 수 없다고 판단하자 미리 빼돌린 재산을 배에 싣고 탈출했다.

그런 줄도 모르고 궁전을 습격한 반항군은 이미 궁전이 텅 비어 있는 것을 알았다. 돈 무릴로는 물론, 그의 두 딸과 심복인 비서까지 감쪽같이 빠져나가고 없었던 것이다.

베인스 경감이 말했다.

"그렇습니다. '산 페드로의 호랑이' 돈 무릴로 그 사람입니다. 산 페드로의 국기는 그 편지에도 있다시피 녹색과 백색입니다. 핸더슨이라는 가명을 썼지만, 나는 그 자의 발자취를 따라 로마, 마드리드, 바르셀로나를 더듬어 보았습니다. 그 자의 배는 1886년에 바르셀로나에 입항했더군요. 주민들은 복수를 위해 계속 그 자를 추적했는데, 요즘 들어 비로소 그가 숨은 곳을 알아낸 겁니다."

버넷 부인은 어느 틈엔가 몸을 일으켜 열심히 이야기를 듣고 있다가 마침내 입을 열었다.

"그 자를 찾아낸 것은 1년 전입니다. 그 전에도 한 번 암살 계획이 실천에 옮겨진 일이 있으나, 악마에게 보호라도 받는 듯 위기를 넘겼습니다. 그래서 이번에는 정의감에 불타는 용감한 가르셔 씨가 암살을 계획했으나, 오히려 가르셔 씨가 살해되고 말았습니다. 하지만 또다른 투사가 뒤를 이어 언젠가 그 자에게 국민의 복수를 하고 말 것입니다. 그것은 또다시 태양이 뜨는 것처럼 틀림없는 일입니다."

그렇게 말하는 버넷 부인의 초췌한 얼굴은 격한 증오심으로 창백하게 일그러져 있었다.

홈즈가 물었다.

"하지만, 부인은 어째서 이 사건에 관여하게 되었는지요. 당신은 영국인인데 왜 이 피비린내 나는 복수극에 말려들었는지 궁금합니다."

"내가 이 사건에 관여하게 된 것은 정의를 위해서입니다. 그 독재자는 몇 년 전 산 페드로에서 국민의 피를 강물처럼 흘리게 하고, 배에 재물을 가득 싣고 도망쳤습니다. 거기에 대해 영국의 법률은 무슨 조치를 취했습니까? 당신들은 그런 사건을 딴 세상 일처럼 방관했습니다. 하지만 우리는 알고 있습니다. 슬픔과 고통을 받으며 진실을 배웠습니다. 지옥에서조차도 돈 무릴로와 같은 악마는 없을 겁니다. 그 자에게 희생된 사람들이 복수를 부르짖는 한, 우리는 가만히 있지 않을 겁니다."

홈즈가 다시 물었다.

"돈 무릴로가 잔혹하기 짝이 없는 인간이라는 것은 소문으로 들어 알고 있습니다만, 부인은 어떤 학대를 받았다는 겁니까?"

"말씀드리지요. 그 악당은 장차 자기에게 장애가 될 만한 사람은 어떻게 하든 구실을 붙여 죽여 버렸습니다. 내 본명은 빅토리아 두란 도라고 합니다. 남편은 산 페드로의 런던 공사였지요. 나는 남편과 런던에서 알게 되어 결혼했습니다. 이 세상에 그분만큼 훌륭한 인격 자도 없을 겁니다. 하지만 무릴로는 남편을 괴롭히고는 온갖 구실을 만들어 본국으로 소환하여 사살해 버렸습니다. 남편은 자기의 운명 을 직감하고, 나를 본국으로 데려가지 않았습니다. 남편의 재산은 몰 수되었고, 나에게는 슬픔만 남았습니다.

마침내 돈 무릴로가 몰락하는 날이 왔습니다. 그리고 아까 말한 것 처럼 그는 비열하게 도망쳤습니다. 하지만 그 악마에게 학대받은 사 람들이 가만둘 리 없지요. 그들은 뜻을 모아 비밀 단체를 만들었습니 다. 그리고 무릴로에게 복수하기로 결의했습니다.

무릴로가 핸더슨으로 가장한 것을 이 단체에서 밝혀냈고, 나는 그 자의 동태를 감시하는 임무를 맡았습니다. 그리고 운 좋게 그의 딸들 을 위한 가정교사로 그의 집에 들어가는 데 성공한 겁니다. 돈 무릴 로는 매끼 식사 때마다 나와 얼굴을 마주쳤지만, 내가 자기가 죽인 남자의 아내라고는 꿈에도 생각지 못했을 겁니다.

나는 무릴로에게는 태연스럽게 대하고 아이들에게는 내가 맡은 바 임무를 충실히 수행하면서 기회를 기다리고 있었습니다.

파리에서도 한 번 암살을 꾀했습니다만 실패했었죠. 무릴로 일가는 추적자의 눈을 속이기 위해, 유럽 여러 곳을 옮겨다니다가 은밀히 하이 게이블 저택으로 돌아왔습니다. 그 집은 무릴로가 영국으로 도망쳤을 때 사둔 집이었습니다.

하지만 이곳에도 우리쪽 동지가 기다리고 있었습니다. 산 페드로의 고관의 아들이었던 가르셔가 무릴로가 이곳에 돌아올 것을 알고, 충실한 동지 두 사람과 함께 위스테리아 별장을 세내어 복수의 기회를 엿보게 되었습니다.

하지만 가르셔는 낮에는 손을 쓸 수가 없었죠. 무릴로가 온갖 대비를 하고 있었기 때문입니다. 비서인 루카스는 산 페드로에서는 살인마 로페스라는 이름으로 통했는데, 무릴로는 심복인 로페스의 경호 없이는 결코 외출을 하지 않았지요.

하지만 밤에만은 무릴로도 혼자 잡니다. 어느 날 밤, 미리 짜둔 계획에 따라 내가 가르셔에게 최후의 신호를 보내게 되었습니다. 무릴로는 늘 경계를 게을리 하지 않고 자주 침실을 바꾸기 때문입니다. 내가 문이 열려 있는지를 알리고, 마찻길 쪽으로 난 창문에 녹색과 백색 등불로 신호를 보내서 안전한지, 아니면 계획을 연기할 것인가를 알려 주기로 되어 있었던 겁니다.

그러나 만사가 수포로 돌아갔습니다. 나는 이미 교활한 비서인 로페스의 의심을 받고 있었던 겁니다. 로페스는 내가 편지를 쓰고 있는 것을 엿보고 있다가, 내가 편지를 다 쓴 순간 덮쳤지요. 로페스는 나를 무릴로의 방으로 끌고 갔습니다.

두 악당은 그 자리에서 나를 찔러 죽이려고 했지만, 여러 가지로

뒷처리가 곤란하다는 것을 알고는, 우선 가르셔를 살해하기로 합의를 본 겁니다.

두 사람은 나의 팔을 비틀고 가르셔의 거처가 어디인지 자백하게 했습니다. 그것이 가르셔를 위험으로 몰아갈 것임을 알고 있었지만 그 괴로운 고문을 당해낼 수가 없었습니다.

로페스는 내가 쓴 편지를 봉투에 넣고 커프스 버튼으로 봉인을 한 다음, 하인인 호세에게 주어 보냈습니다. 무릴로가 어떤 방법으로 가르셔를 죽였는지는 모릅니다. 하지만 로페스가 남아서 나를 감시했으니, 직접 살인을 한 것은 무릴로였을 겁니다.

무릴로는 가르셔가 후미진 오솔길을 걸어올 때까지 덤불 속에서 몸을 숨기고 기다렸다가 뒤에서 습격했을 겁니다.

처음에는 가르셔를 집 안으로 들어오게 해서 강도가 살해한 것으로 가장하려고 했으나, 경찰이 개입하면 자기들의 신분이 드러나고, 오히려 앞으로 습격을 받을지도 모른다는 결론을 내렸던 것이지요.

나는 골방에 갇혀서 무수한 학대를 받았습니다. 보시다시피 어깨에는 칼자국이 있고, 팔다리는 멍이 들어 감각이 없습니다. 식사는 간신히 목숨을 이어갈 만큼만 주더군요. 그렇게 닷새가 지났어요. 그러다가 어제 오후, 오래간만에 음식을 잔뜩 먹게 해주더군요. 하지만 곧 거기에 마약이 들어 있다는 것을 알았습니다. 몽롱한 의식 속에 역으로 끌려갔던 일을 기억합니다.

나는 기차에 올라타려는 순간, 지금이 아니면 도망갈 기회가 없다는 것을 알았습니다. 무릴로는 강제로 나를 기차 안으로 끌고 들어가

려고 했으나, 여기에 계신 이 친절한 분이 막 움직이는 기차의 승강
장에서 나를 구해 준 겁니다. 그렇지 않았으면 나는 어떻게 되었을지
모릅니다."

우리는 부인의 놀라운 이야기에 열심히 귀를 기울였다. 먼저 입을
연 것은 홈즈였다.

"문제는 아직 해결된 것이 아닙니다. 경찰의 일은 이걸로 끝났지
만, 이제부터는 재판소의 일이 시작되어야 합니다."

내가 말했다.

"흠, 말재주가 교묘한 변호사라면 가르셔를 죽인 것을 정당방위라
고 주장할 수 있겠는 걸. 그들에게는 과거의 무수한 범죄가 있었겠지
만, 이곳 영국에서 재판에 걸 수 있는 것은 이번 사건뿐이잖나."

베인스 경감이 빙그레 웃으며 말했다.

"법이라는 것이 그렇게 만만하지 않습니다. 정당방위라는 것이 있
기는 하지만, 살해할 목적으로 유인한다는 것은 비록 자신의 목숨이
위험하다고 해도 범죄가 성립됩니다. 이번 길드퍼드의 순회 재판에
서 하이 게이블 저택의 일당을 재판하게 된다면, 그런 주장이 먹혀들
수는 없을 겁니다."

하지만 '산 페드로의 호랑이'는 법의 심판을 받지 않았다. 교활하
고 대담한 무릴로와 로페스는 경찰을 따돌리고 런던의 뒷문을 통해
감쪽같이 영국을 빠져나갔다.

그 뒤 6개월 정도 지나, 마드리드의 에스쿠리알 호텔에서 몬탈바
후작과 그의 비서인 롤리라는 사람이 살해되었다. 범행은 혁명당원

이 한 것으로 추측되었으나, 끝내 범인은 체포되지 않았다.

베인스 경감은 일부러 베이커 가를 찾아와 그 후작과 비서의 사진을 보여 주었는데, 그것은 틀림없는 무릴로와 로페스의 얼굴이었다. 늦기는 했으나 마침내 정의의 심판이 내려진 것이다.

"정말 얽히고 설킨 사건이었네, 왓슨. 두 대륙이 관계되고, 두 패의 정체 모를 외국인이 등장하고, 게다가 전형적인 영국신사 에클스 씨가 조역으로 출연하는 바람에 일이 더욱 복잡해졌지. 그 신사를 끌어들인 것으로 보아, 죽은 가르셔가 철저하게 일을 계획하여 자신을 지킴으로써, 범인이 누구라는 것을 영원한 수수께끼로 남기려고 한 것을 알 수 있네.

이번 사건에는 여러 가지 의문이 밀림처럼 얽혀 있었지만, 그 명석한 베인스 경감의 협력으로 사건의 핵심을 놓치지 않고 구불구불한 미로를 더듬어 갈 수가 있었네. 뭐 달리 납득이 가지 않는 점이 있나?"

"그 거인 요리사가 되돌아온 이유가 뭘까?"

"부엌에 있던 그 묘한 미라 같은 물건을 가져가기 위해서겠지. 그 거인은 산 페드로의 원주민으로, 자신의 미신적인 수호신 같은 것이 었을 거야. 동료와 함께 미리 정해 둔 은신처로 도망갈 때, 그만 깜박 잊었던 거야. 그래서 그는 밤에 다시 숨어 들어갔다가 월터스 경관에게 들켰고, 사흘 뒤에는 끝내 베인스 경감의 덫에 걸리고 말았던 것일세. 그리고 부엌에서 발견된 죽은 수탉이나 양의 피는 그들의 관습에서 나온 거사 전의 의식에 쓰이는 속죄양 같은 것이 아니었나 생각하네."

레드 서클

(The Adventure of the Red Circle)

레드 서클
(The Adventure of the Red Circle)

"워렌 아주머니, 저는 아주머니가 왜 그렇게 겁을 내고 있는지 도무지 영문을 모르겠군요. 이런 일에까지 제가 나설 필요가 없다고 생각되는데요. 전 여러 가지 일로 바쁜 몸입니다."

셜록 홈즈는 마주 앉은 뚱뚱한 중년 부인에게 말했다.

그 무렵, 나는 모스턴 양과 결혼하여 딴 곳에서 살았는데, 그날은 마침 옛 하숙집으로 홈즈를 찾아왔던 참이었다.

워렌 부인은 심심풀이로 하숙을 치고 있는 아주머니였다. 꽤 끈기가 있는 사람인지 홈즈가 달갑지 않게 대꾸하고 있는데도, 조금도 꺾이는 기색 없이 열심히 부탁을 하고 있었다.

"이봐요, 홈즈 씨. 아무리 힘들고 큰 사건이라도 당신 손에 걸리기만 하면 해결된다는 소문을 들었습니다. 그런 당신에게 이번 사건은 정말 하찮은 것인지도 모릅니다. 하지만 저에겐 아주 중대한 일이고 밤에 잠도 제대로 못 잘 정도입니다. 어떻게 좀 도와주세요."

워렌 부인의 이마엔 구슬땀이 맺혀 있었다.

홈즈는 냉정하기 이를 데 없는 사나이같이 보이지만, 부추겨 주면 뜻밖에도 잘 응하기도 했다. 워렌 부인이 그럴 듯한 말로 부추기자, 홈즈는 몸을 앞으로 내밀며 말했다.

"워렌 부인, 그러니까 아주머니 이야기는, 이번에 이층에 새로 하숙을 든 사나이가 일주일 동안이나 방 안에 틀어박힌 채 전혀 모습을 드러내지 않아 불안하다는 말씀이죠? 하지만 워렌 부인, 만약 내가 아주머니댁에 하숙했더라도 일주일쯤 얼굴을 내밀지 않는 일은 흔히 있을 수 있잖아요?"

"그 사람은 달라요. 얼굴을 보이지 않을 뿐만 아니라, 아침부터 밤까지 뚜벅뚜벅 발소리를 내면서 방 안을 돌아다닌답니다. 우리집 양반이 아침마다 일하러 나가서 하루종일 혼자 남게 되는데, 그 발소리가 너무 무서워서 견딜 수가 없답니다. 홈즈 씨, 우리집에 하숙하고 있는 사나이는 혹시 뭔가 무서운 일을 저질러 놓고, 경찰의 눈을 피하기 위해 숨어 있는 게 아닐까요?"

"으음……."

홈즈는 드디어 고개를 끄덕였다.

"한번 생각해 보기로 하죠. 아주 사소한 일이 때에 따라서는 중요한 일이 되는 수도 있으니까, 되도록이면 자세히 얘기해 보십시오. 그러니까 그 사나이는 식사대를 포함한 2주일치 하숙비를 미리 치뤘단 말이죠?"

"예, 그래요. 그 사람이 방을 보러 왔을 때, 나는 우리집 이층의 가장 좋은 방을 보여 주었습니다. 거실과 침실, 두 칸으로 되어 있는 방을 일주일에 50실링씩 받고 싶다고 말했죠. 그러자 그 사나이는 방이 마음에 드는데 만일 자기가 말하는 조건을 들어 주기만 하면 일주일에 5파운드를 치르겠다고 말하지 않겠어요? 저는 망설였습니다. 저야 하숙을 치고 있는 형편이니 돈을 많이 주면 좋죠. 그러나 그 조건이란 게 어떤 것인지 몰라서 망설였습니다. 그런 내 마음을 알아차렸는지, 사나이는 10파운드짜리 지폐를 내보이며 만일 자기가 말하는 대로 해준다면, 2주일에 10파운드를 줄 수 있다고 말했습니다. 저는 돈의 매력에 이끌려 그만 그 사나이가 말하는 조건을 승낙해 버렸습니다."

"그 조건이란 무엇입니까?"

"첫 번째는 대문 열쇠를 자기도 갖게 해달라는 것이었어요. 하숙하는 사람이 대문 열쇠를 가진다는 건 그다지 부자연스러운 일이 아니었으므로 저는 고개를 끄덕였죠. 두 번째 조건은, 절대로 자기 방을 들여다보거나 청소하러도 들어가지 말라는 것이었습니다. 이것도 대수로운 게 아니었으므로 승낙하고 방을 내주었습니다. 그런데 그 사나이는 이층 방에 처박힌 채 일주일씩이나 모습을 보이지 않는 게 아니겠어요?"

"그 일주일 동안에 외출을 안 했나요?"

"딱 한 번 외출했습니다. 그러나 그건 이사온 날 밤의 일입니다. 그는 저녁 때 집을 나서면서 오늘밤은 늦어도 꼭 들어올 테니 문에 빗장을 채우지 말라고 하였습니다. 그리고 한밤중이 되어서야 올라가는 발소리를 분명히 들었습니다."

"음, 발소리만 들은 셈이군요. 그 사나이의 식사는 어떻게 하고 있죠?"

홈즈가 점점 이야기에 끌려들어가는 듯, 눈이 반짝이기 시작했다.

"그 사나이가 시키는 대로 하고 있죠. 먼저 그가 초인종을 울립니다. 그러면 저는 식사를 쟁반에 담아서 이층으로 들고 가 문 앞에 있는 의자 위에다 놓고 아래층으로 내려옵니다. 그 사나이는 내 모습이 사라지면 가만히 문을 열고 쟁반을 안으로 가지고 들어가죠. 식사가 끝나면 그 사나이가 다시 초인종을 울립니다. 제가 가 보면 복도의 의자 위에 빈 그릇이 놓여 있습니다. 그 밖에 뭐 필요한 게 있을 때에는, 역시 그 의자 위에 인쇄체 글씨로 쓴 종이 쪽지를 놓아둡니다."

"인쇄체 글씨로 쓴 종이 쪽지요? 그것 참 이상하군요. 펜으로 쓴 건가요?"

"아뇨, 연필로 쓴 거죠. 꼭 인쇄한 것 같은 활자체로 쓰여 있었어요. 군더더기 말은 쓰지 않고, 물건 이름뿐입니다. 참고로 두세 장 가져왔어요. 이게 성냥, 이건 이사 온 다음 날 놓아둔 건데, 〈데일리 가제트〉 신문이죠. 그날부터 저는 아침마다 〈데일리 가제트〉 신문을 갖다 놓습니다."

"왓슨, 점점 재미있어지는군."

홈즈는 빙긋 웃으며 인쇄체로 쓰인 종이 쪽지를 보고 있더니,

"뭣 때문에 일부러 쓰기 힘든 인쇄체로 썼을까?"

하고 혼잣말처럼 중얼거렸다.

　나는 잠시 생각한 후,

　"필적을 숨기려고 그런 것이 아닐까?"

하고 말했다.

　"필적을 숨길 필요가 있을까? 하숙집 아주머니에게 필적이 알려져
도 아무 상관없잖아. 그리고 무슨 까닭으로 이렇게 물건 이름 밖에
쓰지 않았을까?"

　"글쎄, 통 짐작이 가지 않는 걸."

　"잘 조사해 봐야겠어……. 가만 있자. 이 글씨는 뭉뚝한 보랏빛 연
필로 쓴 것이군. 글씨를 쓰고 나서 한쪽 부분만 종이를 뜯어냈어. 자,
보게. 소프(비누)의 S자가 조금 찢어졌잖아."

　"왜 종이를 찢었을까?"

　"아마 종이에 지문 같은 게 묻었을까 봐, 그걸 없애기 위해서 그랬
을 거야. 워렌 아주머니, 그 사나이의 인상을 자세히 말해 주십시오."

　"나이는 서른쯤 되어 보이고, 중키에 몸집도 보통이었습니다. 그리
고 피부는 약간 검은 편이고 멋진 콧수염을 기르고 있습니다."

　"복장은 어땠습니까?"

　"몸에 잘 맞는 검은색 계통의 옷을 입고 있었어요."

　"말씨는요?"

　"영어를 하지만, 억양이 약간 이상한 것 같더군요. 어쩌면 외국인
일지도 모르겠어요."

　"이름을 알고 있습니까?"

"몰라요. 그가 말하지 않았으니까요."

"편지가 오거나, 누가 찾아오지는 않았습니까?"

"그런 일은 없었어요."

"그는 방을 자기 손으로 청소하고 있나요?"

"네, 뭐든지 혼자서 하고 있어요."

"아주 괴짜군요. 짐은 많이 있나요?"

"커다란 갈색 구두 한 켤레 뿐입니다. 그밖에는 아무것도 없어요."

홈즈는 한숨을 쉬었다.

"이 정도 자료로는 어떻게 해볼 수가 없군. 그 방에서 뭔가 밖으로 내버려진 것은 없습니까?"

"있긴 합니다만, 그야말로 하찮은 것뿐입니다. 여기 가져왔어요."

워렌 부인은 핸드백에서 타다 남은 성냥개비 몇 개와 담배 꽁초를 꺼내 탁자 위에 올려 놓았다.

"이게 식사한 뒤의 쟁반 위에 놓여 있었어요. 홈즈 씨는 늘 아주 하찮은 것에서 멋진 실마리를 잡아낸다는 소릴 들은 적이 있어서, 혹시나 해서 가져왔어요."

"허허……."

홈즈는 겸연쩍은 듯이 웃고는 타다 남은 성냥개비를 들고 살펴보기 시작했다.

"탄 부분이 적은 걸 보니, 이 성냥으론 보통 담배에 불을 붙였군요. 여송연이나 파이프 담배라면 불이 잘 안 붙으니 더 많이 탔을 겁니다."

홈즈는 다음엔 담배 꽁초를 집어들었다. 그런데 그는 곧,

"아니, 이건!"

하고 놀란 듯이 소리쳤다.

홈즈의 눈이 반짝이기 시작했다.

"이 꽁초는 매우 흥미있군요. 워렌 부인, 아까 아주머니는 그 사나이가 멋진 콧수염을 기르고 있다고 말씀하셨죠?"

"예, 그래요."

"그렇다면 이상하군요. 수염을 깨끗이 깎은 사나이가 아니고서는, 이렇게 짧아질 때까지 담배를 피울 수가 없어요. 이것 보게, 왓슨! 이렇게 짧아지도록 담배를 피우면 자네의 그 짧은 콧수염이라도 타버릴 걸."

"담배를 파이프에 끼워서 피운 건 아닐까?"

"아냐, 달라. 끝이 침에 젖어서 더러워졌어. 워렌 부인, 그 방에 또 한 사람이 있는 게 아닙니까? 즉, 두 사람이 있는 게 아니냐고요?"

워렌 부인은 당치도 않다는 듯 고개를 저었다.

"아니에요, 그런 일은 절대로 없습니다. 식사는 한 사람 분량밖에 올라가지 않고 있으며, 그것도 늘 절반 이상 남기는 걸요. 그렇게 먹고도 살 수 있을까 걱정될 정도죠."

"으흠 대충 알 수 있을 것 같지만, 좀더 자료가 갖추어진 다음에 마지막 결론을 내리도록 하겠습니다. 워렌 부인, 아주머니는 하숙비를 제대로 받고 있으며, 또 그 사나이가 난폭한 짓을 하는 것도 아니니까 당분간 아무 내색도 하지 말고 계십시오. 방 안에 꼼짝 않고 처박혀 있다는 이유만으로 경찰에 상의하러 간다면 그야말로 웃음을 살

뿐입니다. 아무쪼록 안심하시고, 오늘은 우선 돌아가십시오. 만약 무
슨 일이 일어나면 곧 알려 주십시오. 당장 달려가겠습니다."

홈즈는 이렇게 말하며, 아직도 걱정스러운 표정을 짓고 있는 워렌
부인을 배웅했다.

"이건 정말 재미있는 사건인데⋯⋯."

단둘이 남게 되자 홈즈가 손을 비비면서 말했다.

"내 생각으론 처음에 방을 보러 왔던 사나이와 지금 살고 있는 사
나이는 전혀 다른 인물인 것 같아."

"뭐라구! 그럼 사람이 바뀌었단 말인가? 어떻게 그런 생각을 하게
되었지?"

"이 담배 꽁초에 대한 것은 그만두고라도, 그는 이사온 날 밤에 외
출하여 워렌 부인이 잠든 무렵에 돌아왔어. 그러나 아무도 그 모습을
본 사람은 없어. 이 점이 가장 수상쩍네. 즉, 나간 사람과 들어온 사람
이 똑같다는 증거가 없단 말이야. 그리고 찾아온 사나이는 영어를 썩
잘했는데, 이 종이 쪽지에 쓰인 글씨는 서투르기 짝이 없어. 게다가
잘못 쓴 것 투성이가 아닌가. 성냥은 매치스(matches) 라고 복수형으
로 써야 하는 데 매치(match) 라고 단수형으로 썼어. 사전을 보고 쓴
것 같아. 일반적으로 사전에는 단수형만 나와 있고 복수형은 없으니
말이야. 또 성냥이라든가 비누 따위의 단어 밖에 씌어 있지 않은 것
은 영어를 잘 못한다는 증거야. 아무리 생각해 보아도 처음에 방을
보러 온 사나이와 이 쪽지를 쓴 사나이는 다른 인물일 거야. 어느 사
이엔가 하숙인이 바뀐 거야."

"하지만 무엇 때문에 그런 묘한 짓을 했을까?"

나는 고개를 갸우뚱거리지 않을 수 없었다.

"그 수수께끼를 풀 수 있는 열쇠는 신문에 숨겨져 있어. 자네도 들었겠지만, 그 이상한 하숙인은 매일 아침 〈데일리 가제트〉 신문을 받아 본다고 워렌 부인이 말했었지. 내 생각으론 〈데일리 가제트〉 신문의 안내 광고란을 통해 외부로부터 그 수수께끼의 하숙인에게 무엇인가 비밀 통신을 하고 있는 것 같아. 왓슨, 미안하지만 거기 있는 신문철을 좀 집어 주게."

홈즈는 〈데일리 가제트〉 신문의 안내 광고란을 펴고, 거기 나와 있는 광고문을 닥치는 대로 소리내어 읽기 시작했다.

지미에게 알림. 어머니가 걱정하고 있음. 곧 집으로 돌아와라.
프린스 스케이트 클럽에 있는 검은 모피의 부인에게 알림.

"이 두 가지는 전혀 문제가 되지 않아. 야아. 나왔군! 이건 어때?"

주의 바람. 참을성 있게 기다려라. 며칠 안에 확실한 통신 방법을 지면을 통해 알리겠음. G.

"음, 이거야. 날짜는 사나이가 이사 온 날로부터 이틀 뒤야. 어때 왓슨? 확실히 무슨 관계가 있는 것 같지? 그 수수께끼의 하숙인은 쓸 줄은 몰라도 읽을 줄은 아는 모양이야. 가만 있자, 이게 그로부터 사흘째 되는 날의 통신이군."

만사 순조롭다. 참고 견디며 주의하라. 구름은 곧 개겠음. G.

"그 뒤 일주일은 아무것도 안 실렸어……. 이것 보게. 이렇게 뚜렷한 게 나와 있군."

길이 열리고 있음. 기회 있으면 곧 암호 통신하겠음. 부호는 1이 A, 2가 B, 3이 C, 앞으로는 이에 따르겠음. G.

"이게 어제 아침의 통신이야. 왓슨, 내 생각이 틀림없어. 아마 내일 아침 신문을 보면 결론을 내릴 수 있을 거야. 자, 이제 밤도 꽤 깊은 것 같으니 잠이나 자세."

홈즈가 한 말은 꼭 들어맞았다. 다음날 아침 〈가제트 데일리〉 신문 안내 광고란에는 다음과 같은 글이 실려 있었다.

흰 돌벽이 있는 높은 집. 3층, 왼쪽으로부터 두 번째 창을 보라. 해가 진 뒤. G.

"어때, 왓슨? 드디어 오늘밤에 무슨 일이 일어날 것 같군."

홈즈는 빙그레 웃으면서 파이프 담배에 불을 붙였다. 바로 그때였다. 쿵쿵거리는 발소리와 함께 워렌 부인이 새파랗게 질린 얼굴로 급히 뛰어들어왔다.

"워렌 부인, 웬일입니까? 뭔가 새로운 소식이라도 있습니까?"

홈즈가 물었다.

"새로운 소식이라구요? 그렇게 한가한 이야기가 아니에요. 홈즈 씨, 당신이 우물쭈물하는 사이에 큰 일이 벌어졌어요. 이제 누가 뭐라 해도 경찰에 부탁해야 되겠어요. 이렇게 된 것도 다 그 이상스런 하숙인을 두었기 때문이에요. 이젠 하루 빨리 내보내야겠어요. 마치 폭탄을 안고 있는 것 같다구요. 내보내기 전에 한번 홈즈 씨의 의견을 들어 보는 게 좋을 것 같아서 이렇게 달려왔어요."

"잘 하셨습니다, 워렌 부인. 그런데 대체 무슨 일이 일어났죠?"

"우리 주인 양반이 몰매를 맞았어요."

"뭐라구요? 아니, 누구에게요?"

"누구에게 당했는지 전혀 알 수 없어요. 오늘 아침 일찍 일어난 일이죠. 우리 주인은 토튼햄 코트 거리에 있는 모턴 회사에 다니므로 매일 아침 7시 전에 집을 나섭니다. 오늘 아침에도 기분좋게 집을 나섰는데, 채 열 걸음도 못 가서 두 사나이의 습격을 받았어요. 그들은 주인의 머리에 옷을 뒤집어 씌우고 마구 때린 다음, 마차에 태웠답니다. 그리고 한 시간쯤 이리저리 끌고다니다가 한적한 길가에 내던져 버리더라는 거예요. 주인은 반쯤 정신을 잃고 있었기 때문에 그 마차가 어느 쪽으로 어떻게 달렸는지 전혀 기억이 안 난다고 하더군요. 때마침 지나가던 마차를 타고 집으로 돌아왔으나, 아직도 끙끙 앓고 있습니다."

"이거 정말 재미있겠군."

홈즈가 흥분된 목소리로 말했다.

"주인께선 달려든 두 사나이의 인상이나 목소리의 특징을 기억하고 계신가요?"

"아무것도 기억하지 못하신답니다. 너무 갑자기 당한 데다가, 정신이 들었을 때는 길가에 내동댕이쳐져 있었기 때문에 마치 요술에 걸린 것만 같다고 하는군요."

"그런데 왜 아주머니는 주인께서 습격당한 게 이층의 수상한 하숙인 탓이라고 생각하십니까?"

"나는 그 집에서 15년이나 살았습니다만, 이렇게 혼이 나 보기는 이번이 처음입니다. 우린 남에게 원한을 살 만한 일을 한 기억이 전혀 없습니다. 그러니까 그 하숙인 탓이라고 생각할 수밖에 없지요. 아무튼 저 사나이에게 오늘 당장 나가달라고 해야겠어요."

"워렌 부인, 좀 진정하십시오. 이번 사건은 처음에 생각했던 것보다 훨씬 중대한 것 같습니다. 댁에 하숙하고 있는 사나이는 이 사건을 풀 수 있는 단 하나의 열쇠입니다. 지금 여기서 그 열쇠를 놓쳐 버리면, 돌이킬 수 없는 사태가 일어날 겁니다. 나는 아주머니댁의 하숙인이 무서운 적에게 쫓기고 있을 것이라 생각합니다. 어쩌면 목숨이 위험할지도 모릅니다. 그 적이 노리고 있는 사나이가 일주일이고 열흘이고 통 집 밖으로 나오지 않으므로 초조해 하고 있는 게 틀림없습니다. 그들은 오늘 아침 일찍 안개 속에서 부인의 주인이 나오는 것을 보고, 하숙인으로 착각하였을 것입니다. 그래서 옷을 덮어씌우고 몰매를 때려 마차에 밀어넣었는데, 곧 사람이 다르다는 것을 알고 주인을 마차에서 내던진 게 틀림없습니다."

"어머나, 이야기를 들을수록 무서워지는군요. 도대체 우린 앞으로 어떡하면 좋죠?"

위렌 부인은 울상을 지었다.

"아무 염려 마십시오. 위렌 부인, 지금부터 제가 댁을 찾아가서 모든 걸 조사해 보겠습니다. 우선 그 하숙인이 얼굴을 보고 싶은데, 무엇인가 좋은 생각이 없습니까?"

"글쎄요, 그건 좀 무리겠어요. 문을 때려 부수기 전엔……. 저는 늘 쟁반을 문 앞에 놓기가 무섭게 도망치듯 아래로 내려오거든요."

"그럼 그 때를 노리죠. 그 사나이가 쟁반을 방 안으로 가지고 들어갈 때, 문이 좀 열릴 겁니다. 그때 복도 모퉁이에서 훔쳐 보죠."

위렌 부인은 잠깐 생각하더니,

"좋은 수가 있습니다, 홈즈 씨. 마침 맞은 편에 방이 비어 있으니까 그곳에 거울을 걸어 놓으면 이쪽 모습은 들어나지 않고 상대방을 볼 수 있을 것입니다."

"과연 좋은 생각이군요. 그런데 점심 식사는 대개 몇 시경에 하죠?"

"늘 1시경에 합니다."

"그럼 12시 반쯤, 왓슨과 함께 댁으로 찾아가겠습니다. 아주머니는 먼저 돌아가셔서 거울을 준비해 주십시오."

우리 두 사람은 12시 반 정각에 위렌 부인의 집에 도착했다.

"저길 보게. 왓슨. 저게 바로 신문에 났던 흰 돌벽의 집이야."

홈즈는 워렌 부인의 집 바로 앞에 있는 3층 아파트를 손으로 가리켰다.

"3층의 왼쪽으로부터 두 번째 창문이 암호의 발신지야. 오늘밤 저 창문에서 워렌 부인 집의 이층으로 통신이 보내질 걸세. 부호도 모두 알고 있으니 수수께끼는 곧 풀릴 걸세."

워렌 부인은 우리를 반갑게 맞이하여 곧 이층으로 안내하였다.

수수께끼의 하숙인이 묵고 있는 방은 조용했다. 그 방 바로 앞에는 정말 빈 방이 있었는데, 반쯤 열린 문엔 벌써 거울이 달려 있었다. 우리는 어두컴컴한 빈 방에 숨어서 긴장한 채 거울을 들여다보고 있었다. 10분쯤 지나자, 수수께끼의 하숙인이 묵고 있는 방에서 초인종이 울렸다. 점심을 가져오라는 신호였다.

곧 워렌 부인이 쟁반에 식사를 담아서 계단을 올라왔다. 그녀는 천천히 문 앞으로 가더니, 쟁반을 의자 위에 놓고 내려갔다.

곧 '찰칵!' 하고 열쇠 돌리는 소리가 들리더니, 문이 살그머니 열렸다.

그 틈으로 두 개의 여윈 팔이 쑥 나와 의자 위의 쟁반을 잡으려 하다가, 갑자기 무엇에 놀란 듯 손을 얼른 움츠렸다. 그 순간, 우리는 상대방의 얼굴을 똑똑히 보았다. 그것은 아름다운 여인의 얼굴이었다. 흑수정 같은 눈동자가 반짝 빛나며 거울을 노려보았다. 그와 동시에 문이 '쾅!' 하고 높은 소리를 내며 닫혔다.

홈즈는 내 팔을 꽉 붙잡고는 발소리를 죽이며 아래층으로 내려갔다.

"어떻게 보셨죠, 홈즈 씨? 보았나요?"

워렌 부인이 기다리고 있었다는 듯이 물었다.

"네, 보았습니다. 자세한 것은 오늘밤 다시 와서 이야기해드리죠."

홈즈와 나는 무엇인가 더 듣고 싶어하는 워렌 부인을 뒤에 남기고 재빨리 베이커 거리의 하숙집으로 돌아왔다.

"왓슨, 내 상상이 꼭 들어맞았어."

홈즈는 의자에 기대앉아 파이프에 불을 붙이면서 입을 열었다.

"그 하숙인은 역시 바뀌어 있었어. 그러나 설마 여자라고는 꿈에도 생각 못 했지."

"응, 그래. 여자 얼굴이 나타났을 때 하마터면 소릴지를 뻔했어."

"이제야 이 사건의 대강 줄거리를 알 수 있게 되었네. 한 쌍의 부부가 무서운 위험에서 벗어나기 위해 안전한 은신처를 찾고 있는 거야. 어떤 자가 부부의 목숨을 노리고 있어. 그러나 남편은 늘 아내 곁에 있을 수가 없었던 거야. 이 런던에서 해야 할 중요한 일이 있는 모양이지. 그 일을 끝낼 때까지 아내를 안전하게 적의 손으로부터 지키려면 어떻게 해야 할까? 그건 정말 힘든 일이었을 거야. 그러나 남편은 그것을 훌륭하게 해냈어. 식사를 갖다 주는 워렌 부인조차 전혀 하숙인이 바뀐 것을 눈치채지 못했거든. 인쇄체로 글씨를 쓴 것도 하숙인이 여자라는 걸 눈치채지 못하게 하기 위한 방법이었을 거야. 남자 글씨와 여자 글씨는 누구든 바로 알아볼 수 있으니까 말이야. 남편은 멋지게 아내를 숨기기는 했지만 매일 찾아가거나 편지를 보내거나 하다간 곧 적의 눈에 띌 거라고 생각했겠지. 그래서 저 기발한 신문 광고로 아내와 통신하고 있었던 거야."

"음, 하지만 홈즈. 그 부부는 어째서 그렇게 피해다니는 걸까?"

"그 점이 가장 중요한데 그 이유는 아직 몰라. 아무튼 아까 문틈으로 잠깐 엿본 여자의 얼굴은 공포에 질린 듯한 모습이었어. 그것만 보아도 두 사람의 적이 얼마나 무서운 놈인지 대강 짐작할 수가 있어. 그러나 단 한 가지 다행스러운 것은, 적이 아직도 남자와 여자가 바뀌었다는 사실을 모르고 있다는 점이야. 그걸 알고 있는 건 자네와 나 두 사람뿐이지."

"그런데 홈즈. 자넨 무슨 목적으로 이 사건에 그토록 열심인가? 저 〈아그라의 보물〉 사건처럼 보물찾기가 목적인가?"

"하하하. 이 사건에 보물 같은 게 있을 리 없잖나. 나는 그저 일이 재미있어서 뛰어다니고 있을 뿐이야. 자네도 그렇잖아. 의사가 환자를 치료할 때, '이 사람의 병을 낫게 하여 돈을 많이 벌어야지.' 하고 생각하나? 그렇진 않겠지? 나도 마찬가지야. 아무튼 이 사건은 좀 복잡한 것 같지만, 오늘밤 안으로 꼭 해결해 보이겠네."

홈즈는 자신만만하게 말했다.

우리가 다시 워렌 부인의 집을 찾아간 것은 주위가 완전히 어두워진 뒤였다. 거리엔 런던의 명물인 안개가 잿빛 커튼처럼 드리워 있었다. 집집마다 창에서 새어나오는 불빛이 희미하게 골목길을 밝혀 주고 있었다.

우리는 워렌 부인집 아래층의 한 방으로 들어가, 불을 끄고 바로 앞에 솟아 있는 3층 건물을 지켜보았다. 잠시 후, 왼쪽에서 두 번째 창문에 희미하게 사람의 그림자가 나타났다.

홈즈는 창문의 유리창에 이마를 착 붙이고,

"왓슨, 저게 암호의 발신지야. 이쪽 이층에 여자가 있나 없나를 확인하고 있는 거야."

하고 낮은 소리로 말했다.

"그럼 저쪽에 있는 게 남편이고 이쪽에 있는 게 아내인 셈이군."

"그렇지, 저 봐, 신호가 시작되었어. 왓슨, 자네도 수를 잘 세어 보게. 불빛이 한 번 반짝이면 A이고, 두 번 반짝이면 B 하는 식이야."

3층의 사나이는 손에 든 촛불을 열심히 올렸다 내렸다 하기 시작했다. 그때마다 불빛이 보였다가 꺼졌다가 했다.

"처음엔 한 번이니까 A로군. 다음은 하나, 둘, 셋 , 넷…… 모두 스무 번이군. 그럼 T이야. 다음엔 또 스무 번이라. T. 다음은 E. 다음은 N……."

이렇게 차례로 세어나갔더니, 결국 ATTENTA (아텐타)가 되었다.

"홈즈, '아텐타' 란 무슨 뜻일까? 영어는 아닌 것 같군."

홈즈는 가만히 생각하고 있더니, 별안간 무릎을 탁 치면서,

"알았어! 이탈리아어야!"

하고 소리쳤다.

"영어로 고치면 정신차리란 뜻이야. 두 사람의 몸에 어떤 위험이 닥쳐오고 있군, 그래."

신호는 잠시 끊겼다가 다시 계속되었다. 홈즈는 눈을 부릅뜨고 수를 세었다. 이번엔 아주 빨랐다.

"음, PERICOLO(페리콜로)로군. 영어로 말하면 '위험!'이야. 왓슨, 이거 야단났군. 또 하고 있어. PERI…… 앗! 어떻게 된 거지? 도중에 중단되었어!"

홈즈가 외쳤다. 과연 조금 전까지 반짝이던 빛이 사라져 버리고, 건물만이 밤하늘에 시커멓게 떠올라 있었다.

한참을 기다려봐도 불빛은 두 번 다시 나타나지 않았다.

"이거 안 되겠어."

홈즈가 긴장한 목소리로 말했다.

"저 방에서 분명히 무슨 사건이 일어났어. 어쩌면 암호의 발신자가 누군가에게 습격당했는지도 몰라. 왓슨, 얼른 가 보세."

말을 마치자마자 홈즈는 사슴같이 날쌔게 방에서 뛰어나갔다. 나도 그 뒤를 따랐다.

워렌 부인의 집을 나와 문득 뒤를 돌아 보니, 이층 창문에 아름다운 여자의 얼굴이 어른거렸다. 그녀는 도중에 끊긴 통신이 다시 시작되기를 숨을 죽이며 기다리고 있는 것이다.

아파트에 도착해 보니, 현관의 돌계단 옆에 검은 외투를 입은 키가 큰 사나이가 서 있었다. 그는 홈즈를 보더니,

"아니, 당신은 셜록 홈즈 씨로군요!"

하고 소리쳤다.

"당신은 그레그슨 경감이 아니오?"

홈즈도 약간 놀란 듯이 말했다. 상대방은 경시청의 유능한 형사인 그레그슨 경감으로, 홈즈와는 오래 전부터 잘 아는 사이였다.

"여행길에 친구를 만난 셈이군."

홈즈는 빙그레 웃으면서 그레그슨과 악수를 나누더니, 곧 진지한 표정으로,

"그런데 무슨 일로 이런 곳에 와 있소?"

하고 물었다.

"당신이야말로 어느 틈에 이 사건을 냄새 맡았죠? 늘 그렇듯이 재빠르군요."

그레그슨 경감이 웃으며 말했습니다. 홈즈도 따라 웃었다.

"하하하. 이 사건은 마치 엉클어진 실타래 같군요. 당신과 내가 다른 가닥을 가지고 풀어나가다가 끝에 가서 만난 꼴이니. 그런데 그레그슨 경감, 당신은 저 위험신호가 도중에 끊긴 걸 알고 있소?"

"위험신호라뇨? 그런 건 모르겠는데요."

그레그슨 경감은 어리둥절한 표정을 지었다.

"이 아파트의 3층 창문에서 위험신호가 보내지고 있었소. 그것이 도중에 뚝 끊겨 버렸기에, 우린 그 이유를 조사하러 달려온 겁니다. 자, 빨리 3층으로 올라가 봅시다."

그레그슨 경감은 긴장된 표정으로 고개를 끄덕였다.

"알았습니다. 홈즈 씨, 당신이 와 주셔서 마음이 든든합니다. 이 아파트의 문은 하나 밖에 없으니 만일 놈이 달아난다고 해도 곧 잡히고 말 겁니다."

"당신이 말하는 놈이란 누굴 가리키는 거요?"

홈즈가 좀 의아한 표정으로 물었다.

"이거 참 별난 일이군요. 명탐정인 홈즈 씨가 나에게 질문을 다 하시다니, 난생 처음으로 당신에게 이긴 것 같군요. 자, 잠깐만 기다려 보십시오."

그레그슨 경감은 들고 있던 지팡이로 땅바닥을 딱딱딱 세 번 두들겼다. 그러자 50m쯤 떨어진 곳에 서 있던 마차에서 한 마부가 사뿐히 뛰어내려 이쪽으로 다가왔다.

"레버튼 씨, 사립탐정이신 셜록 홈즈 씨를 소개합니다. 그리고 홈즈 씨, 이분은 미국 핀커튼 탐정국의 레버튼 씨입니다."

그레그슨 경감이 둘 사이에 서서 말했다.

"예, 알고 있습니다. 롱아일랜드 사건을 멋지게 해결하신 분이군요. 잘 부탁드립니다."

홈즈가 쾌활한 목소리로 말했다.

레버튼은 27,8세쯤 되어보이는 날렵한 청년 탐정이었다.

그는 홈즈의 칭찬에 얼굴을 붉혔다. 세계적으로 유명한 홈즈가 자신이 해결한 사건을 기억하고 있는 것이 매우 기쁜 모양이었다.

"홈즈 씨, 나는 지금 목숨을 건 추적을 하고 있습니다. 어떻게 해서든지 내 손으로 고르지아노를 잡고 싶습니다."

레버튼 탐정은 다소 흥분된 듯 열띤 목소리로 말했다.

"고르지아노라구요? 그 유명한 〈레드 서클〉의 고르지아노 말입니까?"

홈즈가 뜻밖이라는 듯 소리쳤다.

"아니, 고르지아노 녀석은 유럽에서도 그 이름이 알려져 있습니까? 나는 미국에서 놈이 저지른 나쁜 행각을 모조리 다 조사했죠. 살인혐의만도 50가지 이상이 됩니다. 그러나 확실한 증거가 없어서 체포하지 못했습니다. 나는 뉴욕에서 런던까지 놈을 추격해 왔습니다. 그리하여 그레그슨 씨와 협력하여 놈을 이 아파트로 몰아넣는 데 성공했습니다. 고르지아노가 아무리 재빠르다 해도, 이제는 절대로 달아나지 못할 것입니다. 출구는 여기 한 군데뿐입니다. 우리가 지키고 있는 동안 세 사람이 나왔지만, 그 중에 고르지아노는 없었습니다. 이건 제가 장담할 수 있습니다.”

레버튼 탐정이 힘주어 말했다.

“레버튼 씨, 홈즈 씨는 우리가 모르는 중요한 것을 많이 알고 있는 것 같으니, 자세한 이야기를 듣도록 합시다.”

그레그슨 경감의 말에 레버튼은 고개를 끄덕였다.

“그러는 게 좋겠군요, 홈즈 씨. 어디 당신이 조사하신 걸 들어볼까요?”

홈즈는 지금까지의 경위를 잘 간추려서 이야기해 주었다. 그러자 레버튼은 유감스럽다는 듯이 손뼉을 딱 치면서,

“아차! 그렇다면 우리가 여기 온 걸 고르지아노가 알아차린 모양이군!”

하고 소리쳤다.

“어째서 그렇게 생각하십니까?”

홈즈가 물었다.

“런던에도 고르지아노의 부하들이 많이 있을 것입니다. 그 부하들

에게 창문에서 주의 신호를 보내다가 홈즈 씨에게 들켰으므로 이번에는 위험신호를 보낸 것이 분명합니다. 고르지아노는 이탈리아 사람입니다. 그러니까 이탈리아어로 신호를 보낸 것은 지극히 당연한 일입니다. 홈즈 씨의 생각은 어떻습니까?"

하며 레버튼은 홈즈를 똑바로 바라보았다.

홈즈는 잠자코 있었으나, 나는 한눈에 홈즈가 이 주장에 반대하고 있다는 것을 알았다.

그러나 홈즈는 그런 내색을 하지 않고 말했다.

"아무튼 한시바삐 이 아파트의 3층을 덮치도록 합시다. 그러면 모든 걸 알 수 있을 것입니다."

"하지만 홈즈 씨, 우린 고르지아노의 체포영장을 가지고 있지 않습니다."

레버튼이 난처하다는 듯이 말했다. 그러자 그레그슨 경감이 단호하게 말했다.

"지금 고르지아노를 체포하느냐 안하느냐는 문제가 되지 않습니다. 이 아파트 안에서 누군가의 생명이 위험에 직면해 있소. 우리 경시청에서는 무엇보다 사람의 목숨을 귀중하게 여깁니다. 홈즈 씨의 말씀대로 덮치도록 합시다. 모든 책임은 내가 지겠습니다."

그레그슨은 형사로서의 재질은 대단하지 않았으나, 용기와 결단력은 높이 살 만했다.

그레그슨 경감은 마치 경시청의 계단을 올라가듯 자신 있는 걸음걸이로 아파트의 계단을 올라가기 시작했다. 레버튼 탐정이 앞으로 나서려고 했지만, 그레그슨에게 선두를 빼앗기고 말았다. '런던에서 일어난 범죄 사건은 우선 런던 경찰이 손댄다.'는 굳은 결의가 그레그슨 경감의 얼굴에 나타나 있었다. 3층의 방문은 활짝 열려 있었다.

방 안은 캄캄하여 무덤처럼 고요했다. 나는 성냥을 그어 휴대용 램프에 불을 붙였다. 방 안이 밝아진 순간, 우리는 일제히 '앗!' 하고 소리쳤다.

융단이 깔리지 않은 마룻바닥에 여기저기 피묻은 발자국이 찍혀 있었던 것이다. 그 발자국은 안방에서 나와서 곧장 출입문 쪽으로 향해 있었다. 안방으로 통하는 문은 닫혀 있었다.

그레그슨 경감은 성큼성큼 다가가서 조금도 주저하지 않고 문을 열었다. 텅 빈 방 한가운데 빨간 동그라미가 그려져 있고, 그 안에 체격이 몹시 큰 사나이가 천정을 향한 채 쓰러져 있었다. 검은 얼굴은 차마 볼 수 없을 정도로 흉하게 일그러져 있고, 목에는 칼이 꽂혀 있었다. 죽기 전에 살인자와 싸웠는지, 검은 자루의 단도가 시체 옆에 놓여 있었다.

"아! 이 자는 고르지아노다!"

레버튼이 흥분된 목소리로 외쳤다. 그러나 홈즈는 침착하게 방바닥에 떨어져 있는 양초에 불을 붙여서 창가로 다가갔다.

그리고는 마주 보이는 위렌 부인의 집을 향해 신호를 보내기 시작했다.

"홈즈 씨, 어째서 그런 짓을 하시는 거죠?"

그레그슨 경감이 의아한 얼굴로 물었다.

"이 사건 해결에 없어서는 안 될 인물을 부르고 있는 겁니다."

하며 홈즈는 촛불을 혹 불어 껐다.

그레그슨 경감과 레버튼은 곧 시체를 조사하기 시작했다. 그 동안 무엇인지 골똘하게 생각하고 있던 홈즈가 두 사람에게 물었다.

"아파트 현관에서 망을 보고 있을 때, 세 명의 사나이가 안에서 나왔다고 하셨는데, 그 중에 혹시 콧수염을 기른 중키 정도의 사나이가 없었습니까?"

"아, 있었습니다. 그가 맨 나중에 나왔습니다."

레버튼이 대답했다.

"바로 그 사나이가 고르지아노를 죽였소."

홈즈가 단정적으로 말한 순간 계단을 올라오는 발소리가 들렸다.

"아, 벌써 오는 모양이군."

하며 홈즈는 문 쪽으로 다가갔다.

우리들은 일제히 문 쪽을 바라보았다. 몸매가 날씬하고 아름다운 여인이 방 안으로 들어섰다. 워렌 부인의 집 이층에서 언뜻 본 일이 있는 그 수수께끼의 하숙인이었다.

부인은 우리를 전혀 아랑곳하지 않고 고르지아노의 시체를 한참 동안 내려다보고 있더니,

"아, 죽었구나! 드디어 죽었어!"

하고 소리를 지르며 펄쩍펄쩍 뛰었다.

그러다가 문득 우리의 존재를 의식한 듯,

"당신들은 경찰이죠? 제나로는 어디 있나요?"

하고 물었다.

"제나로라니, 누구 말입니까?"

그레그슨 경감이 굳어진 얼굴로 반문했다.

"제 남편 제나로 루커 말이에요. 어서 제나로를 만나게 해주세요. 전 그이가 보낸 신호를 받고 온 거예요."

그때 홈즈가 한 발자국 앞으로 나섰다.

"부인, 당신을 부른 것은 바로 접니다."

"뭐라구요! 당신이? 그럴 리가 없어요, 그 신호는 저와 남편만 알고 있는 거예요."

"난 당신들의 암호를 진작 풀었소. 그리고 또 이탈리리아어에도 능숙하오. 'VIENI(오시오)'라는 신호를 보내면 당신이 곧 달려올 것이라 생각했죠."

루커 부인은 눈을 크게 뜨고 홈즈의 얼굴을 뚫어지게 바라보았다.

"부인, 고르지아노를 죽인 건 우리가 아닙니다. 우리가 이 방에 들어왔을 땐 이미 죽어 있었소."

"그렇다면 고르지아노를 죽인 건 우리 주인이군요. 아아, 나의 제나로! 당신은 마침내 악마를 쓰러뜨렸군요!"

부인은 다시 미친 듯이 손뼉을 치며 소리를 질렀다.

"부인, 당신은 지금 주인의 범행을 인정하셨습니다. 경시청까지 함께 가 주실까요?"

하며 그레그슨 경감은 루커 부인의 팔을 꽉 잡았다.

"잠깐, 이 사건에는 깊은 사연이 있는 것 같으니, 그 이야기를 좀 들어봅시다."

홈즈의 의견에 따라 그로부터 30분 뒤, 우리는 워렌 부인의 이층방에 모여 루커 부인의 이야기에 귀를 기울였다.

에밀리아, 즉 지금의 루커 부인은 이탈리아의 나폴리에서 태어났다. 그녀의 아버지는 재판관이었는데, 제나로 루커는 그 무렵 재판소의 서기로 일하고 있었다.

에밀리아와 제나로는 서로 사랑하는 사이가 되어 결혼을 약속했다. 그러나 에밀리아의 아버지는 제나로가 가난하다는 이유로 둘의 결혼을 허락하지 않았다. 생각다 못한 에밀리아는 자신이 가지고 있던 보석을 모두 팔아, 사랑하는 제나로와 함께 뉴욕으로 건너가 결혼을 했다.

그것이 지금으로부터 4년 전의 일이다.

제나로는 이탈리아 사람이 경영하는 과일 수입 회사에 다녔는데, 월급이 꽤 많아 곧 아담한 집을 장만할 수 있었다. 그러나 행복은 오래가지 않았다. 갑자기 나타난 검은 구름이 그들의 밝은 앞날을 온통 새까맣게 뒤덮어 버린 것이다.

어느 날 밤의 일이었다. 제나로가 아무런 예고도 없이 몸집이 큰 이탈리아인을 집으로 데리고 왔다. 그가 바로 고르지아노였다. 그는 몸집이 클 뿐만 아니라, 사소한 일에도 곧잘 화를 내어 옆의 사람들을 불안하게 했다.

그날 이후 고르지아노는 자주 찾아왔다. 에밀리아는 그가 올 때마다 남편 제나로가 우울해 하는 것을 눈치챘다. 한동안은 남편이 고르지아노와 성격이 맞지 않아서 그런 줄 알았는데 곧 그렇게 간단한 문제가 아니라는 것을 알았다.

남편 제나로가 고르지아노를 친구처럼 여기는 것이 아니라, 무서워하고 있었던 것이다. 어느 날 밤 고르지아노가 돌아간 뒤, 에밀리아는 남편에게 그 까닭을 물었다. 제나로는 한참동안 괴로워하다가 모든 사실을 털어 놓았는데, 이야기를 듣고 난 에밀리아는 하마터면 정신을 잃고 쓰러질 뻔하였다. 그만큼 엄청난 비밀이 숨겨져 있었던 것이다.

제나로는 결혼하기 전에 몹시 가난했기 때문에 〈레드 서클〉이라는 무서운 범죄 단체에 가입했다. 그 단체의 규칙에는 일단 단원이 되면 죽을 때까지 빠져나갈 수 없다는 조항이 있었다.

제나로는 이 규칙을 어기고 미국으로 도망쳐와 에밀리아와 결혼한 것이다. 미국으로 건너온 그는 안심했다. 〈레드 서클〉의 마수가 미국까지 뻗쳐올 거라 생각하지 않았기 때문이다.

그러나 생각지 않았던 일이 현실로 나타났다. 어느 날 제나로는 거리를 걷다가 고르지아노와 마주쳤다. 살인마라는 별명이 붙은 고르지아노는 〈레드 서클〉의 지부를 미국에 만들기 위해 뉴욕에 왔다가 제나로를 만난 것이다. 여기까지 이야기를 마친 제나로는 붉은 바퀴가 그려져 있는 종이 쪽지를 에밀리아에게 보여 주었다.

거기에는 9월 13일에 비밀회의를 주최하니 출석하라는 명령이 적혀 있었다. 에밀리아는 경찰에 신고하라고 권했다. 그러나 제나로는 〈레드 서클〉의 복수가 두려워 비밀회의에 참석하고 말았다.

비밀회의에 참석하고 돌아온 제나로의 얼굴은 죽은 사람처럼 창백했다. 비밀회의에서 무서운 계획이 결정된 것이다.

〈레드 서클〉은 뉴욕에 살고 있는 이탈리아인 부자들을 협박하여 지부의 자금을 거두어들이려고 했다. 제나로가 다니는 회사의 사장 카스타로트도 이들에게 협박을 받았다. 그러나 정의를 사랑하는 카스타로트는 이들의 요청을 단호히 거절했다.

〈레드 서클〉은 자기들의 청을 거절한 사람에 대한 복수의 본보기로 카스타로트가 살고 있는 집을 다이너마이트로 폭파하여, 그들 일가를 몰살시킬 계획을 세웠다.

제나로가 참석한 이번 비밀회의에서는 카스타로트의 집 마루 밑에 다이너마이트를 장치할 사람을 정하는 제비뽑기가 있었다. 제나로는 떨리는 손으로 제비가 들어 있는 주머니에 손을 넣었다.

그때 옆에 있던 고르지아노가 히죽 웃었다. 미리 속임수를 써 놓은 것이 틀림없었다. 짐작했던 대로 제나로가 뽑은 것은 〈레드 서클〉이 그려져 있는 살인명령의 쪽지였다. 단체의 규칙을 어긴 자에게는 가장 위험한 일을 시킨다는 것이 〈레드 서클〉의 철칙이었던 것이다.

제나루는 이제 은인인 카스타로트를 죽이거나, 아니면 〈레드 서클〉 단에서 빠져나와 자신과 아내의 목숨을 그들의 복수 앞에 내던지거나 어느 한쪽을 선택해야만 하는 곤경에 빠졌다.

그날 밤, 제나로와 에밀리아는 뜬눈으로 밤을 새우며 고민했다. 태양은 그들의 이런 마음을 아는지 모르는지 여느 때와 다름없이 동쪽 하늘에 떠올랐다. 이제 해만 서산으로 기울면 끔찍한 계획을 실행해야 한다.

제나로는 마침내 고르지아노를 배반하고 뉴욕을 떠날 결심을 하였다. 한낮이 되자, 그들은 남 몰래 배를 타고 런던으로 출발했다. 출발하기 전에, 카스타로트에게 위험이 닥쳐온 것을 알리고, 경찰에도 그 비밀을 폭로했다.

제나로와 에밀리아는 무사히 런던에 도착했지만 안심할 수는 없었다. 뱀처럼 차갑고 집념이 강한 고르지아노가 언제 그들 앞에 나타나 복수를 할지 몰랐기 때문이다. 제나로와 에밀리아는 고르지아노의 눈을 피하기 위해 많은 애를 썼다.

우선 두 사람이 함께 있으면 눈에 띄기 쉬우므로 떨어져 살기로 했다. 그래서 제나로가 워렌 부인의 집에 방을 얻어 밤중에 몰래 에밀리아와 바꿔치기 했던 것이다. 그 후로는 신문의 광고란이 유일한 연락 방법이었다.

어느 날, 에밀리아가 하숙집 창가에서 밖을 내다 보니, 두 사람의 이탈리아인이 모습을 나타냈다. 드디어 고르지아노의 무서운 손이 뻗쳐온 것이다. 제나로는 자기가 임대한 아파트 3층에서 에밀리아에게 열심히 위험신호를 보내왔는데 그 신호가 중간에 끊어졌다.

에밀리아는 제나로가 살해된 줄만 알고 있었다. 그러나 와서 보니 죽은 것은 제나로가 아니라 악마 같은 고르지아노였다. 그녀는 역시 하나님의 심판은 공정하다고 생각했다. 에밀리아, 즉 루커 부인의 긴 이야기가 끝났다.

방 안에는 한동안 침묵이 흘렀다. 얼마 후 홈즈가 입을 열었다.

"부인 감사합니다. 이제야 모든 것을 알았습니다. 부인이 고르지아노의 시체를 보았을 때 기뻐했던 것도 무리가 아니군요. 남편께선 아마 정당방위로 무죄가 될 것입니다."

"미국에서라면 생각할 것도 없이 무죄입니다. 신문이란 신문은 한결같이 제나로 씨의 용기를 칭찬할 것입니다."

레버튼의 말에 그레그슨 경감도 고개를 끄덕였다.

"과연 칭찬할 만합니다. 하지만 부인께선 일단 경시청까지 가주셔야 하겠습니다. 부인의 말씀이 사실임이 밝혀지면, 주인은 물론 무죄입니다. 그럼 홈즈 씨, 이제는 작별해야겠습니다. 나로선 당신이 왜 이런 사건까지 손을 댔는지, 그 까닭을 잘 모르겠습니다."

홈즈는 빙긋 웃었다.

"당신도 왓슨과 같은 말을 하는군요. 내가 이 사건에 손을 댄 것에는 이유가 없습니다. 다만 재미가 있어서 해본 것뿐입니다. 덕분에 시간이 잘 갔습니다. 왓슨도 이로써 또 한 가지 새로운 자료를 잡은 셈이고요. 가까운 시일 내에 책으로 써서 발표하겠죠. 아니, 아직도 8시 전이군. 서두르면 코벤트 가든의 음악회에 갈 수 있겠군. 자아, 왓슨, 어서 기세."

브루스 파딩턴 설계도

(The Adventure of the Bruce-Pardington Plans)

브루스 파딩턴 설계도
(The Adventure of the Bruce-Pardington Plans)

1895년 11월 셋째주, 런던은 짙은 안개로 덮여 있었다. 월요일부터 목요일에 걸쳐서는 베이커 가의 우리집 창문에서 길 건너편 집들의 모습이 보이지 않을 정도였다.

처음 사흘 동안 홈즈는 서류를 조사하면서 잘 참으며 지냈다. 그러나 나흘째 되는 날 아침식사가 끝난 뒤, 끈끈하고 무거운 다갈색 안개가 아직도 사라지지 않고 맴돌고 있는 것을 보더니, 활동적인 성격인 홈즈로서는 이토록 지루한 날들이 견딜 수 없었던 모양이다. 그는 손톱을 물어뜯으면서 거실을 공연스레 왔다갔다 했다.

이윽고 홈즈는 나에게 물었다.

"왓슨, 신문에 뭔가 재미있는 기사라도 없나?"

홈즈가 말하는 것은 범죄사건으로서의 재미를 뜻하는 것이다.

"그다지 별난 사건은 없네."

내가 그렇게 대답하자 홈즈는 다시 거실 안을 서성거렸다.

"런던의 범죄자들은 멍텅구리야. 창 밖을 보게나. 사람 모습이 어렴풋이 떠오르다가 다시 안개 속으로 사라져 버리지 않는가. 도둑이든 살인자든 이런 날이라면 호랑이가 정글 속을 마음대로 다니듯이 온 런던을 쏘다닐 수가 있지. 덤벼들 때까지는 모습이 보이지 않고, 덤벼들었을 때도 피해자에게만 보이는 걸로 끝날 수가 있단 말일세."

홈즈가 말하다가 문득 귀를 기울였다.

"아, 드디어 왔군. 이 따분한 생활에서 나를 구해줄 것 같은데."

하녀가 전보를 들고 왔던 것이다. 홈즈는 전보를 읽더니 큰 소리로 웃어댔다.

"야아, 이게 웬일이지. 마이크로프트 형이 온다는군. 형의 생활은 시골길을 달리는 기차같이 규칙적이고, 절대로 탈선을 하지 않지. 펠맬 가의 하숙집과 화이트홀 가(런던의 관청이 모여 있는 지역)의 직장 사이를 왔다갔다 할 뿐이야. 그런데 탈선을 하다니. 무슨 일일까?"

"뭐라고 했는가?"

홈즈는 형에게서 온 전보를 건네주었다.

– 캐드건 웨스트 사건으로 만나고 싶다. 곧 가겠다. 마이크로프트. –

"캐드건 웨스트? 이 이름은 들은 적이 있는데……."

"나는 아무것도 생각나지 않아. 하지만 마이크로프트 형이 이렇게 갑자기 찾아오다니! 여보게, 왓슨. 자네는 우리 형이 정부에서 어떤 일을 하고 있는지 알고 있나?"

"모르네. 자네가 이야기해 주지 않았으니까."

"국가의 중요한 문제라서 남에게는 이야기를 안 했지만, 자네라면 말해도 되겠지. 형이 정부에 근무하고 있다는 건 사실이지만, 때로는 형이 정부 그 자체라고 해도 어떤 의미로서는 잘못이 아니지."

"뭐라고!"

"놀랄 줄 알았네. 형은 연봉 450파운드를 받는 하급 관리로, 아무런 야심도 없고 명예욕도 없는 사람이지만, 그래도 정부에서는 없어서는 안 될 아주 중요한 인물이라네."

"어떤 식으로?"

"글쎄, 말하자면 그 지위 자체가 유래 없는 자리거든. 형은 그것을 자기 스스로 쌓아 올렸다네. 전에도 그런 자리는 없었지만, 앞으로도 아마 없을 거네. 보기 드물게 예리한 두뇌의 소유자인데다, 그의 뛰어난 기억력은 당해낼 사람이 없을 정도야. 나는 그 기억력을 범죄 수사에 쏟고 있지만, 형은 그걸 특수한 일처리에 사용하고 있다네.

각 부처에서 결의된 사항이 형에게 보내져 온다네. 다른 사람들은 모두 자기 분야에 대해 전문가지만, 형의 경우는 여러 가지 일을 광범위하게 아는 것을 전문으로 하고 있지. 가령, 지금 어떤 장관이 캐나다나 인도, 또는 해군에 관한 정보를 알고 싶어한다고 하세. 각 부처에서는 제각기 맡고 있는 분야에 대한 정보를 제출할 뿐이지만, 이 모든 정보를 종합해서 서로가 어떻게 영향을 끼치고 있는가를 당장에 말할 수 있는 건 마이크로프트 형뿐이라네.

마이크로프트 형은 처음엔 편리한 도구 정도로 여겨졌는데, 지금은 매우 중요한 존재가 되었지. 형의 위대한 머릿속에는 모든 일이 분류 정리되어 있어서 금방 꺼낼 수가 있는 걸세. 형의 한 마디로 정부의 방침이 결정된 일이 몇 번이나 있었는지 모른다네. 형은 일에 파묻혀 있을 뿐, 다른 것은 일체 생각하지 않아. 내가 찾아가서 시시한 문제에 대하여 조언을 부탁할 경우에는, 머리 훈련을 한답시고 심심풀이로 해주지만 말일세.

그런데 오늘, 신처럼 훌륭한 그 형이 하계로 내려오신다니 도대체 어찌 된 일일까? 캐드건 웨스트는 어떤 사람이고, 또 마이크로프트 형과는 어떤 관계가 있을까?"

나는 소파 위에 흩어져 있는 신문에 손을 뻗으며 외쳤다.

"아 참! 생각났어. 여기에 실려 있네. 이걸 보게. 캐드건 웨스트는 화요일 아침, 지하철에서 시체가 되어 발견된 젊은 남자라네."

홈즈는 입으로 가져가려던 담배를 내던지며 자세를 바로했다.

"그건 틀림없이 중요한 일일 걸세. 왓슨, 형의 판에 박힌 습관을 바꿔 놓은 사건이라면 결코 예사로운 것이 아닐세. 내가 기억하고 있는 한, 그 사건에는 이렇다 할 특색이 없었네. 그 젊은이는 기차에서 뛰어내려 자살한 모양이야. 소지품을 도둑맞은 흔적도 없고, 폭행당한 것 같지도 않았어. 그렇지 않은가?"

"검시 결과 새로운 사실이 많이 나타났더군. 좀더 자세히 조사해 보면 이상한 점이 나타날 것 같은데."

홈즈는 팔걸이 의자에 자리잡았다.

"왓슨, 자세히 가르쳐 주게."

"그 사람 이름은 캐드건 웨스트. 나이는 27세. 아직 미혼이며 울리지 병기 공장의 직원이라네."

"공무원이군. 그렇다면 형과 관련이 있긴 한데."

"웨스트는 월요일 밤, 갑자기 울리지를 떠났다네. 마지막으로 그를 본 것은 약혼녀인 바이올렛 웨스트베리 양인데, 그날 밤 7시 반쯤 안개 속에서 갑자기 헤어졌다고 하네. 두 사람은 다투지도 않았는데, 어째서 웨스트가 별안간 가버렸는지 그녀도 잘 모른다고 하더군. 그리고 다음날 아침, 런던 지하철의 올드게이트 역 부근에서 메이슨이라는 선로 공원이 웨스트의 시체를 발견했다는군."

"그게 언제였나?"

"시체는 화요일 아침 6시에 발견되었네. 역 근처의 동쪽으로 향한 선로 왼쪽 지점에서였는데, 철로에서는 상당히 떨어져 있었다고 하는군. 그 지점은 지하철 터널에서 나오는 곳이기도 하네. 머리는 무참하게 뭉개져 있었는데, 열차에서 떨어졌을 때 받은 상처 같다고 하며, 또 그러한 형태로 떨어질 수밖에 없다는군. 시체를 부근의 마을에서 운반해 온 것이라면 역의 목책을 통과해야만 하는데, 그곳에는 언제나 개찰원이 서 있었다고 하네. 그 점은 틀림없는 모양이야."

"좋아, 그건 분명해. 그 사람이 살아 있었든 죽어 있었든 간에 기차에서 굴러떨어졌던가, 아니면 누가 밀어서 떨어졌던가 둘 중의 하나일세. 거기까지는 나도 알겠네. 그 다음을 계속해 보게."

"시체가 발견된 선로를 지나는 열차는 서쪽에서 동쪽으로 달리는 것인데, 그 사람이 죽은 시각으로 봐선 그날 밤 늦게 그 열차에 타고 있었다는 건 확실해. 그런데 어디서 탔는지 그걸 모르는 모양이야."

"차표로 알 수 있지 않은가?"

"호주머니에는 차표가 없었다네."

"차표가 없다니! 그것 참 이상한데. 차표를 보이지 않고 플랫폼을 들어갈 수는 없을 텐데. 웨스트를 죽인 자가 그가 승차한 역을 숨기기 위해서 빼낸 게 아닐까? 아니면 차 속에서 떨어뜨렸거나. 그렇게도 생각할 수 있지. 그 점은 흥미가 있는데. 도둑맞은 흔적은 없다고 했지?"

"없는 모양이야. 여기에 소지품 일람표가 있네. 지갑에는 2파운드 15실링이 들어 있었고, 런던 앤드 카운티 은행의 울리지 지점 수표장도 한 권 갖고 있었네. 그것으로 인해 신원을 알 수 있었다는 거야. 그리고 그날 밤 날짜의 극장 입장권이 두 장이 있고, 또 기술 관계 서류가 한 뭉치 있었다는군."

홈즈는 만족스러운 듯이 소리를 높였다.

"드디어 알아냈네. 왓슨! 영국 정부 — 기술 관계 서류 — 마이크로프트 형, 이로써 완전히 연결되네. 그건 그렇고, 이제 형이 온 것 같군."

잠시 뒤, 키가 큰 마이크로프트 홈즈가 방으로 들어왔다. 늠름한 골격에 어딘지 느릿한 느낌이었으나, 그 몸 위에 얹혀 있는 얼굴을 말하자면, 수려한 이마에 깊숙이 꺼진 회색 눈은 날카로웠고, 입술은 꼭 다물고 있어서 매우 똑똑해 보였다.

그 뒤에 들어온 사람은 낯익은 레스트레이드 경감이었다. 두 사람다 긴장된 얼굴이었으므로, 무언가 중대한 문제를 가지고 왔다는 것을 알 수 있었다. 경감은 아무말 없이 악수를 했다. 마이크로프트는 외투를 벗고 팔걸이 의자에 앉았다.

"매우 까다로운 일이야, 셜록. 나는 습관을 바꾸는 건 도저히 참을 수 없지만, 그런 푸념을 할 수밖에 없는 다급한 형편이야. 총리가 그토록 당황하는 것을 본 적이 없어. 해군성 쪽은 벌집을 쑤셔 놓은 것 같아. 사건에 관한 신문 기사는 읽었나?"

"지금 막 읽었어요. 그 기술 서류란 무엇인가요?"

"바로 그 점이야. 다행히 아직 알려지지는 않았지만, 알려지면 신문은 미친 듯이 소란을 피우겠지. 그 가엾은 젊은이의 주머니 속에 있었던 서류는 브루스 파딩턴식 잠수함의 설계도였어."

마이크로프트의 긴장된 말투로 보아서 문제가 몹시 중대하다는 것을 알 수 있었다. 홈즈와 나는 다음 이야기를 기다리고 있었다.

"아마 소문은 들었겠지?"

"이름만은 알고 있어요."

"이 잠수함에 관해서는 정부의 모든 기밀 중에서도 엄중히 지켜 왔었지. 2년 전에 국가 예산에서 많은 돈을 비밀리에 지출해서 그 발명 특허권을 사들였는데, 그 비밀을 지키기 위해 많은 노력을 기울였어.

그 설계는 매우 복잡해서 30여 개의 독립된 특허로 이루어져 있고, 그 하나하나가 전체 공정에 없어서는 안 되는 것으로, 공장 옆의 기밀실에 있는 정교한 금고에 보관되어 있었어. 그 방에는 도난 방지용 문과 창문이 설치되어 있지. 어떠한 일이 있더라도 그 기밀실에서 설계도를 가지고 나올 수는 없어. 해군의 건조 책임자라도 그 설계도를 보아야 할 경우에는 울리지의 기밀실까지 가야 했거든. 그런데 그것이 런던 한복판에서 죽은 하급 관리의 주머니에 들어 있다고 하잖나. 이건 정말 곤란한 일이야."

"하지만 되찾지 않았습니까?"

"아니야, 셜록. 되찾지 못했어. 기밀실에서는 열 장의 서류가 분실되었는데, 캐드건 웨스트의 주머니에 있는 건 일곱 장뿐이야. 가장 중요한 세 장이 없어진 것이지. 셜록, 모든 일을 제쳐 놓고 힘써 줘야겠어. 사소한 범죄 사건 같은 것엔 신경쓰지 말고, 지금부터 해결해야 할 일은 국제적인 중대사야. 캐드건 웨스트는 왜 서류를 훔쳤는가? 또 그 없어진 서류는 어디에 있는가? 웨스트는 어떤 방법으로 죽었는가? 시체는 왜 그런 곳에 있었는가? 어떻게 하면 이 사태를 막을 수 있는가? 이번 문제를 해결해 줘. 그렇게 하면 국가에 크게 이바지하게 돼."

"그런데 왜 형이 직접 나서지 않습니까? 형도 나만큼은 추리력이 있을 텐데요?"

"그럴지도 모르지. 하지만 셜록. 세밀하게 자료를 모으는 게 문제거든. 상세한 자료를 알려 준다면, 나는 팔걸이 의자에 앉아서 그 보답으로 멋진 의견을 들려 주겠어. 나는 여기저기 돌아다닌다든가, 철도 감시원에게 물어본다든가, 확대경을 들여다보는 일 같은 건 서투르니까 사건을 해결할 수 있는 사람은 너밖에 없어. 국가로부터 표창을 받고 싶으면……."

홈즈는 싱글거리며 머리를 흔들었다.

"형, 나는 승부를 위해 싸울 뿐입니다. 그러나 이 사건은 흥미로운 점이 있으니 기꺼이 조사해 보겠어요. 좀더 자세히 애기해 주시죠."

"자세한 것은 이 편지에 써 왔다. 도움이 될 만한 주소도 서너 개 적혀 있어. 서류의 보관 책임자는 그 유명한 제임스 월터 경이야. 오랫동안 관청에 근무한 훌륭한 신사로서, 나라를 팔거나 할 사람은 아니지. 금고 열쇠를 가지고 있는 사람은 두 명인데, 그 사람이 그 중 하나야. 더 자세히 설명하면, 월요일 근무 시간 중에는 서류가 분명히 기밀실에 있었고, 제임스 경은 3시경에 런던으로 갔어. 그 사건이 일어난 밤에는 버클리 광장에 있는 싱클레어 제독의 저택에 있었어."

"확실한 증거가 있습니까?"

"있지. 제임스 경이 울리지를 떠난 것은 동생인 발렌타인 월터 대령이, 그리고 런던에 도착한 건 싱클레어 경이 증언했어. 그러니까 제임스 경은 사건과는 직접적인 관계는 없는 거지."

"또 한 사람, 열쇠를 갖고 있는 건 누굽니까?"

"주임 사무관이며 제도사인 시드니 존슨이야. 40세의 기혼자로 아이가 다섯 있지. 과묵하고 무뚝뚝한 사람이지만, 대체적으로 근무 성적은 좋은 모양이야. 동료 간에는 평판이 좋지 않지만, 아주 부지런하다는군. 그의 말로는 월요일 근무시간 뒤에는 줄곧 집에 있었고, 시계줄에 매달아 놓은 열쇠는 한 번도 풀어 놓은 일이 없었다는 거야."

"캐드건 웨스트에 대해서 말해 주시죠."

"근무한 지 10년이 되며, 성실하게 일해 왔어. 성미가 급하고 흥분하기 쉬운 사람이라고는 하나 정직하고 착실한 사람으로, 나쁜 평판을 들은 일은 없어. 직장에서는 시드니 존슨 다음의 지위에 있으며, 직무상 매일 설계도와 접촉할 기회도 있었지. 그밖에 설계도를 취급한 사람은 없었다는군."

"그날 밤 설계도를 집어넣은 사람은 누구지요?"

"주임 사무관인 존슨이야."

"그렇다면 설계도를 훔쳐낸 건 캐드건 웨스트가 확실하군요. 그의 시체에서 설계도가 발견되었으니까, 그것으로 결정적이지 않습니까?"

"그러나 납득이 가지 않는 점이 많이 있어. 첫째로 무엇 때문에 가지고 나왔느냐 하는 거야."

"가치가 있기 때문이겠죠."

"그걸 팔면 수천 파운드는 쉽게 손에 들어올 거야."

"그밖에 설계도를 런던으로 가져갈 만한 이유는 없을까요?"

"생각할 여지가 없어."

"그러면 팔 작정이었다고 가정하고 생각해 봐야겠군요. 웨스트는 돈 때문에 설계도를 꺼내어갔다. 그런데 그것은 여벌 열쇠가 있어야 가능합니다."

"열쇠는 여러 개가 필요하지. 건물이나 사무실 문도 열어야 하니까."

"그렇다면 여러 개의 여벌 열쇠를 가지고 있었겠지요. 그리고 설계도를 팔려고 런던으로 갖고 갔습니다. 다만 다음날 아침에 분실된 것이 탄로나기 전에, 금고 속에 도로 갖다 놓으려고 했을 겁니다. 그런데 런던에서 매국적인 행동을 하는 동안에 살해된 거겠지요."

"어떤 식으로 살해됐다는 건가?"

"울리지로 가려고 할 때 살해되어서 열차 밖으로 내던져진 것으로 가정해 보시지요."

"시체가 발견된 올드게이트는 울리지로 가는 방향인 런던 브릿지 역에서는 상당히 지나친 지점이야."

"런던 브릿지를 통과해 버린 상황에 대해서는 여러 가지로 상상해 볼 수 있습니다. 가령 차 안에서 그 사람이 누군가와 이야기에 열중하고 있었다고 합시다. 이야기 끝에 싸움이 벌어져 목숨을 잃고 말았다던가, 아니면 차에서 내리려고 하다가 철로에 굴러떨어져 죽었는지도 모르죠. 어느 쪽이건 안개가 짙어서 아무것도 보이지 않았을 겁니다."

"지금까지의 정보로는 그 이상의 설명은 없겠지만, 아직도 거론되지 않은 점이 얼마나 있나 생각해 보자. 이를테면, 결론을 끌어내기 위해 이러한 가정을 세워보는 건 어떨까? 말하자면 캐드건 웨스트는 그 설계도를 런던으로 가져갈 계획을 전부터 세우고 있었다고 하자. 그래서 외국의 스파이와 만날 약속을 했다면, 그날 밤에는 다른 약속을 하지 않았겠지. 그런데 그는 극장표를 두 장 사서 약혼녀와 함께 가다가 갑자기 모습을 감춰 버린 거야."

초조해 하며 두 사람의 대화를 듣고 있던 레스트레이드 경감이 말했다.

"사람들의 눈을 속이려고 그런 겁니다."

"정말 이상한 일이야. 그게 첫 번째 의문이고, 두 번째 의문은 웨스트가 런던에 가서 외국 스파이와 만났다는 가정은 그대로 두고 생각해 보세. 아침까지는 서류를 가지고 돌아가야만 하지. 그렇지 않으면 없어진 사실이 들통날 테니까. 그가 훔쳐낸 것은 열 장이었는데 그의 주머니에서 발견된 것은 일곱 장뿐이었어. 나머지 세 장은 어떻게 했을까? 아무런 대가도 없이 순순히 내주지는 않았을 거야. 그렇다면 스파이 행위의 대가는 대체 무엇이었을까? 그의 주머니에는 많은 돈이 들어 있어야 했을 텐데, 그렇지 않았거든."

"웨스트는 서류를 팔 생각으로 스파이와 만났습니다. 그런데 흥정이 잘 되지 않아서 그냥 집으로 돌아가려고 하는데 스파이가 뒤를 밟았습니다. 그래서 열차 안에서 그를 죽이고 중요하다고 생각되는 서류를 빼앗은 다음, 시체를 밖으로 던져 버렸습니다. 모든 것이 잘 설명되지 않습니까?"

하고 레스트레이드가 말했다.

"그럼, 어째서 차표를 가지고 있지 않았지요?"

"차표가 있으면 스파이의 집에서 가장 가까운 역이 알려지겠죠. 그래서 웨스트의 주머니에서 꺼냈을 겁니다."

"레스트레이드 씨, 썩 훌륭한 추리요. 당신의 이론은 그럴 듯합니다. 그러나 그게 진실이라면 우리는 이미 때를 놓친 거요. 웨스트는 죽었고, 브루스 파딩턴식 잠수함 설계도는 벌써 대륙을 건너갔을 테니까. 이제 우리가 할 일은 없는 거지요."

홈즈의 말에 마이크로프트는 펄쩍 뛰면서 말했다.

"그 설명에는 전적으로 반대야. 힘을 좀 써 줘. 너는 범행 현장으로 가서 관계자를 만나야 해. 이 잡듯이 샅샅이 조사하는 거야. 국가를 위해 봉사하는데 이런 기회는 다시 없을 테니까."

홈즈는 어깨를 움츠리며 말했다.

"잘 알겠습니다. 자, 가세. 왓슨. 레스트레이드 경감도 한두 시간, 시간을 내줄 수 있겠소? 먼저 올드게이트 역으로 가봅시다. 그럼, 형님, 안녕히 가십시오. 저녁까지는 보고할 수 있겠지만, 너무 기대하지는 마시기 바랍니다."

한 시간 뒤, 홈즈와 레스트레이드와 나는 올드게이트 역 바로 앞에서, 지하철이 터널 밖으로 나오는 지점에 서 있었다. 불그스름한 얼굴의 점잖은 노신사가 지하철 회사를 대표해서 입회했다.

그 사람은 레일에서 1m쯤 떨어진 곳을 가리키며 말했다.

"그 청년의 시체가 있었던 곳은 여기입니다. 위에서 떨어진 것은 아닙니다. 여기는 보시다시피 벽으로 막혀 있습니다. 그러니까, 열차에서 떨어졌다고밖에 생각할 수 없습니다만, 지금까지 조사한 바로는 그 열차가 월요일 한밤중에 통과한 것이 틀림없습니다."

"차량을 검사했을 때 뭔가 폭행의 흔적이 남아 있었습니까?"

"그런 것은 없었고, 차표도 발견되지 않았습니다."

"문이 열려 있었던 흔적은 없었습니까?"

"없었습니다."

레스트레이드가 말했다.

"오늘 아침에 새로운 증거가 들어왔는데, 월요일 밤 11시 40분경에 보통 열차를 타고 올드게이트 역을 통과한 어떤 승객의 말로는, 열차가 역에 도착하기 바로 전에 선로에 무엇인가 떨어지는 것 같은, 철썩 하는 소리가 들렸지만, 안개가 짙어서 아무것도 보이지 않았다고 합니다. 그때는 그냥 있었지만 오늘 아침에 신고해 왔더군요. 홈즈 씨, 무슨 단서라도 될까요?"

홈즈는 숨이 막힐 듯 긴장된 표정을 짓고, 철로가 터널에서 구부러져 나오는 곳을 꼼짝 않고 바라보고 있었다. 올드게이트는 갈아타는 역으로서, 철로가 그물 눈처럼 되어 있었다. 홈즈는 그것을 진지한 눈으로 바라보고 있었는데, 날카롭고 활기에 넘치는 얼굴에는 우리에게 낯익은 표정이 떠올라 있었다. 꼭 다문 입술, 떨리는 콧구멍, 여덟 팔자로 찌푸려진 굵은 눈썹, 홈즈가 중얼거렸다.

"전철기야. 전철기(전철기는 철로의 분기점에 붙여 차량을 다른 철로로 옮기는 장치)란 말이야."

지하철 회사 사람이 물었다.

"그것이 어쨌다는 겁니까? 무슨 뜻입니까?"

"이와 같은 선에는 전철기는 별로 없겠지요?"

"에, 별로 없습니다."

"게다가 커브도 있군. 전철기와 커브. 그렇다면 틀림없다!"

"뭡니까, 홈즈 씨? 단서가 있습니까?"

"어떤 생각이 문득 떠올랐습니다. 뭐 조그마한 일이지만요. 하지만 사건은 점점 재미있게 되어가는데요. 색다른 사건이야, 확실히 특수해. 그렇게 밖에는 생각할 수 없소. 선로 위에 핏자국이 없는데요."

"거의 없었습니다."

"그러나 상처가 꽤 심하다는 이야기였는데요?"

"뼈가 부러졌지만 외부의 상처는 대단하지 않았습니다."

"그렇다 해도 다소 피는 흘렸을 텐데요. 안개 속에서 뭔가 철썩 떨어지는 소리를 들은 손님이 있었다는데, 그 손님이 탔던 열차를 조사할 수는 없을까요?"

"할 수 없습니다, 홈즈 씨. 열차는 이미 떼어져서 차량은 사방으로 흩어져 있으니까요. "

레스트레이드 경감이 말했다.

"홈즈 씨, 책임지고 말씀드리지만, 모든 차량은 자세히 조사했고 제가 직접 했습니다."

칭찬할 일은 아니지만, 홈즈는 자기보다 머리가 둔한 사람에 대해서는 견디지 못하는 성미였다. 홈즈는 얼굴을 돌리면서 말했다.

"그러셨겠죠. 하지만 공교롭게도 내가 조사해 보고 싶었던 건 차량이 아닙니다. 왓슨, 여기서 할 일은 다 끝났네. 레스트레이드 경감, 이젠 더 이상 당신께 수고를 끼칠 필요가 없겠습니다. 지금부터 울리지로 수사하러 가야 하니까요."

런던 브릿지에서 홈즈는 형 앞으로 전보를 썼고, 보내기 전에 나에게 보여 주었다. 그것은 다음과 같이 씌여 있었다.

– 단서를 잡았습니다. 영국에 있는 외국 스파이의 명단을 보내 주십시오. 베이커 가에서 회답을 기다림. 셜록. –

울리지행 좌석에 앉았을 때 홈즈가 말했다.

"형 덕분에 재미있는 사건에 부딪치게 되었군."

홈즈의 진지한 얼굴에는 긴장된 표정이 감돌고 있었다. 아무래도 뭔가 중요한 실마리를 찾아낸 모양이다. 고작 몇 시간 전에 안개에 싸인 방 안을 안달하면서 왔다갔다 했던 모습과는 딴판이었다. 마치 사냥개가 사냥감의 냄새를 맡은 것 같았다.

"단서는 바로 눈앞에 있네. 그것을 알아차리지 못했다니 얼간이군."

"아직 확실한 건 아니지 않은가?"

"끝 부분은 모르지만, 줄곧 더듬어 갈 만한 감이 잡혔네그려. 그 남자는 어딘가 딴 곳에서 죽었고, 시체는 열차의 지붕 위에 얹혀 있었던 거야."

"지붕이라고!"

"놀라운 일이야. 그렇지만 사실을 생각해 보게. 열차는 전철기가 있는 곳에 와서 덜컹거리게 되지. 그 지점에서 시체가 발견되었다는 것은 이상한 일이 아니야. 그것이 지붕 위에서 굴러 떨어졌다면 말이지. 다음으로, 피 문제를 생각해 보게. 어딘가 딴 장소에서 피를 흘린 뒤라면, 물론 철로에는 피가 떨어져 있지 않을 걸세. 모든 게 하나하나 추리에 들어맞는 걸."

"게다가, 차표도 말이지."

"바로 그렇다네. 차표가 없는 것을 설명할 수 없었지만, 이렇게 생각하면 설명이 돼. 모든 것이 꼭 들어맞는군."

"그러나 그렇다고 해도 그가 어째서 죽었는가 하는 수수께끼는 좀처럼 풀리지 않아. 간단해지기는커녕 점점 더 이상해지는데……."

"그럴지도 모르지."

홈즈는 신중하게 말하고 생각에 잠겼다. 그의 깊은 생각은 느릿느릿한 열차가 울리지 역에 도착할 때까지 계속되었다. 역에 닿자, 홈즈는 마차를 불러세우고 주머니에서 마이크로프트가 써준 메모지를 꺼냈다.

"오후에 잠깐 들를 곳이 있지만, 먼저 제임스 월터 경을 찾아가 보세."

제임스 경이 살고 있는 곳은 푸른 잔디가 템스 강 기슭까지 이어지는 훌륭한 저택이었다. 그곳에 도착했을 때는 안개가 걷혀가고 있었고, 엷고 축축한 햇살이 비추기 시작하고 있었다. 우리를 맞이하러 나온 것은 집사였다. 집사는 엄숙한 얼굴을 하고 있었다.

"제임스 경은 오늘 아침에 돌아가셨습니다."

홈즈는 깜짝 놀라 소리를 높였다.

"아니, 뭐라고요! 어째서 돌아가셨습니까?"

"들어오셔서 동생되시는 발렌타인 대령님을 만나 보십시오."

"그렇게 하죠."

우리는 조명을 어둡게 한 응접실로 안내되었는데, 잠시 뒤에 들어온 사람은 키가 크고 용모가 단정한, 50세쯤 되어 보이는 남자였다. 제임스 경의 동생인 발렌타인 대령이었다. 지쳐 쓰러질 것 같은 눈, 젖은 볼, 흩어진 머리카락 등을 보아 형의 죽음을 깊이 슬퍼하고 있는 것을 알 수 있었다. 대령은 침울한 목소리로 말했다.

"그 무서운 사건 때문입니다. 형님은 각별히 명예를 소중히 여기시는 분이었으니까요. 그와 같은 사건을 견디지 못한 겁니다. 마음이 산산히 부서진 거지요."

"사건 해결에 도움이 될 만한 말씀을 형님에게서 들을 수 있을까 하고 찾아왔습니다만."

"내가 보장합니다만, 이번 사건은 형님에게도 전적으로 수수께끼였습니다. 형님은 이미 알고 있는 일은 모조리 경찰에 말했습니다. 두말할 것도 없이 캐드건 웨스트의 소행이라고 믿고 있었습니다. 그러나 그 밖의 일은 전혀 짐작이 가지 않는다고 하더군요."

"당신은 어떻습니까? 뭔가 단서가 될 만한 일이 생각나지 않으십니까?"

"나로서도, 신문에서 읽었거나 사람들에게서 들은 것밖에는 아무것도 모릅니다. 홈즈 씨, 실례라고 생각합니다만, 알고 계시는 바와 같이 지금은 집안이 아주 어수선하니 일을 빨리 끝내 주시기 바랍니다."

마차 있는 곳으로 돌아와서 홈즈가 말했다.

"사건은 뜻밖의 방향으로 나가는군. 자연사인가, 아니면 자살을 한 것일까? 자살이라면 직무 태만에 대한 책임감 때문이라고 봐야겠지. 그 문제는 뒤로 미루기로 하세. 자, 지금부터 캐드건 웨스트의 집으로 가보세."

울리지의 교외에 손질이 잘되어 있는 자그마한 집에는 캐드건 웨스트의 어머니가 살고 있었다. 나이 많은 어머니는 슬픔에 싸여 있었다. 아무것도 알아낼 수는 없었지만, 그 곁에 얼굴이 하얀 아가씨가 있어 스스로 자기 이름을 밝혔다. 그녀는 웨스트의 약혼녀이며, 그날 밤 웨스트를 마지막으로 본 사람이기도 한 바이올렛 웨스트베리 양이었다.

바이올렛이 말했다.

"홈즈 씨, 저는 아무래도 이유를 알 수 없습니다. 캐드건은 매우 성실하고 용감하며, 애국심이 강한 사람이었습니다. 자기가 맡고 있는 나라의 비밀을 남에게 팔 정도라면, 오른팔을 잘라내는 편이 낫다고 생각했을 거예요. 그를 알고 있는 사람이라면 도무지 상상할 수도 없고, 또한 이치에도 맞지 않는 일입니다."

"그러나 사실은 현실로 일어났습니다. 웨스트베리 양."

"네. 하지만 저도 그 점은 알 수 없습니다."

"웨스트 씨는 돈을 탐내는 편이었나요?"

"아닙니다. 뭐 그리 큰 욕심을 내는 분도 아니었고, 봉급은 충분했습니다. 또 200~300파운드의 저금도 있어서, 내년 1월에 결혼식을 올릴 예정이었습니다."

"뭔가 마음이 흔들리고 있었던 일은 없었습니까? 웨스트베리 양, 모두 말씀해 주시지요."

홈즈의 날카로운 눈은 바이올렛의 태도가 다소 달라진 것을 보고 놓치지 않았다.

바이올렛은 얼굴을 붉히면서 망설이고 있었다.

"네, 있었습니다. 그 사람에게 뭔가 걱정이 있는 것 같다고 느꼈었습니다."

"그 전부터였습니까?"

"바로 지난주부터였습니다. 뭔가 심각하게 생각에 잠겨 있었고, 걱정되는 일이 있는 것 같기도 했어요. 저는 무슨 일인지 이야기를 해 달라고 졸랐습니다. 그러자 직장 일에 관해서 염려되는 일이 있다고 하더군요. '당신에게조차도 말할 수 없을 정도로 중대한 일이야.' 라고 했어요. 저는 그 이상은 듣지 못했습니다."

홈즈는 엄숙한 얼굴을 했다.

"그 다음을 이야기해 주시지요. 웨스트베리 양. 설사 웨스트 씨에게 불리한 일이라고 생각되더라도 말해 주셔야 합니다. 그것이 반드시 불리하게 되지는 않을 테니까."

"더 이상 말씀드릴 이야기는 없습니다. 한두 번 그 사람은 저에게 뭔가 말하려고는 한 것 같았습니다. 어느 날 밤엔가 그 비밀이 중대하다고 이야기한 적이 있었습니다만, 외국 스파이라면 그것을 수중에 넣기 위해 막대한 돈을 낼 것이라고 한 게 기억나요."

홈즈의 얼굴은 점점 더 엄숙해졌다.

"뭔가 그 밖에는 더 없습니까?"

"그런 점에 관해서는 관청이 부주의하다고 말했어요. 나라를 팔 수 있는 인간이 쉽게 설계도를 가져갈 수 있다고도 했고요."

"그런 말을 한 것은 바로 최근의 일이었습니까?"

"네, 바로 최근의 일입니다."

"그럼, 마지막 밤의 이야기를 들려 주시지요."

"우리는 극장에 가기로 되어 있었습니다. 하지만 너무나 안개가 짙었기 때문에 마차를 타고 갈 수가 없었어요. 그래서 그냥 걸어갔는데, 관청 바로 앞에 이르자 그 사람은 갑자기 안개 속으로 뛰어드는 것이었습니다."

"아무 말도 없이 말입니까?"

"무슨 소리를 질렀습니다. 그것뿐입니다. 저는 그대로 기다렸습니다만, 그 사람은 끝내 돌아오지 않았습니다. 그래서 그냥 집으로 돌아왔어요. 그리고서 12시경에 그 끔찍한 소식을 듣게 된 거예요. 아아, 홈즈 씨. 제발 그 사람의 명예를 되찾아 주세요. 그 사람은 명예를 소중히 여기는 분이었습니다."

홈즈는 슬픈 듯이 고개를 흔들었다.

"그럼 왓슨. 여기에서 이러고 있을 때가 아니네. 다음 장소는 서류가 도난당한 관청이야."

마차가 덜컹거리며 달리기 시작하자 홈즈가 말했다.

"그 청년은 벌써부터 수상하긴 했지만, 조사해 보니 더욱더 수상해. 결혼을 바로 앞두고 있었다는 것도 범죄의 동기가 돼. 돈을 탐내더라도 이상할 건 없지. 돈 이야기를 했다니까, 머릿속에 그 생각이 있었을 걸세. 그 아가씨에게 자기의 계획을 이야기하고, 나라를 파는 일에 끌어들이려고 했던 거야. 이거, 아무래도 사건 해결이 수월치 않겠는데."

"하지만 홈즈. 웨스트는 성실하고 애국심이 강한 사람이었다고 하잖나. 게다가 약혼녀를 거리 한복판에 내팽개쳐 두고 그런 짓을 저지르다니 어찌 된 까닭일까?"

"확실히 그 점은 의심스러워. 그러나 그 의문만으로는 웨스트가 무죄라고 할 수는 없네."

관청에서는 주임 사무관인 시드니 존슨 씨가 정중하게 우리들을 맞이했다. 앙상하게 마르고 성미가 까다롭게 생긴 안경을 낀 중년 남자로, 양손을 신경질적으로 떨고 있었다.

"이건 너무 심합니다. 정말 어처구니없는 일입니다. 부장님이 돌아가신 것을 알고 계십니까?"

"부장 댁에서 오는 길입니다."

"관청은 엉망입니다. 부장님은 돌아가시고, 캐드건 웨스트는 죽고, 서류는 도난당했습니다. 하지만 월요일 저녁에 문을 잠갔을 때에는 아무런 이상이 없었습니다. 정말 생각만 해도 소름이 끼칩니다. 웨스트가 그런 짓을 하다니!"

"그러시다면, 틀림없이 웨스트의 소행이라고 생각하시는군요?"

"그렇게 밖에는 생각할 수 없습니다. 그 사람의 일이라면 내 자신의 일처럼 믿고 싶지만요."

"월요일에 관청은 몇 시에 닫았습니까?"

"5시입니다."

"당신이 잠갔습니까?"

"내가 언제나 마지막으로 퇴근합니다."

"설계도는 어디에 있었습니까?"

"저 금고 속입니다. 내가 직접 넣었습니다."

"감시인은 없습니까?"

"아니요, 있습니다. 그러나 다른 부서도 돌아보고 다닙니다. 군인 출신으로서 가장 신용할 수 있는 사람입니다. 그날 밤에 아무 이상이 없었다고 합니다. 물론 짙은 안개가 끼어 있었습니다만."

"캐드건 웨스트가 몇 시간 뒤에 사무실로 들어왔다고 가정하고, 설계도를 꺼내려면 열쇠는 세 개가 필요하겠군요?"

"그렇습니다. 세 개가 필요합니다. 이 사무실에 들어오는 열쇠와 기밀실의 열쇠, 그리고 금고의 열쇠, 이렇게 말입니다."

"제임스 월터 경과 당신만이 그 열쇠를 가지고 계셨군요?"

"나는 문 열쇠를 가지고 있지 않습니다. 금고의 열쇠뿐이지요."

"제임스 경은 성격이 깔끔한 분이셨습니까?"

"그렇다고 생각합니다. 세 개의 열쇠가 쇠고리에 달려 있었던 것을 몇 번이나 보았으니까요."

"그 열쇠 꾸러미를 가지고 런던으로 돌아가신 거군요."

"그렇게 말씀하셨습니다."

"당신은 열쇠를 몸에서 떼어 놓은 일은 없었나요?"

"한 번도 없습니다."

"그렇다면 웨스트가 범인이라고 하면 여벌 열쇠를 가지고 있었던 셈이군요. 그런데 시체에서는 열쇠가 하나도 발견되지 않았습니다. 그리고 또 한 가지. 이 사무실 직원이 설계도를 팔려고 생각했다면, 원도면을 훔쳐내는 일보다는 자기가 베끼는 편이 간단하지 않을까요?"

"설계도를 정확하게 베끼려면 상당히 전문적인 지식이 필요합니다."

"그러나 제임스 경이나 당신이나 웨스트는 그 전문적인 지식이 있지 않습니까?"

"물론 있긴 합니다만, 제발 나를 의심하지는 마십시오. 원 도면이 웨스트의 시체에서 발견되었는데, 이런 식의 토론이 무슨 도움이 된단 말입니까?"

"그건 그렇습니다만, 간단하게 베낄 수 있으며, 또 그것이 원 도면과 똑같이 쓸모가 있는데도 불구하고 웨스트가 위험을 무릅쓰고 원 도면을 가지고 나가다니, 정말 이상한 일입니다."

"정말로 이상합니다. 그러나 실제로 가지고 나간 걸 어떡합니까?"

"이 사건은 조사하면 조사할수록 까닭모를 일만 튀어나오는군요. 그런데 아직도 잃어버린 채 돌아오지 않는 설계도가 세 장 있습니다. 그것은 확실히 중요한 것이겠지요?"

"그렇습니다."

"그 세 장이 있으면, 나머지 일곱 장이 없어도 브루스 파딩턴식 잠수함이 건조된다고 하던데요?"

"해군성으로 그런 뜻이 담긴 보고를 했습니다. 그러나 오늘 설계도를 다시 보았더니, 그렇다고만은 할 수 없게 되었습니다. 자동 조절 구멍의 이중 밸브가 되돌아온 서류 중 하나에 있더군요. 따라서 외국인은 그것을 스스로 고안하기 전에는, 그 잠수함을 만들 수 없습니다. 물론, 언젠가는 그 문제를 해결하겠지만."

"그러나 없어진 세 장의 설계도도 매우 중요한 것이겠군요?"

"물론입니다."

"당신의 허락을 맡고서 지금부터 관청 내부를 돌아볼 생각입니다만? 그 밖에 물어볼 만한 일은 없을 것 같으니까요."

홈즈는 금고의 자물쇠, 기밀실의 문, 창의 덧문 등을 모두 조사해 보았다. 그 뒤에, 앞뜰의 잔디밭에 나와서 주위를 돌아보며 몹시 관심을 쏟는 것이었다. 창 밖으로 월계수 숲이 있었는데, 여러 나무의 가지에 구부러졌거나 부러뜨린 흔적이 있었다. 홈즈는 확대경을 꺼내어 그것을 자세히 조사하고, 그 나무 밑의 땅바닥에 희미하게 남아 있는 발자국도 조사했다. 그리고 마지막으로 주임 사무관에게 쇠덧문을 닫아 달라고 부탁하고서, 내게 얼굴을 돌리고 말했다.

"쇠덧문이 창틀에 꼭 맞지 않으니까, 밖에 있는 사람은 방 안에 있는 사람이 무엇을 하고 있는지 엿볼 수 있네. 사흘이나 엿보았기 때문에 발자국이 엉망이라 잘 모르겠는 걸. 중대한 의미가 있는지도 모르고, 또한 아무것도 아닌지도 모르지. 그런데 왓슨. 더 이상 울리지에 있어 보았자 시간 낭비야. 런던으로 돌아가서 좀더 나은 조사를 해보세."

그러나 울리지를 떠나기 전에 우리는 또 하나의 사실을 알아내게 되었다. 역의 직원이 월요일 밤에 낯익은 캐리건 웨스트를 보았는데, 웨스트는 8시 15분발 런던 브릿지행 열차를 탔다는 얘기였다. 웨스트는 혼자였고, 3등 열차표를 한 장 샀다. 역 직원은 그때 웨스트가 겁에 질린 얼굴에다 흥분해 있는 것을 알아차렸다. 부들부들 떨고 있어 거스름돈도 받지 못할 정도였다.

시간표를 조사해 보니, 웨스트가 약혼녀와 7시 반 경에 헤어지고

차를 탔다면 그 8시 15분발의 열차가 처음으로 나가는 것임을 알게 되었다.

"왓슨, 원점으로 돌아가서 다시 시작하세. 이번 사건처럼 까다로운 것은 없었던 것 같군. 한 가지를 해결했는가 싶으면, 그 뒤에 또 새로운 문제점이 나타나곤 하니 말일세. 하지만 다소 진행되기는 했지. 울리지에서의 수사 결과는 대체적으로 캐드건 웨스트에게는 불리했지만, 창문 밑의 발자국만은 웨스트에게 유리해. 예를 들어, 외국의 스파이가 웨스트를 유혹했다고 가정해 보세. 약혼자에게 어렴풋이 암시를 준 것으로 보아 알 수 있듯이, 웨스트는 그것을 어떻게 하면 좋을까 망설이고 있었어. 그건 틀림없어. 다음으로 웨스트는 약혼녀와 극장에 가는 도중, 안개 속에서 그 스파이가 관청 쪽으로 가는 것을 얼핏 보았다고 가정하세. 성급한 사람이었으니까 마음을 결정하는 것도 빠를 테지. 역시 자기 임무가 소중하다고 생각했던 거야. 그래서 그 스파이의 뒤를 따라 창문으로 다가가, 서류를 훔쳐내는 것을 보고는 스파이를 추적했네. 이런 식으로 생각하면, 사본을 만들 수 있었는데도 어째서 일부러 원 도면을 훔쳤는가 하는 의문을 풀 수 있지. 전문 지식이 없는 스파이라면 원 도면을 훔쳐야만 하니까. 여기까지는 제대로 줄거리가 성립되는 셈이지."

"그 다음은 어떤가?"

"그리고는 막혀 버리는 거야. 그런 상황에서 웨스트가 먼저 취해야 할 조치는 그 도둑을 붙잡고 사람을 부르는 일이라고 생각되네. 그런데 어째서 그렇게 하지 않았을까? 혹시, 서류를 훔쳐낸 것은 그 부장이란 말인가? 그렇다면 웨스트의 행동은 납득이 가는데…….

아니면 부장이 안개 속으로 사라져 버려서 부장이 집으로 돌아가기 전에 먼저 앞질러 가려고 곧장 런던으로 갔을까? 하여간에 어지간히 절박한 사정이 있었던 모양이야. 안개 속에 약혼녀를 팽개쳐 두고 아무런 설명도 하지 않았으니 말일세. 이 시점에서 우리들의 실마리는 끊어져 버린 거야.

지금 세워 본 두 개의 가설과 웨스트가 일곱 장의 서류를 주머니 속에 넣은 채 열차 지붕 위에서 시체가 되어 있었다는 사실을 연결짓는 것이 아주 곤란하단 말이야.

그래서 이번에는 반대 방향에서 조사를 해볼 생각이네. 마이크로프트 형이 스파이의 주소 일람표를 보내 주면, 의심스러운 사람을 골라서 그 쪽을 더듬어 보세."

런던의 베이커 가로 돌아와 보니 아니나 다를까 편지 한 통이 와 있었다. 정부의 문서 배달원이 속달로 배달한 것이었다. 홈즈는 대충 읽고 나서 내게 던져 주었다.

– 송사리는 헤아릴 수 없이 많지만, 이와 같은 큰 일을 취급하는 거물급은 적다. 의심해 볼 만한 사람은 다음의 세 사람뿐이다. 웨스트민스터 지구 그레이트조지 가 13번지의 아돌프 마이어. 노팅 힐의 캠딘 아파트의 루이 라 로티르. 켄싱턴 지구 콜필드 가든 13번지의 휴고 오버스타인. 이 오버스타인은 월요일에 시내에 있었던 것은 알고 있지만, 지금은 없다는 보고다.

단서를 발견했다는 말을 들으니 기쁘다. 정부는 사건이 해결되기를 간절히 바라고 있다. 가장 신분이 높은 분으로부터 절박한 의뢰를 받았다. 필요하다면 국가는 전력을 다해 지원하겠다. 마이크로프트. –

홈즈는 미소를 지으며 말했다.

"이 사건에는 여왕의 말이나 병사를 모조리 내준다고 해도 쓸모가 없을 거야."

그리고 런던의 지도를 펼치고 열심히 들여다보고 있더니, 이윽고 만족스런 목소리로 말했다.

"됐다. 이젠 좀 밝아진 것 같아. 왓슨, 결국에는 멋지게 해결되리라고 나는 믿네."

홈즈는 갑자기 쾌활해지면서 내 어깨를 툭 쳤다.

"나는 잠깐 나갔다 오겠네. 그냥 살펴볼 뿐이야. 자네같이 믿을 만한 단짝이 옆에 없으면 중대한 일은 하나도 못하겠지만, 그래도 자네는 여기에 있어 주게.

한두 시간이면 돌아오게 될 걸세. 견딜 수 없이 지루하면 종이와 펜을 내놓고, '우리는 어떻게 해서 국가의 위기를 구했는가?' 라는 이야기에 대해서 쓰기 시작하게나."

홈즈가 득의에 찬 모습을 보이자, 나 역시 유쾌해졌다. 홈즈는 웬만큼 기쁘지 않는 한, 언제나 무뚝뚝한 태도가 달라지지 않는 사람이었으니까.

기나긴 11월 밤을, 나는 홈즈가 돌아오기를 마음졸이며 이제나 저

제나 기다렸다. 홈즈는 9시가 조금 지나서 사람을 통해 짤막한 편지를 보내왔다.

　－ 켄싱턴 지구 글로스터 로의 골디니 레스토랑에서 식사를 하고 있네. 곧 와 주게. 조립식 지렛대, 칸델라, 끌, 권총을 가지고 올 것. 홈즈 －

　선량한 시민이 더구나 안개에 싸인 컴컴한 거리를 그와 같은 물건을 들고 다닌다는 것은 사실 난처한 일이었다. 나는 그것들을 조심스럽게 외투 속에 감추고서 그 장소로 마차를 달렸다. 굉장히 화려한 이탈리아풍의 레스토랑 입구에서 가까운 작은 테이블에 홈즈가 자리잡고 있었다.

　"식사는 했나? 그럼, 커피라도 함께하지. 이 식당의 자랑인 여송연을 피워 보게. 생각보다는 나쁘지 않아. 연장은 가지고 왔나?"

　"여기에 있네. 외투 속에."

　"멋지군. 지금부터 우리가 할 일과 함께, 지금까지 내가 한 일을 간단히 설명하겠네. 왓슨, 자네도 분명히 알고 있겠지만, 그 웨스트 청년의 시체는 열차의 지붕 위에 놓여 있었네. 그 청년이 굴러 떨어진 것은 지붕에서였지. 차 안이 아니라는 것은 확실해."

　"신호대에서 떨어진 건 아닐까?"

　"그런 일은 거의 없을 거라고 생각되네. 열차의 지붕은 약간 둥그스름하고 둘레에는 난간이 없어. 그러니까 웨스트는 그곳에 얹혀졌던 모양이야."

"어째서 거기에 얹혀졌을까?"

"그게 해결해야 할 문제였다네. 생각할 수 있는 방법은 하나뿐이야. 자네도 알고 있겠지만, 지하철은 웨스트 엔드의 어딘가에서 터널로부터 나온다네. 어렴풋한 기억이지만, 내가 지하철을 탔을 때 바로 머리 위에 집들의 창문이 있는 것을 본 적이 있거든. 열차가 그와 같은 창문 밑에서 멈췄다고 가정한다면 지붕에 시체를 얹는 것은 어려운 일이 아니야."

"가당치 않은 이야기야."

"달리 가능성이 없는 경우에는, 전혀 있을 것 같지 않은 일이라도 남은 것이 진실이 된다네. 사실, 그 외에는 가능성이 전혀 없다고 생각할 수밖에 없었네. 게다가 런던을 얼마 전에 떠나버렸다는 국제 스파이의 거물급이 지하철 선로 변에 있는 집에서 살고 있다는 것을 알았기 때문에, 나는 비로소 가능성이 있다고 생각한 걸세."

"아아, 그랬었군."

"그렇다네. 콜필드 가든 13번지의 휴고 오버스타인이 내 목표가 된 거야. 나는 글로스터 로의 역에서 행동을 시작했어. 아주 도움이 되는 역원이 함께 선로를 걸어 준 덕택에 확실한 사실을 파악할 수가 있었다네. 콜필드 가든의 저택들은 뒷 계단 창문이 선로를 향하고 있을 뿐 아니라, 다른 선로가 이 부근에서 교차되고 있기 때문에 지하철 열차가 때때로 그곳에서 몇 분 동안 정차하는 일이 있다는 거야."

"굉장한데, 홈즈. 드디어 찾아냈군."

"지금까지로 봐서는 전진 상태이긴 하지만, 결승점은 아직 멀었어.

그건 그렇고 콜필드 가든의 뒤쪽을 모조리 보고 나서 정면으로 돌아가니, 사냥감이 이미 달아나 버린 것을 알았지. 상당히 큰 집이었는데 2층의 방에는 내가 판단하기로는 가구가 없었네. 오버스타인은 하인 한 사람을 두고 그 집에서 살고 있었는데, 그 하인도 스파이였던 모양이야. 그러나 오버스타인이 대륙으로 건너간 것은 입수한 물건을 처분하기 위해서였지. 달아날 생각은 아니었어. 체포당할 염려도 없으며 가택 수색을 받으리라고는 꿈에도 생각지 않을 테니까. 그런데 지금부터 우리가 할 일이란, 바로 가택 수색이라네."

"정식으로 체포장을 발부받을 수는 없는가?"

"증거가 거의 없기 때문이야."

"가택 수색을 하면 어떤 일을 알 수 있겠는가?"

"단서가 될 만한 편지가 발견될지도 모르지."

"홈즈, 나는 그런 짓은 싫네."

"여보게, 왓슨. 자네는 거리에서 감시만 하면 돼. 범죄적인 성향의 일은 내가 할 테니까. 사소한 일에 구애받을 때가 아니야. 마이크로프트 형도, 해군성도, 내각도, 여왕 폐하까지도 정보를 기다리고 계시네."

나는 테이블에서 일어섰다.

"자네 말이 옳아. 홈즈. 무슨 일이 있어도 가야만 하겠군."

홈즈는 펄쩍 뛰듯이 손을 내밀었다.

"오오, 왓슨. 자네가 최후의 순간에 망설일 사람이 아니라는 것을 알고 있었네."

홈즈의 눈빛엔 여지껏 보지 못했던 다정함이 어려 있었는데, 다음 순간에는 다시 여느 때와 다름없는 태도로 돌아갔다.

"여기서 1km 가량 되지만, 서둘 건 없으니 걸어가세. 연장은 떨어뜨리지 말게나. 수상쩍은 녀석이라고 붙들리게 되면 귀찮아지니까."

우리는 콜필드 가든에 닿아 목표로 한 집 앞에 당도했다. 주위에는 아직도 안개가 자욱해서 우리의 모습을 감춰 주었다. 홈즈는 칸델라(가지고 다닐 수 있는 석유로 불을 켜서 밝히는 등)에 불을 붙이고 육중한 현관을 비춰 보았다.

"이건 만만치 않은데. 열쇠를 채운데다가 빗장까지 끼워 놓았군. 지하의 뒷문으로 들어가는 편이 낫겠어."

이윽고 두 사람은 지하의 뒷문으로 내려갔다. 어두운 곳에 몸을 숨기자, 위쪽 안개 속에서 순찰 경관의 발소리가 들렸다. 그 소리가 사라지자 홈즈는 뒷문을 부수는 작업을 시작했다. 몸을 구부리고 뭔가 열심히 하고 있는 것이 보였는데, 이윽고 끼익 하고 소리가 나며 문이 열렸다.

우리는 뒷문을 닫고 어두운 복도로 들어갔다. 홈즈는 양탄자가 깔려 있지 않은 계단을 앞장서서 올라갔다. 칸델라의 부채 모양을 한 노란 빛이 낮은 창문을 비추었다.

"겨우 찾았어. 왓슨. 이것인 모양이야."

홈즈가 창문을 열자 칙칙폭폭 하는 소리가 들리고 그것이 점점 커지면서 울려 퍼지는 듯한 소리가 되어 어둠 속을 열차가 지나갔다. 홈즈는 창틀을 비춰 보았다.

거기에는 기관차에서 뿜어낸 검댕이 쌓여 있었는데 그 검은 표면이 군데군데 벗겨져 있었다.

"여기에 시체를 두었을 걸세. 어, 이게 뭐지? 틀림없는 핏자국인데."

홈즈는 창틀에 묻어 있는 얼룩을 가리켰다.

"계단의 돌에도 묻어 있어. 이제 증거는 갖춰졌네. 열차가 멈출 때까지 여기서 기다려 보세."

오래 기다릴 것도 없었다. 다음 열차가 앞서간 열차처럼 땅을 울리며 터널에서 나왔다. 그리고 터널을 나오자 속력을 줄이고 삐걱 소리를 내며 창문 바로 밑에서 멈췄다. 창문에서 차의 지붕까지는 1m 50cm도 떨어져 있지 않았다. 홈즈는 조용히 창문을 닫았다.

"여기까지는 틀리지 않았어. 이것을 어떻게 생각하나, 왓슨?"

"걸작이야. 이토록 훌륭한 성적을 올린 적은 없었네."

"그렇지도 않아. 시체가 지붕 위에 있었다는 것을 생각해내는 일은 그다지 어려운 건 아니지만, 그렇게 생각한 순간부터 다른 일은 모두 당연히 알게 된 것이지. 국가의 중대사가 아니라면 이 사건은, 지금의 시점에선 사실 시시한 일에 불과해. 그러나 앞으로도 곤란한 일은 있을 걸세. 하지만 이 집에서 단서가 될 만한 것이 발견될 거야."

우리는 부엌의 계단을 통해 2층으로 올라갔다. 방 하나는 식당인데, 별로 흥미를 끌만한 것은 없었다. 또 하나는 침실인데 이것 역시 별다른 것이 없었다. 나머지 방에 다소 뭔가 있을 것 같아서 홈즈는 세밀한 수사에 들어갔다. 책이나 서류 등이 흩어져 있는 것을 보니 서재로 쓰고 있는 모양이었다. 홈즈는 재빨리 차례차례 서랍이나 찬

장을 열고서 그 안에 들어 있는 물건을 뒤엎어 놓고 뒤져 보았으나, 그의 침울한 표정은 좀처럼 밝아지지 않았다. 한 시간이 지났으나 단서가 될 만한 물건은 발견되지 않았다.

"교활한 녀석 같으니라고! 흔적을 모조리 감춰 버렸군. 죄상을 나타낼 만한 것은 하나도 남기지 않았어. 위험한 편지는 찢어 버렸거나 가지고 간 거야. 이제, 이것이 마지막 희망일세."

그것은 책상에 놓여 있는 양철로 만든 작은 금고였다. 홈즈는 그것을 끌로 비틀어 열었다.

안에서 나온 것은 돌돌 말아 둔 몇 개의 종이였다. 숫자나 계산이 가득 쓰여 있었으나 아무런 설명도 없었다. '수압'이라든가 '2.5㎠에 압력'이란 단어가 몇 번이나 나와 있는 것을 보니 잠수함과 관계가 있는 것 같았다. 홈즈는 몹시 안달하며 그것을 던져 버렸다. 이제 남은 것은 봉투 하나뿐이었고, 그 안에는 신문에서 오려낸 것이 들어 있었다. 그것을 보더니 홈즈의 얼굴이 밝아졌다.

"이건 뭘까, 왓슨? 신문 광고를 이용한 연속 통신이야. 인쇄와 종이로 보아 데일리 텔리그래프지의 개인 광고란일세. 신문 위의 오른쪽 끝에 있는 거야. 날짜는 없지만 통신문의 순서는 알 수 있지. 아마 이것이 맨 처음일 거야.

'통지를 기다리고 있었다. 조건을 승낙함. 카드의 수신인에게 상세하게 알려 주기 바람 — 피에로'

다음은 이렇네.

'복잡해서 이해하기 힘들다. 자세한 설명을 바람. 현품과 교환 조건으로 사례금을 준비하겠다. ― 피에로.'

그 다음은,

'사정이 긴박해졌다. 계약을 수행하지 않으면 취소할 수밖에 없다. 만날 날짜를 편지로 통지할 것. 이쪽에서는 광고로 알리겠다. ― 피에로.'

마지막은.

'월요일 밤 9시 이후. 두 번 두드릴 것. 우리 둘뿐이다. 의심할 필요없음. 현품과 교환으로 현금 지불함. ― 피에로.'

"모조리 갖춰져 있네. 왓슨. 광고의 상대를 잡을 수만 있다면 말이야."

홈즈는 테이블을 손 끝으로 두드리면서 생각에 잠겨 있었으나, 이윽고 펄쩍 일어섰다.

"뭐, 결국 그다지 어려운 건 없겠지. 이 집은 이 정도로 충분해. 데일리 텔리그래프 신문사로 마차를 몰아 오늘 일의 결말을 내기로 하지."

다음날 아침, 식사가 끝나자 약속한 대로 마이크로프트 홈즈와 레스트레이드 경감이 찾아왔고, 셜록 홈즈는 우리가 어제 한 행동을 설명해 주었다. 우리가 강도와 같은 행위를 했다고 하자, 경감은 고개를 갸우뚱거렸다.

"우리 경찰관은 그런 짓을 못합니다. 홈즈 씨, 당신이 우리가 할 수 없는 성과를 올리는 것도 당연하군요. 하지만 너무 지나치면, 두 분은 머지 않아 곤경에 빠지게 될 겁니다."

"그건 다 아름다운 조국 영국을 위해서지요. 여보게, 왓슨. 그렇지 않은가? 그건 그렇고, 형님은 어떻게 생각하십니까?"

"훌륭한 일이야, 셜록. 감탄했다. 그러나 그것을 어떻게 이용할 테냐?"

홈즈는 테이블 위에 있는 데일리 텔리그래프지를 집어 들었다.

"오늘 나온 피에로의 광고를 보셨습니까?"

"뭐라고, 또 나왔는가?"

"아, 이겁니다. '오늘밤, 장소와 시간 같음. 두 번 두드릴 것. 매우 중요함. 당신의 신상이 위험하다. – 피에로.'"

레스트레이드가 외쳤다.

"굉장한데! 상대가 이에 응하고 나와 준다면 독 안에 든 쥐가 되겠군."

"그러한 생각으로 내가 광고를 낸 겁니다. 두 분께서 오늘밤 8시경에 콜필드 가든에 오시면 사건의 해결을 보실 수 있을 겁니다."

이건 홈즈의 버릇이지만, 몰두하고 있었던 사건의 해결점이 보이면, 얼른 생활을 바꾸어 자기의 취미 활동으로 들어가 버린다. 이 날도 홈즈는 고대 교회 음악에 관한 논문을 부지런히 마무리짓고 있는 중이었다.

나로 말하자면, 그와 같은 마음의 여유는 조금도 갖지 못했으므로 그날은 유달리 길다고 생각되었다. 사건이 국가적으로 중대한 것임을 생각하니 가만히 앉아 있을 수가 없었다. 그래서 가벼운 식사를 마치고 드디어 모험에 나섰을 때에야 간신히 마음이 안정되는 것이다.

약속대로 레스트레이드 경감과 마이크로프트가 글로스터 로의 역에서 우리를 맞이했다. 오버스타인 저택 지하의 뒷문은 어제 우리가 열어놓았지만, 마이크로프트가 난간을 넘어가는 일은 싫다고 거절했기 때문에 내가 안으로 들어가서 현관문을 열어 주어야만 했다. 9시에는 모두 서재에 앉아서 상대가 나타나기만을 기다리고 있었다.

한 시간이 지나고, 또 한 시간이 지났다. 11시가 되자, 교회의 큰 시계가 정확하게 시간을 알려 주었는데, 그 소리는 우리를 비웃는 것 같았다. 레스트레이드 경감과 마이크로프트는 의자에서 불안한 듯이, 1분에 두 번이나 회중시계를 꺼내어 보았다. 홈즈는 입을 다물고 유연하게 앉아 있었다. 눈은 반쯤 감고 있었으나, 신경은 면도날처럼 예민해져 있었다. 갑자기 홈즈가 머리를 들었다.

"온다!"

현관을 살금살금 지나가는 발소리가 들렸다. 그리고 되돌아왔다. 밖에서 발을 질질 끄는 소리가 들리고, 다음에는 당목(옛날의 초인종 같은 것)이 두 번 날카롭게 울렸다. 홈즈는 우리에게 그대로 앉아 있으라고 손짓을 하며 일어섰다. 불빛이란 현관에 가스등이 하나 있을 뿐이었다. 홈즈는 현관문을 열고 검은 그림자가 미끄러지듯 들어오자, 문을 닫고 열쇠를 채웠다.

"이쪽으로!"

홈즈의 목소리가 들리더니, 이윽고 우리가 기다리던 남자가 눈앞에 서 있었다. 홈즈는 바로 그의 뒤에 있었다. 남자가 놀라 외치며 달아나려고 하자, 홈즈가 목덜미를 잡아 방 안으로 끌고 왔다. 그리고 상대가 휘청거리고 있을 때, 문을 닫고 등을 거기에 기대고 가로막았다.

그 남자는 일어서서 주위를 둘러보고, 다시금 비틀거리더니 기절해서 바닥에 쓰러져 버렸다.

쓰러지는 순간, 머리에서 챙이 넓은 모자가 벗겨지고 입가에서 목도리가 미끄러져 내리면서 발렌타인 월터 대령의 턱수염과 기품 있고 단정한 얼굴이 나타났다. 홈즈는 놀라 혀를 찼다.

"왓슨, 이번에는 내 얘기를 멍청이라고 써도 좋아. 이같은 범인을 잡으리라고는 상상도 못했네."

마이크로프트는 숨을 헐떡이며 물었다.

"도대체 누군가?"

"잠수함 건조 부장이었던 고 제임스 월터 경의 동생입니다. 그렇군, 속셈을 알만한데. 깨어났군. 조사는 내게 맡겨 주는 편이 좋겠소."

우리는 대령의 축 늘어진 몸을 소파 위에 올려놓았다. 대령은 일어나 앉더니, 공포에 질린 얼굴로 주위를 둘러보고서 이마에 손을 대며, 흡사 자기의 감각이 믿어지지 않는다는 표정이었다.

"이게 어찌 된 일입니까? 나는 오버스타인 씨를 찾아왔는데요."

홈즈가 말했다.

"이미 모든 것을 알고 있소. 월터 대령. 영국 신사라는 사람이 그런 짓을 하다니 도무지 믿을 수 없는 일이오. 오버스타인과 당신의 관계는 모두 밝혀졌소. 캐드건 웨스트 청년의 죽음에 대한 상황도 마찬가지요. 남자답게 죄를 자백하고 조금이라도 속죄를 하시도록 충고하겠소. 상세한 일에 관해 당신에게 직접 들어야 할 일이 있기 때문이오."

대령은 신음소리를 내고 양손으로 머리를 가렸다. 우리는 기다렸지만 대령은 말이 없었다.

홈즈가 말했다.

"분명히 말하지만, 기본적인 것은 모조리 알고 있소. 당신이 돈에 쪼들린 일도, 당신 형님이 보관하고 있던 열쇠의 본을 뜬 것도, 오버스타인과 연락을 취하기 시작하고, 오버스타인은 데일리 텔리그래프지의 광고란으로 연락했던 사실도 알고 있어요. 월요일 밤, 당신은 관청에 갔었는데, 캐드건 웨스트 청년이 당신의 모습을 보고 뒤를 밟았소. 웨스트는 전부터 당신을 의심하고 있었던 거지. 웨스트는 당신이 서류를 훔쳐내는 것을 보았지만, 그것을 런던의 형님에게 가지고 갈 경우도 있다고 생각했기 때문에 사람들에게 알리지 않았던 거요.

웨스트는 선량한 시민이었기 때문에 약혼녀를 팽개쳐 두고 안개 속에서 당신의 뒤를 밟았는데, 당신은 이 집으로 들어왔습니다. 웨스트는 여기까지 따라와 당신의 일을 방해했기 때문에 결국 죽이게 된 것이죠. 당신은 국가 기밀을 판 데다가 무서운 살인죄까지 저질렀습니다.”

대령이 외쳤다.

“내가 아니오! 내가 아니야! 하나님께 맹세코 아닙니다.”

“그렇다면 캐드건 웨스트가 열차의 지붕 위에 얹혀지기 전에 어째서 죽었는가 말해 주시오.”

“얘기하겠소. 자백합니다. 그 밖의 짓은 내가 했습니다. 당신의 말대로입니다. 주식 거래소의 빚을 갚아야만 했어요. 나는 돈에 쪼들려 고민했습니다. 오버스타인은 5천 파운드를 내겠다고 했습니다. 나는 파산을 피하기 위해서 그 말에 따랐지요. 그러나 살인에 관해서는 결백합니다.”

“그럼, 어떻게 된 겁니까?”

“웨스트는 전부터 나를 의심하고 있었고, 당신이 말했듯이 내 뒤를 미행했습니다. 내가 미행당한 사실을 알게 된 것은 현관에 당도했을 때였습니다. 안개가 짙어서 3m 앞도 보이지 않았거든요. 문을 두 번 두드리자 오버스타인이 나타났습니다. 그런데 바로 그 자리에 웨스트가 뛰어나와, 서류를 어떻게 할 작정이냐고 따지더군요. 오버스타인은 짧지만 속에 칼을 장치한 지팡이를 가지고 있었는데, 그것을 손에서 떼어 놓는 일이 없었습니다. 웨스트가 우리 뒤에서 집 안으로 들어오려고 했을 때, 오버스타인은 웨스트의 머리를 향해 내리쳤습니다. 그 바람에 웨스트는 5분도 못 가서 죽어 버린 겁니다. 그가 죽어 있는 모습을 바라보며 우리는 어떻게 해야 할지 망설이고 있었습니다. 그때 오버스타인은 뒤쪽 창문 밑에 열차가 머무는 것이 생각났나 봅니다. 먼저 내가 가지고 간 서류를 조사해 보더군요. 그리고는 세 장은 중요한 것이니까 자기가 갖겠다고 했습니다. 그래서 내가 말했습니다.

'줄 수는 없소. 그것을 제자리로 돌려놓지 않는다면 울리지에서는 대소동이 벌어질 거요.' 오버스타인은 고개를 흔들었습니다.

'아니, 무슨 일이 있어도 내가 갖겠소. 아주 전문적인 것이니까, 한정된 시간 내에 베끼는 것은 불가능하오.'

'하지만 오늘밤에 전부 돌려 놓지 않으면 곤란해요.'

오버스타인은 한참 생각에 잠기더니, 이윽고 알겠다고 하더군요.

'이 세 장은 내가 갖겠소. 남은 일곱 장은 이 사람의 주머니 속에 넣어 두기로 합시다. 그렇게 하면 시체가 발견되었을 때 다들 모든 것이 이 사람의 소행이라고 생각할 거요.'

그 밖에는 방법이 없었으므로 나는 그가 하자는 대로 했습니다. 우리는 창가에서 30분이나 열차가 멈추기를 기다렸습니다. 안개가 짙었기 때문에 아무것도 보이지 않았고, 웨스트의 시체를 열차 지붕 위에 얹는 것은 그다지 어렵지 않았습니다. 나에 관한 것은 이게 다입니다."

"그럼, 당신 형님은?"

"형은 아무런 말도 없었지만, 내가 열쇠를 가지고 있는 것을 한 번 발각당한 일이 있으니까 의심하고 있었는지도 모릅니다. 형의 눈빛을 보고 그것을 알 수 있었습니다. 아시는 바와 같이, 그 뒤로 형은 두 번 다시 일어나지 못했으니까요."

방 안은 침묵으로 가득했다. 그 고요함을 깨뜨린 것은 마이크로프트였다.

"속죄를 할 수 없을까요? 그렇게 되면 양심의 가책도 다소 적어질 거고, 처벌도 가벼워질 텐데."

"내가 어떻게 속죄를 할 수 있을까요?"

"오버스타인은 설계도를 가지고 어디로 갔지요?"

"모릅니다."

"행선지를 말하지 않았습니까?"

"파리의 루브르 호텔 앞으로 편지를 내면 닿는다고 하더군요."

셜록 홈즈가 말했다.

"그렇다면 죄의 보상을 할 수 있겠군요."

"할 수 있는 일이라면 무엇이든지 하겠습니다. 나는 그 녀석에게 그다지 좋은 감정을 가지고 있지 않으니까요. 그 녀석 때문에 나는 이 꼴이 되었습니다."

"여기에 종이와 펜이 있소. 내가 지시하는 대로 써주시오. 봉투의 수신처는 그가 말한 대로 쓰시오. 그것으로 충분합니다. 편지의 문구는 이렇게 쓰시오.

– 앞서의 거래에 관해서 지금쯤은 아마 알아차렸으리라 생각합니다만, 중요한 것이 한 가지 빠져 있습니다. 여기에 복사판이 한 장 있습니다만, 그것이 있으면 당신의 서류는 완전한 것이 됩니다. 하지만 이것을 수중에 넣기 위해서 고생을 했으니까, 500파운드는 받아야겠소. 우편 송금

은 믿을 수 없으니, 금화나 지폐로 받고 싶소. 그쪽으로 찾아가도 되지만, 지금 본국을 떠나면 주목을 끌게 됩니다. 그러니까 토요일 정오에 채링크 로스 호텔의 다방에서 만나고 싶습니다. ─

　그것만으로 됐소. 이걸로 상대가 오지 않는다면 말도 안 되지.”
　아니나 다를까 오버스타인은 나타났다. 오버스타인은 손에 넣은 설계도를 완전한 것으로 만들려다 꾐에 걸려, 영국의 감옥에 15년간 투옥되었다. 오버스타인의 큰 가방 속에서는 귀중한 브루스 파딩턴 설계도도 발견되었다. 오버스타인은 이것을 온 유럽의 해군에 경매로 내놓으려 하고 있었던 것이다. 월터 대령은 형기 2년째 되던 해에 병으로 죽었다.
　사건이 해결되고 몇 주일이 지나자, 홈즈는 여왕이 살고 있는 윈저 궁으로 불려갔다. 그가 돌아왔을 때에는 눈부신 에메랄드의 넥타이 핀을 꽂고 있었다.
　“샀나?”
　내가 물었더니 홈즈는 빙긋 웃었다.
　“어느 자비로운 귀부인께서 주신 거야. 그분을 위해 조그마한 일을 해드렸더니 말이야.”
　홈즈는 그 이상은 아무 말도 하지 않았지만, 나는 그 귀부인이 누군지 금방 알아차렸다. 그 에메랄드의 넥타이핀은 브루스 파딩턴 설계도 사건을 언제까지나 홈즈에게 생각나게 할 것이리라.

빈사의 탐정
(The Adventure of the Dying Detective)

빈사의 탐정
(The Adventure of the Dying Detective)

셜록 홈즈가 묵고 있는 하숙집 여주인인 허드슨 부인이 홈즈 때문에 오랫동안 고생해 왔다는 것을 잘 알고 있다. 2층의 그의 방에는 느닷없이 별의별 사람들이 다 찾아올 뿐만 아니라 홈즈 자신의 생활 방식이 남다르고 불규칙적이어서 허드슨 부인의 눈살을 찌푸리게 하는 데 충분했다. 쉬운 예를 들자면 정리 정돈과는 담을 쌓은데다가 한밤중에 바이올린 연주에 열중하는가 하면 때로는 방 안에서 권총 연습을 한답시고 부인을 놀라게 했다.

그것도 모자라 화학 실험을 해서 고약한 냄새를 집 안에 풍기기도 하는 것이다. 더구나 홈즈의 주변에는 폭력과 위험이 따라다니기 마련이라 런던 시내에서 홈즈만큼 지독한 하숙인을 찾아보기도 어려울 것이다. 하지만 하숙비는 후한 편이다. 내가 함께 지낸 몇 해 동안 홈즈가 지불한 금액만으로도 그만한 집은 사고도 남을 만했다.

한편 허드슨 부은은 마음 속으로 홈즈를 존경하고 있어서 홈즈가 아무리 기상천외한 짓을 해도 결코 잔소리를 하지 않았다. 또한 홈즈에게 각별한 호의를 갖고 있었는데 그것은 홈즈가 여성을 대하는 태도가 각별히 상냥하고 예의바르기 때문이다. 홈즈는 본디부터 여자를 멀리 하고 믿지 않는 성격이나 늘 기사답게 행동했던 것이다.

내가 결혼해서 홈즈와 떨어져 살게 된 지 얼마 안 되어 바로 그 허드슨 부인이 나를 찾아와 걱정스러운 얼굴로 호소했다.

"홈즈 씨가 대단히 위독하시답니다. 왓슨 박사님. 요즘 사흘 동안 계속 몸이 허약해져서 이젠 하루를 넘기기도 어려울 지경에 와 있어요. 그러면서도 결코 의사를 부르지 못하게 하세요. 오늘 아침에도 광대뼈가 툭 불거져나온 얼굴에 눈만 번쩍이고 있는 모습이 안쓰러워 보고만 있을 수가 없었어요. '홈즈 씨 당신의 허락이 있든 없든 간에 의사를 모시러 가겠습니다' 하고 내가 말했더니, '그렇다면 왓슨 박사나 불러 주시지요.' 하고 허락을 내렸습니다. 지금 곧 가 보시지 않으면 임종도 지켜볼 사람이 없을 것 같아요."

홈즈가 그렇게 아프다는 것은 예상치 못한 일이었기에 급히 외투와 모자를 집어 들고 부인과 함께 마차를 탔다. 마차 속에서 나는 허드슨 부인에게 좀더 자세한 내용을 물어보았으나 부인은 고개를 흔들었다.

"나도 통 아는 것이 없어요. 강 기슭 뒷골목인 로저 하이즈에서 어떤 사건을 조사했는데 그곳에서 병을 얻어 왔다는 거예요. 수요일 오후 자리에 누운 뒤로 머리를 들 기운도 없는 것 같아요. 사흘 동안을 물 한 모금도 마시지 못하고……."

"그거 보통이 아니군! 왜 진작에 의사를 부르지 않았나요?"

"허락을 해줘야 말이지요. 아시다시피 황소 고집 아닙니까. 하여간 가 보시면 놀라실 거예요."

과연 눈 뜨고는 못 볼 상태였다. 안개가 짙은 11월의 어두컴컴한 방 안에서 살이 빠져 눈만 퀭한 홈즈의 얼굴이 침대에서 비스듬히 이쪽을 바라보고 있었다. 그 순간 마치 심장이 얼어붙는 것 같은 충격을 받았다. 열이 심한 탓인지 눈에 심하게 핏발이 서고 양 볼은 고열 때문에 불그레했고 입술은 희게 일어나 있었다. 이불 위로 나온 앙상한 손은 쉴새없이 떨리고 목소리는 쉰 것처럼 잠겨 있었다.

내가 방에 들어갔을 때 홈즈는 축 늘어져 잠들어 있었으나 이쪽을 보고 눈을 감은 것은 나를 알아보았기 때문이었을 것이다.

"왓슨, 나도 이젠 볼장 다 본 것 같아."

모기소리만큼이나 약한 말소리였지만 평소의 장난기가 엿보이는 푸념이었다. 나는 홈즈에게 가까이 가며 외쳤다.

"이게 어찌 된 일이란 말인가!"

그러자 그는 갑자기 명령투의 날카로운 소리를 질렀다.

"가까이 오지 마! 가까이 오면 안 돼! 더 이상 가까이 올 생각이라면 이 방에서 나가 주게."

"왜 그러는 건가?"

"곁에 오는 것이 싫어서야. 이유는 그것으로 충분하지 않은가."

허드슨 부인의 말대로 홈즈는 열에 들떠 있는 것 같았다. 그래서 더욱 홈즈의 초췌한 모습을 보는 것이 애처로웠기에 나는 달래듯 말했다.

"힘이 되어 주고 싶었네."

"내가 하라는 대로 해 주는 것이 힘이 되어 주는 것일세."

"알았네, 홈즈."

홈즈는 딱딱한 표정을 풀고 숨을 몰아쉬면서 물었다.

"기분이 상했나?"

불쌍하게도 이런 모습으로 누워 있는 것을 보고, 내가 어떻게 기분이 상할 수가 있단 말인가. 홈즈가 묘하게 침통한 소리로 말했다.

"이러는 것도 모두가 자네를 생각해서라네, 왓슨."

"나를 위해서라니?"

"나는 내 병이 어떤 것인지를 알고 있어. 수마트라의 풍토병인 쿠리 병이라네. 이 병에 대해서 별로 연구된 것은 없으나, 하나만은 확실한 것이 있네. 일단 걸리면 반드시 죽고, 또 무서운 전염력을 갖고 있지."

홈즈는 열에 들뜬 소리로 이야기하며, 자기의 긴 손을 흔들어 자꾸 좀더 떨어져 있으라는 시늉을 했다.

"몸을 접촉시키면 전염당해, 왓슨. 나를 만지지 말게. 떨어져 있으면 상관없으니까."

"여보게, 홈즈. 그런 일을 내가 두려워할 줄 아는가. 그런 것쯤 내가 겁내고도 친구로서의 의리를 지킬 수 있다고 생각하는가?"

내가 다시 한 발자국 내디뎠을 때, 홈즈는 험악한 얼굴로 매섭게 말했다.

"자네가 더 이상 가까이 오지 않는다면 이야기라도 나누겠네만, 그렇지 않다면 이 방에서 나가줘야겠어."

나는 홈즈의 괴팍한 성격을 잘 알고 있었기에, 늘 홈즈의 어떤 부탁이라도 들어 주었다. 그러나 이 경우는 의사의 입장으로서도 홈즈를 내팽개쳐 둘 수는 없다고 생각했다.

"홈즈, 자네는 지금 보통 몸이 아니야. 그리고 환자는 어린아이처럼 보채기 마련이지. 그러니 자네가 보채든 말든 자네를 진찰하고, 치료를 할 수밖에 없네."

홈즈는 화난 눈으로 나를 바라보았다.

"꼭 진찰을 받아야 할 일이라면, 믿을 수 있는 의사를 보내 주게."

"그렇다면 나는 믿을 수 없다는 건가, 홈즈?"

"자네의 우정이야 믿을 수 있지. 하지만 우정과 의술은 별개의 것이지. 결론을 말하자면, 자네는 개업한 지 얼마 안 되는 경험이 부족한 신출내기가 아닌가. 이런 말을 하는 것은 마음아픈 일이지만, 내 입장으로서는 할 수 없는 일일세."

나는 몹시 감정이 상했다.

"자네의 인격에 어울리지 않는 소리군, 홈즈. 그런 면을 봐서라도 자네의 정신상태가 병 때문에 흐려져 있다는 것을 알 수 있네. 하여간 자네가 나를 의사로서 신뢰할 수 없다면 강요는 하지 않겠네. 나 대신 런던에서 일류로 치는 의사를 부르기로 하세. 누가 손을 써도 써야 하니까. 나는 여기에 서서 자네가 죽어가는 것을 볼 수는 없네."

홈즈는 흐느껴 우는 소리인지, 신음소리인지 분간할 수 없는 소리로 이렇게 말했다.

"자네의 호의를 모르는 것이 아니야. 하지만 자네가 동야의 질병에 관해서 경험이 없으니 어쩌겠나. 터퍼눌리 열병이 뭔지 아는가? 대만의 흑부패병이라는 것을 겪어 보았는가?"

"잘 모르겠는 걸."

"동양에는 여러 가지 기묘한 병이 있다네, 왓슨."

그는 한 마디 말을 하고 나서는 쉬엄쉬엄 말을 하면서 쇠약해지는 힘을 짜내고 있었다.

"나는 최근 범죄 의학을 연구하는 과정에서 많은 것을 알았네. 이병에 걸린 것도 그런 연구를 하는 과정에서였지. 이 병은 치료할 방법이 막연하다네."

"그럴 수도 있겠지. 하지만 열대병에 관해서는 세계적인 권위자로 알려진 에인스트리 박사가 런던에 체류중일세. 제발 반대하지 말게, 홈즈. 내가 가서 모시고 오겠네."

나는 문 쪽으로 향했다.

그런데 놀랍게도 숨이 턱에 닿은 환자가 침대를 박차고 문 쪽으로 달려가더니 찰칵 자물쇠를 채우고는, 다시 침대로 돌아가 쓰러지는 것이었다.

"강제로 열쇠를 빼앗지는 않겠지, 왓슨? 이제 이 방에 갇힌 꼴이 되었네. 내가 나가도 좋다고 말할 때까지는 이 방에 있도록 하게. 속을 썩이지 않을 테니까. 자네가 진심으로 나를 생각해 주고 있다는 것은

나도 잘 알고 있네. 자네 하고 싶은 대로 해도 좋으니까, 내가 기운을 차릴 때까지 여유를 주게. 하지만 지금은 안 돼, 왓슨. 지금이 4시니까 6시가 되면 마음대로 하게."

"그건 정신나간 소리야, 홈즈."

"불과 두 시간 만일세. 6시에 가도 좋다고 약속하겠네. 기다려 주겠나?"

"별수없군."

"고맙네, 왓슨. 이부자리는 내가 손보겠으니 제발 가까이 오지 말게. 그런데 왓슨. 또 하나의 조건이 있네. 자네가 데리고 올 사람은 그 열대병 전문가가 아니라, 내가 지명하는 사람이어야 하네."

"그러지, 그 사람이 누군가?"

"이따가 말해 주지, 이제야 서로 간에 타협이 된 것 같군. 나는 피곤하니 좀 쉬어야겠어. 6시가 되면 다시 이야기하세. 저기 잡지가 있으니, 그거나 읽고 기다리게."

나는 잠시 선 채로 침대 위의 홈즈를 바라보았다. 얼굴 위에까지 담요를 뒤집어쓴 그는 곧 잠들은 것 같았다. 그렇다고 잡지를 뒤적거릴 생각도 나지 않았기에, 방 안을 서성거리며 벽에 즐비하게 붙은 유명한 범죄인들의 사진을 새삼스럽게 눈여겨보며 시간을 보냈다. 그러는 동안에 발길이 벽난로 앞에서 멎었다.

벽난로의 장식대 위에는 담배주머니, 주사기, 편지 봉투를 뜯는 칼, 권총 등 잡동사니가 늘어져 있었다. 그 중에 상아를 다듬어 정교하게 만든 작은 상자가 눈에 띄었다. 처음 보는 것이었기에 가까이 보려고 손을 뻗어 집어들었다.

그 순간, 홈즈가 길가에까지 들릴 정도로 큰 소리를 질렀다. 그 소리가 얼마나 크고 갑작스런 것이었는지 정신이 다 아찔할 정도였다. 획 뒤돌아보니 홈즈의 이글거리는 눈이 겁에 질린 듯 나를 노려보고 있었다. 나는 상자를 손에 든 채 어안이 벙벙해서 그를 바라보았다.

"상자를 내려 놔! 어서 상자를 내려놓으라니까!"

내가 상자를 제자리에 놓자, 비로소 그는 안도의 숨을 몰아 쉬었다.

"나는 내 물건에 누가 손대는 것은 질색이야. 자네도 내 성미 잘 알고 있잖은가. 자네의 경솔한 행동은 참을 수 없네. 명색이 의사라는 자네가 환자를 화나게 만드는군. 가만히 앉아 있게. 그리고 나를 마음 편히 누워 있게 좀 해 주게."

나는 이 일로 불쾌한 마음을 억누를 수가 없었다. 어쨌거나 홈즈가 까닭도 없이 흥분하고, 평상시의 그 온화한 말씨와는 동떨어진 난폭한 말을 마구 내뱉는 것으로 보아, 마음이 흐트러질 대로 흐트러져 있다는 것을 알 수 있었다. 명석한 머리가 궤도를 벗어나는 것만큼 처참한 것도 드물다.

나는 정해진 시간까지 묵묵히 앉아 우울한 생각에 잠겼다. 홈즈도 은밀히 시계를 보고 있었던 것 같다. 까닭인즉, 6시가 되자마자 앞서와 마찬가지로 열에 들뜬 말투로 이야기를 시작했기 때문이다.

"그런데, 왓슨, 주머니 속에 잔돈이 있나?"

"있네."

"은화는?"

"쓸 만큼은 갖고 있지."

"반 크라운 화폐도 몇 개 있나?"

"으음……. 다섯 개."

"아, 너무 적은 걸! 정말 운이 나쁘군, 왓슨. 하지만 적은 대로 그것을 시계 주머니에 넣을 수 있을 때까지 채우게. 그리고 돌아갈 때는 그것을 모두 왼쪽 바지 주머니에 옮기도록 하게. 그래야 자네의 균형이 잘 맞을 걸세."

열이 심해서 헛소리를 하는 것일까? 홈즈는 몸을 떨며, 다시금 기침 소리인지 흐느낌인지 분간하기 어려운 소리를 냈다.

"가스불을 켜 주겠나, 왓슨. 조심해서 밝기가 반 정도가 되도록 불꽃을 조절해 주게. 됐어, 고맙네. 아니, 창에 커튼은 칠 필요가 없어. 이번에는 테이블 위의 편지와 서류를 내 손이 닿는 곳으로 밀어놔 주게.

그리고 벽난로 위에서 잡동사니를 옮겨 주게. 거기에 집게가 있으니 그걸로 아까의 상자를 집어, 이 서류 한복판에 놓아 주게. 됐네, 이제 로워 파크가 13번지의 캘버턴 스미스 씨를 불러다 주면 되겠어."

실은 나는 의사를 불러올 생각이 가시고 말았다. 이제 홈즈의 머리가 이상해지고 있다는 것이 명백한 이상, 그를 혼자 남겨두고 자리를 비운다는 것이 위험스러웠던 것이다. 그래서 내가 말했다.

"그런 이름의 의사는 처음 들어 보겠는 걸."

"들어 본 일이 없을 거야, 왓슨. 캘버턴 스미스 씨는 이 세상에서 나의 병에 대해 가장 잘 아는 사람이지만, 의사가 아니라 농장 주인이라네. 스미스 씨는 수마트라에선 유명한 사람인데, 지금 런던에 와 있네. 의사의 치료를 받을 수 없는 밀림 속의 농장에서 이 병이 발생한 일이 있어. 스미스 씨는 스스로 그것을 연구하여 큰 성과를 거둔 바 있거든. 그는 아주 꼼꼼한 사람이야. 내가 자네를 6시 이전에 보내 봤자 그가 집에 없으리라는 것을 잘 알고 있었기 때문에 시간을 보낸 걸세. 자네가 스미스 씨를 설득해서 이리로 데리고 와. 그가 이 병의 치료법을 알아낼 수 있다면 나는 살아날 가망이 있는 것이라네."

홈즈는 쉬엄쉬엄 이야기하며, 때로는 숨을 가쁘게 몰아쉬기도 하고, 때로는 괴로운 듯이 양손에 힘을 주기도 했다. 홈즈의 상태는 좀더 악화된 것 같았다. 불그레한 반점이 보다 선명해졌고, 움푹 패인 눈에는 핏발이 두드러졌으며, 이마는 식은 땀이 흘러 번들거렸다. 그러면서도 그는 기력을 잃지 않고 말을 이었다.

"스미스 씨에게는 내 상태를 본 대로 이야기하게. 빈사 상태여서 머리가 이상해진 것 같다는 말도 빠뜨리지 말고. 아아, 정말 머리가 돌 것 같군. 내가 하는 말을 나도 모르겠어. 내가 지금 무슨 말을 했더라, 왓슨?"

"캘버턴 스미스에게 가서 본 대로 증상을 말하라고 했잖은가."

"그랬나? 생각이 나는군. 나의 생사에 관계되는 중대한 일일세. 스미스 씨를 잘 설득하라고, 나는 그 양반과 좀 꺼림칙한 관계에 있어. 나는 그가 자기의 조카로 하여금 참혹한 죽음을 맞이하게 했을 것으로 의심하고, 그 사실을 추궁한 일이 있거든. 그래서 나를 못마땅하게 생각하고 있다네. 그러니 잘 구슬러서 꼭 데리고 와 주게. 내 목숨을 건져 줄 사람은 오직 그 사람뿐이라는 것을 명심해 주게."

"일이 어려우면 납치라도 해오겠네."

"그래서는 안 돼! 설득을 해야 해. 그리고 자네는 그 사람보다 한 걸음 먼저 이 방으로 돌아와 주어야 해. 적당한 구실을 붙여, 함께 오지 말고 먼저 와야만 하네. 나를 실망시키지 말게. 자네는 결코 나를 실망시킨 일이 없었지만."

나는 이 굉장한 지능의 소유자가, 마치 철부지 소년처럼 횡설수설하는 것을 슬프게 생각하며 방을 나서야 했다. 홈즈가 열쇠를 건네주었기에 됐다 싶어 얼른 문을 열고는 열쇠를 돌려 주지 않았다. 언제 또 마음이 바뀌어 문을 잠글지 몰랐기 때문이다.

복도로 나가니 허드슨 부인이 몸을 떨며 울상이 되어 서 있었다. 막 방문을 닫으려고 했을 때, 홈즈가 뭐라고 중얼거리는 소리가 들렸다.

밖으로 나오니 안개가 자욱했다. 휘파람을 불며 마차를 부르고 있노라니, 안개 속에서 한 사나이가 말을 걸었다.

"홈즈 씨의 상태는 어떻던가요?"

그는 안면이 있는 경시청의 모틴 경감이었다. 오늘은 사복을 입고 있었다. 내가 대답했다.

"중태입니다."

그런데 이상하게도 경감은 대수롭지 않은 표정으로 씩 웃으며, 얼른 고개를 돌리며 말했다.

"소문을 들었습니다만, 정말이군요."

그때 마차가 와서 섰기에 나는 불쾌한 마음으로 경감과 헤어졌다.

"내일 오전중에 오라고 해."

나는 홈즈가 침대에서 고통을 참으며, 이 사나이를 데리고 오기를 눈이 빠지게 기다리고 있을 것을 생각했다. 지금은 예의를 갖출 때가 아니었다. 홈즈의 생사는 나의 행동에 달려 있는 것이다. 집사가 되돌아와서 송구스러운 듯 말문을 열려고 했을 때, 나는 그를 밀어젖히다시피 하고 안으로 들어갔다.

화를 벌컥 내며 책상 뒤의 의자에서 한 사나이가 일어났다. 기름기가 번지르르한 누렇고 큰 얼굴에, 털이 긴 모랫빛 눈썹 밑에서 부리부리한 회색 눈이 나를 노려보았다. 뾰족한 대머리에는 작은 벨벳 모자가 옆으로 붙어 있었다.

머리는 유난히 큰데, 문득 아래쪽을 보고는 깜짝 놀랐다. 몸집이 작고 등이 구부정했기 때문이다. 어릴 적에 곱사병에 걸린 일이 있었던 것 같다. 하여튼 이 사람이 캘버턴 스미스일 것이다. 스미스는 더욱 언성을 높였다.

"무슨 까닭으로 허락도 없이 마구 들어옵니까? 내일 오전이면 만날 수 있을 것이라고 했는데……."

"죄송합니다. 하지만 내일까지 미룰 수 없는 급한 사정이 있어서 그럽니다. 실은 셜록 홈즈가……."

홈즈의 이름을 입 밖에 낸 순간, 스미스의 태도가 돌변했다, 순식간에 그의 얼굴에서 노기가 사라지고, 긴장되고 날카로운 눈을 번득였다.

"당신은 홈즈 씨의 집에서 오는 길입니까?"

"예, 방금 그의 방에서 이리로 오는 길입니다."

"홈즈 씨에게 무슨 일이라도?"

"오늘밤을 넘기기 어려울 정도로 중태입니다. 그래서 실례를 무릅쓰고 찾아온 겁니다."

스미스는 눈짓으로 나에게 의자에 앉으라고 했다. 자신도 맞은편 의자에 자리를 잡았다.

그때 스미스의 얼굴이 벽난로 옆의 거울에 비쳤는데, 잠시였으나 어떤 미소 같은 것이 스치는 것 같았다. 하지만 나와 마주 앉았을 때는 이미 아까의 그 고집스러운 얼굴로 돌아가 있었다.

"그거 안 됐군요. 홈즈 씨라면 우연한 일로 인사를 나눈 일이 있을 뿐입니다만, 그분의 재능과 인격은 존중할 만했습니다. 나는 아마추어 의학자인데, 그분은 아마추어 범죄학자더군요. 그분은 상대가 범죄인이지만, 내 상대는 세균인 셈이지요. 저기에 있는 것들이 내가 세균을 가두어 두는 감옥이나 마찬가지입니다."

스미스 씨는 벽 쪽 선반에 늘어선 병과 단지를 가리키고 나서 다시 말을 이었다.

"저 젤라틴 배양균 속에는 세상에서도 가장 흉악한 범인이 형기를 치르고 있는 셈이지요."

"홈즈가 당신을 뵙고자 하는 것은 당신의 그런 전문지식 때문입니다. 홈즈는 당신의 그런 연구를 잘 알고 있어서, 런던에서 자기의 병을 고칠 수 있는 사람은 당신밖에 없다고 했습니다."

스미스가 깜짝 놀라 머리를 치켜세우는 바람에 벨벳 모자가 그만

미끄러지고 말았다.

"왜죠? 어째서 홈즈 씨는 나만이 그 병을 고칠 수 있다고 생각하지요?"

"당신이 동양의 특유한 질병에 관한 지식을 갖고 있기 때문인 것 같습니다."

"홈즈 씨는 자기의 병이 동양의 것이라고 생각하는 건가요?"

"범죄 수사 도중에 항구에서 중국인 선원과 섞인 것이 원인이 아닌가 생각합니다만."

스미스는 회심의 미소 비슷한 것을 띠며 모자를 집으며 일어섰다.

"아, 그렇군요. 알겠습니다. 그런데 홈즈 씨는 병에 걸린 지 얼마나 되는 것 같던가요?"

"3일 전이라고 알고 있습니다."

"정신은 어떻든가요?"

"정신이 오락가락하는 것 같았습니다."

"아, 상당히 심한 것 같습니다. 그런 위급한 이야기를 듣고도 가 보지 않는다는 것은 도리가 아니겠습니다. 왓슨 씨, 나는 내 일을 방해받는 것은 질색이지만, 지금의 경우는 예외입니다. 자, 어서 가 보기로 합시다."

나는 홈즈가 무슨 구실을 내세우더라도 한 걸음 먼저 돌아오라던 당부를 머리에 떠올렸다.

"나는 다른 곳에 들러야 하기 때문에 함께 가기는 어려울 것 같습니다."

"할 수 없군요, 나 혼자 가겠습니다. 홈즈 씨의 주소는 알고 있으니까요, 아마 30분 뒤에 그곳에 도착하겠지요."

나는 곧장 베이커 가로 돌아가면서, 어떤 각오를 하고 있었다. 내가 떠난 뒤 십중팔구 홈즈에게 불행한 일이 생겼을 가능성이 컸던 것이다.

그러나 방 안에 들어가서는 일단 안심을 했다. 홈즈는 아직 건재해 있었던 것이다. 얼굴은 여전히 창백했으나 정신은 멀쩡했다.

"어떻던가. 만나봤나, 왓슨?"

"음, 곧 올 걸세."

"잘했네! 역시 자네는 나를 실망시키지 않았군."

"함께 가자고 하더군."

"그래서는 큰일이지, 그랬다가는 도로아미타불이지. 어디가 어떻게 아프냐고 물어보던가?"

"중국인 선원 때문에 그런 병을 얻은 것 같다고 했네."

"그걸로 됐네. 이제 자네는 퇴장할 차례일세."

"무슨 소리야! 나는 이곳에서 기다렸다가 스미스 씨의 진단과 처방을 참고로 들어 보겠네."

"물론 그러고 싶겠지만, 스미스 씨는 나밖에 아무도 없는 것으로 알아야 서슴없이 자기의 의견을 말할 것 같군. 이 침대머리 쪽에는 사람 하나가 들어가 있을 만한 공간이 있네. 그곳에 들어가 숨어 있어 주게."

"그럴 수야……."

"제발 시키는 대로 해 주게. 좀 답답하더라도 참고."

"할 수 없군."

그때 홈즈가 그 초췌한 얼굴에 긴장감을 띠고는 자리에서 벌떡 일어나 앉았다.

"마차소리가 나네, 왓슨. 나를 위한다면 부디 인기척을 내지 말게. 가만히 귀만 기울이고 있어 줘."

그렇게 말하고는 기운이 빠지는지 털썩 자리에 누워 버리고 말았다.

내가 침대 머리맡에 몸을 감추고 귀를 기울이고 있자니, 계단을 올라오는 소리가 들리고 곧이어 침실의 문이 여닫히는 소리가 들렸다. 그런데 놀랍게도 잠시 동안은 두 사람 모두 아무 말 없고, 환자의 괴로운 숨소리만 들릴 뿐이었다.

손님은 머리맡에 서서 환자를 들여다보고 있는 모양이었다. 마침내 그 야릇한 고요가 깨지고 스미스의 말소리가 들렸다.

"홈즈! 홈즈! 내 소리가 들리는가, 홈즈?"

침대가 흔들리는 것으로 보아, 스미스가 홈즈의 어깨를 거칠게 흔들고 있는 것 같았다.

홈즈가 낮은 목소리로 입을 열었다.

"아, 스미스 씨, 당신이었군요. 와주지 않을 것으로 생각했는데……."

상대방이 웃으며 말했다.

"나도 올 생각은 없었지. 그러나 이렇게 찾아왔어. 원한을 은혜로 갚는 거다, 홈즈."

"친절에 감사합니다. 훌륭한 마음씨입니다. 나는 당신의 전문적인 지식을 존경합니다."

홈즈의 말에 스미스가 낄낄 소리내어 웃으며 말했다.

"그래? 런던에서 내 지식을 알아주는 사람은 당신뿐인 것 같군. 그래 무슨 병인지 알고 있나?'

"그 병입니다."

"허, 그 병의 증상이 확실한가?"

"확실합니다."

"당신이 그 병에 걸렸다고 해도 나는 별로 놀라지 않아, 홈즈. 만일 그렇다고 하면 당신의 목숨이 위태롭기는 하지만. 내 조카 빅터는 불쌍하게도 나흘 만에 죽더군. 싱싱한 젊은 녀석이 말이야. 런던 시내 한복판에서 그 애가 하필이면 그 동양의 병에 걸리다니, 당신의 말마따나 분명히 불가사의한 일이었지. 더구나 그 병이 내가 연구하고 있는 질병이라는 점에서, 우연의 일치치고는 내가 의심을 받을 만도 하지. 그것을 냄새맡았다니, 홈즈 당신도 보통이 아니군."

"당신의 범행이라는 것을 알고 있었소."

"허, 알고 있었다? 하지만 증거를 댈 수는 없을 걸. 어쨌거나, 전에는 나를 궁지로 몰아넣고, 이번에는 자기의 목숨이 위험하다고 해서 내게 살려달라고 하는 건 우습지 않나, 응?"

홈즈의 가쁜 숨소리가 들려왔다.

"물을!"

"당신은 곧 저세상으로 갈 몸이지만, 내가 하고 싶은 말을 다 할 때까지는 살아 있어 줘야겠어. 그래서 이렇게 물을 주지. 내 말이 들리나, 홈즈?"

홈즈의 신음소리가 들렸다.

"가능한 한 치료를 부탁합니다. 과거의 일은 없었던 것으로 합시다. 나는 그 일에 대해서는 잊어버리겠습니다. 나를 고쳐 주기만 하면, 더 이상 당신을 괴롭히는 일은 하지 않겠소."

"뭘 잊어버리겠다는 거지?"

"당신의 조카 빅터의 의문의 죽음 말이오. 당신은 방금 당신이 그 청년을 죽인 것을 인정하는 투로 말했잖소. 나는 그 진상을 모르는 체하겠습니다."

"잊어버리든 기억하든 마음대로 하라고. 재판소의 증인석에서 당신과 마주칠 일은 없을 테니까. 내 조카 녀석이 왜 죽었는가를 당신이 안다고 해도, 이제 나는 겁날 것이 없지."

"……."

"나를 부르러 온 당신의 친구 이야기로는, 그 병을 중국인 선원한테서 옮아 왔다던데?"

"그렇게 밖에 생각되지 않습니다."

"당신은 머리가 좋은 것을 자랑삼고 있고. 빈틈이 없는 사나이라고 자만하고 살아왔겠지, 홈즈? 그러나 이번에는 더욱 빈틈없는 임자를 만났다는 것을 알아야겠구만. 자, 생각해 보라고, 홈즈. 달리 이 병에 걸릴 만한 원인은 없었던가?"

"모릅니다. 이제 무엇을 생각해낼 기운이 없어요. 부탁이니, 제발

살려 주시기 바랍니다."

"좋아, 살려 주지. 살려 주고 말고. 병이 어떤 것인지. 그리고 왜 그런 곤경에 처하게 되었는지 알게 하기 위해서 말이야. 당신이 죽기 전에 그것을 알게 해주고 싶군."

"이 고통을 덜게 할 수 있는 약을 주시오."

"고통스러운가? 하기야 중국인 선원들도 죽어 가며 비명을 질렀지. 가끔 경련이 일어날 텐데?"

"맞습니다."

"하지만 내 말을 아직 들을 수 있어 다행이군. 잘 생각해 보라고. 병의 증상이 나타나기 시작했을 때, 뭔가 색다른 일이 없었던가?"

"아니, 별로……."

"곰곰이 생각해 봐."

"……별로……."

"그래? 그럼 내가 말해 주지. 우편물이 도착하지 않았나?"

"우편물?"

"상자 같은 것 말이야."

"안 돼! 생각이 가물거려……."

"정신차려, 홈즈."

스미스가 빈사 상태의 홈즈를 마구 흔드는 소리가 들렸다. 나는 뛰어나가고 싶은 충동을 이를 악물고 참았다.

"내가 하는 말을 들어라. 싫어도 들어야만 해. 상자를 기억 못하나? 상아로 만든 작은 상자를? 수요일에 배달되었을 텐데, 그것을 열어 보았지? 거억나나?"

"그래, 열어보았소. 안에는 강한 용수철이 장치되어 있었지. 누가, 그런 장난을……."

"이 지경이 되었으니, 그것이 장난이 아니라는 것을 알만도 할 텐데. 바보 같으니, 스스로 함정에 빠진 거라고. 당신은 누구의 부탁을 받고 내 일을 방해하려고 했겠지. 내게 손을 뻗지만 않았어도 이런 꼴은 당하지 않았을 텐데."

홈즈가 숨가쁜 소리로 말했다.

"생각이 난다! 그 용수철…… 피가 났지…… 그 상자…… 저기 테이블 위에 있는 상자요……."

"이것이 틀림없군. 여기에 놔두는 것보다 내 주머니에 넣어 두는 것이 좋겠는 걸. 그래야 증거가 완전히 없어지거든. 자, 이제 진상을 짐작했겠지, 홈즈? 나에게 당했다는 것을 깨닫고 죽어가게. 빅터가 왜 죽었는가를 꿰뚫어 보았기에, 그 방식대로 죽게 해주는 거라고, 이제 죽을 때가 된 것 같으니, 네가 죽는 꼴을 앉아서 구경하기로 하지."

홈즈가 뭐라고 말했으나 모기소리 같아 알아들을 수가 없었다.

"뭐? 가스불의 심지를 돋구어 달라고? 흥, 눈앞이 캄캄해지는 모양이군. 좋아, 밝게 해주지, 그래야 네 얼굴도 잘 보일 테고."

스미스가 움직이는 소리가 나고, 방 안이 곧 환해졌다.

"다른 부탁은 없나?"

홈즈의 말소리가 들렸다. 놀랍게도 기운 찬 목소리였다.

"성냥과 담배를 부탁하오."

나는 놀라움과 기쁨으로 소리를 지를 뻔했다. 홈즈가 평상시의 말투로 이야기를 했던 것이다. 어딘지 허약한 구석이 있기는 했지만, 틀림없이 평상시의 귀에 익은 목소리였다.

스미스가 오랫동안 침묵을 지키고 있는 것으로 보아, 갑자기 변한 홈즈를 보고 어안이 벙벙한 것이 틀림없었다. 마침내 스미스의 갈라진 목소리가 들려왔다.

"이게 어찌 된 일이지?

"연기를 하려면 이 정도는 해야지. 나는 3일 동안 먹을 것도 못 먹고 마실 것도 거절했지. 당신이 아까 따라 준 컵의 물이 처음이었어. 하지만 가장 참기 어려웠던 건 담배였지. 아, 한 대 피워볼까."

성냥을 긋는 소리가 났다.

"아, 이제 살 것 같군. 어라, 계단을 올라오는 소리가 나는 걸."

발소리가 급히 다가오더니, 문이 열리며 모턴 경감이 나타났다. 홈즈가 말했다.

"만사 잘 되었소. 이 사람이 범인이오."

경감이 스미스에게 말했다.

"빅터 새비지 살해 혐의로 체포하겠소."

홈즈가 웃으며 말했다.

"거기에 셜록 홈즈 살해 미수죄도 추가해야지. 스미스 씨는 죽어가는 사람의 마지막 소원을 들어주려고 가스불을 밝게 했는데, 그것이 경감에게 보내는 신호였지. 자, 이 범인의 주머니 속에는 증거가 될 상자가 들어 있소. 그걸 압수하도록 하시오. 조심해야 합니다."

그때 갑자기 도망가는 소리가 나고, 우당탕 격투하는 소리가 들리더니 스미스가 비명을 질렀다.

"어이쿠!"

"허둥거리면 더 아플 뿐이지. 가만히 있지 못하겠나!"

경감이 말하며, 찰칵 수갑을 채우는 소리가 들렸다.

스미스가 악을 썼다.

"용케도 걸려들게 했군, 홈즈. 이런 짓을 꾸미다니 양심의 가책을 받을 자는 내가 아니고 네놈이라는 것을 알아라. 너는 이곳에 와서 병을 고쳐달라고 했고, 나는 불쌍하게 생각하고서 이곳에 왔다. 너는 나를 죄에 몰아넣기 위해 연극을 꾸몄지만, 너와 나 사이에 있었던 이야기를 들은 증인이 없으니, 나는 너를 무고죄로 고발할 테다."

홈즈가 어리벙벙한 소리로 외쳤다.

"이런 실수가 있나! 증인을 감춰 둔 것을 깜빡 잊었군. 왓슨, 나와 주게. 수고가 많았어. 캘버턴 스미스 씨를 소개할 필요는 없겠지. 초저녁에 만났던 사이니까. 모턴 경감, 밖에 마차를 준비해 두었소? 옷을 갈아입고 곧 내려가리다. 경찰에선 내 설명이 필요할 테니까."

홈즈는 옷을 갈아입는 사이에 포도주를 마시고 비스킷을 먹으며 나에게 물었다.

"이렇게 무얼 먹고 싶어하기는 처음일세. 하지만 자네도 알다시피 나는 평상시의 생활이 불규칙적이어서, 단식을 해도 보통 사람보다는 덜 고통스러운 편이지. 어쨌든, 허드슨 부인에게는 내가 중병에 걸렸다고 믿게 할 필요가 있었네. 그래야 부인이 자네한테 가고, 자네도 그렇게 믿어야 그 사나이를 데려오게 할 수가 있거든. 속임수를 쓴 것을 섭섭하게 생각하지 말게. 자네에게는 여러 가지 재능이 있지만, 알고도 모르는 척 시치미떼는 건 못하거든. 자네에게 비밀을 털어놓았다면, 스미스에게 내 병이 진짜라고 믿게 하기는 어려웠을 걸세. 그것이 이 계획의 핵심이었다네. 나는 그 사나이가 집념이 남달리 강한 성격이라는 것을 알고 있었기에, 틀림없이 자기 음모의 성과를 보러 올 것으로 믿었네."

"하지만 자네는 진짜 중환자처럼 창백한 얼굴이었는데?"

"3일 간이나 먹지 않고 마시지 않으면, 누구나 얼굴이 반쪽이 되기 마련이지. 그 밖에 약간의 재주를 좀 부렸다네. 이마에는 바셀린을 바르고, 눈에는 약을 넣어 핏발을 서게 하고, 볼에는 붉게 화장을 했고, 입술에는 초를 얇게 깎아 붙였지. 그 효과는 틀림없어서, 누가 봐도 열에 들뜬 중환자로 보아 주었던 것일세. 나는 꾀병에 관한 논문이라도 써야겠다는 생각까지 했는 걸. 그리고 미친 척 헛소리를 하면 고열로 머리가 이상해진 것이라 생각하기 십상이지."

"그런데 정말로 전염되지도 않을 병인데 왜 나를 가까이 오지 못하게 했나?"

"뭐 그런 걸 다 물어보나, 왓슨. 내가 의사로서의 자네의 능력을 정말 믿지 않는다고 생각하나? 자네의 그 예리한 진찰을 받으면, 아무리 엄살을 떨어도 맥박도 정상이고 열도 없는데 자네가 나를 죽어가는 사람으로 보아 주기나 하겠는가?

하지만, 4m 가량 떨어져 있으면 속일 수가 있지. 왓슨, 자네를 속이지 못하면 누가 스미스를 이리로 데려오겠나? 그리고 왓슨, 그 상자 말일세. 그 상자는 여는 순간에 독사의 이빨 같은 날카로운 용수철이 튕겨져 나오게 장치되어 있는 것이었네. 빅터 청년은 그 악한과 상속권을 놓고 다투다가 살해된 것인데, 그 사람 역시 상자를 열어본 것이 화근이 되었을 것 같네. 나에게 오는 우편물은 별의별 것이 다 있어서, 나는 소포가 오면 늘 경계부터 하지. 그래서 조심조심 원격 조정으로 상자를 열어보고서 스미스의 계획을 알고는 그의 계략에 말려든 것처럼 가장함으로써, 그의 입을 통해 마음놓고 진상을 자백하도록 유도했던 것이라네.

자, 왓슨, 저기 있는 윗도리를 입혀 주지 않겠나. 경찰에서 일을 끝내고, 어디 식당에 들러 영양분 있는 것을 왕창 먹어두는 것도 나쁘지 않겠지. 어서 나가세. 모턴 경감과 스미스가 우리를 기다리겠는 걸."

레이디 프랜시스 카팍스의 실종

(The Disappearance of Lady Francis Carfax)

레이디 프랜시스 카팍스의 실종
(The Disappearance of Lady Francis Carfax)

어느 날 홈즈가 밑도 끝도 없이 이런 말을 꺼냈다.

"왓슨, 자네는 요즈음 기분이 흐릿해서 여행이라도 하고 싶다고 말했었지? 그래서 하는 말인데, 스위스의 로잔은 어떤가? 일등 칸에 여비는 귀족급으로 쓸 수 있거든."

"굉장한 걸, 어떻게 그럴 수가……."

홈즈는 의자에 등을 기대며, 주머니에서 수첩을 꺼내어 들었다.

"세상에서 가장 위태로운 건 동행도 없이 이곳저곳으로 흘러다니는 여인이지. 남에게 해를 끼치진 않지만, 남으로부터 해를 입기가 쉬워, 재산은 있기 때문에 이 나라에서 저 나라로, 이 호텔에서 저 호텔로 돌아다니는 중에 질이 좋지 않은 사람들의 표적이 되기 십상이지. 여우굴에 발을 들여 놓는 병아리 같은 존재라고. 레이디 프랜시스 카팍스는 그런 여성이네. 이 여자에게 어떤 불길한 일이 일어나지 않았는지 걱정을 하고 있는 참일세."

홈즈는 잠시 노트를 뒤적이다가 말을 이었다.

"레이디 프랜시스 카팍스는 고 러프턴 백작의 혈통을 이어받은 귀한 신분이지. 부동산은 남자 자손이 상속받아 관리하고 있지만, 이 레이디에게 돌아간 재산도 적지는 않을 걸세. 그 중에는 은과 다이아몬드로 만든 희귀한 스페인의 장신구도 포함되어 있다네. 레이디는 이것을 몹시 애지중지해서 은행에도 맡기지 않고 늘 갖고 다닌다네. 그리고 레이디 프랜시스는 막 중년에 접어든 아름다운 귀부인이라는 걸세."

"그래, 그 귀부인에게 무슨 일이 일어났다는 건가?"

"레이디 프랜시스에게 어떠한 일이 일어났느냐, 살았는지 죽었는지, 그것을 규명하는 것이 우리의 과제일세. 그녀는 규칙적인 성격의 소유자로, 최근 4년 동안은 옛날의 가정교사였던 도브니 양에게 2주마다 편지를 보내는 것이 습관이었네. 그리고 나에게 레이디 프랜시스에 대해 상의를 해온 것도 도브니 양이었네.

그런데 5주가 지났는데도 소식이 없다는 것일세. 마지막 편지는 로잔의 내셔널 호텔에서 온 것이고, 레이디 프랜시스는 그곳을 떠났는데도 행선지를 알리지 않았던 것 같아. 그녀의 친척들이 무척 걱정을 하고 있는데, 워낙 부자들이라 수사에 들어가는 돈은 아끼지 말라고 하는군."

"레이디 프랜시스는 도브니 양 외에도 편지 왕래를 하는 사람이 있을 만하지 않은가?"

"확실한 단서가 될 만한 곳이 하나 있기는 하지. 그건 은행일세. 은행의 통장은 일기와 같아서 추적하는데 많은 도움이 되지. 레이디 프랜시스의 거래 은행은 실베스타일세. 나는 그녀가 돈을 인출한 자료를 검토해 보았네. 끝에서 두 번째 수표는 로잔에서 결재받아 비용으로 썼는데, 액수가 크니까 아직 현금을 지니고 있을 것이고, 그 뒤에 끊은 수표는 단 한 장뿐일세."

"누구에게 어디서 끊었던가?"

"마리 드뱅 양에게 준 것일세. 어디에서 끊었는지는 알 수 없고, 그 수표는 남프랑스의 작은 도시 몽펠리에의 리용 은행에서 현금으로 인출되었는데, 아직 3주가 되지 않았네. 액수는 50파운드."

"그래, 그 마리 드뱅이라는 여자는 누군가?"

"마리 드뱅은 레이디 프랜시스의 하녀였네. 왜 그녀가 드뱅에게 수표를 주었는지는 아직 알 수 없지만, 자네가 조사해 준다면 문제 해결은 수월하겠네."

"내가 조사를 한다고?"

"그래서 로잔으로 여행을 가라는 것이 아닌가. 나는 그 에이브러험스 노인 사건으로 시간도 없고, 또 내가 없으면 경시청 친구들이 안절부절 못할 테고, 반면에 범죄자들은 기를 펼 게 아닌가. 그래서 자네에게 가보라는 걸세. 영국과 스위스 사이의 전신은 단어당 2펜스나 하지만, 나와 상의하고 싶은 일이 있으면 언제라도 전보를 쳐주게."

그로부터 이틀 뒤, 나는 로잔의 내셔널 호텔에 도착하여 지배인인 모세 씨의 영접을 받았다. 그의 이야기에 의하면, 레이디 프랜시스는 이곳에 몇 주일 동안 묵었다고 한다. 나이는 마흔이 가깝지만 아직도 아름다워서, 젊었을 때는 정말 대단한 미인이었을 것이라고 하며 수선을 떠는 것이었다.

모세 씨는 레이디 프랜시스의 귀중한 장신구에 관해서는 아는 것이 없었지만, 종업원들 사이의 소문으로는 그녀의 침실에 있는 튼튼해 보이는 여행용 가방에는 늘 자물쇠가 채워져 있었다고 한다. 레이디 프랜시스의 하녀인 마리 드뱅은 이 호텔의 급사장과 약혼을 한 사이라, 그녀의 주소를 알아내는 것은 쉬운 일이었다. 몽펠리에의 트라장 가 11번지였다.

곧 그 주소를 적어 두었는데, 홈즈라고 해도 이만큼 신속하게 자료를 모으기는 어려울 것으로 생각되었다. 하지만 내 능력으로는 어째서 레이디 프랜시스가 갑작스럽게 이 호텔을 떠나갔는지 그 원인을 밝힐 수가 없었다. 그녀는 호수가 내려다보이는 특실을 잡고 여름 한철을 계속 머물러 있을 생각이었던 것 같다. 그런데 난데없이 내일 출발하겠다고 말하고는 호텔을 떠나 버린 것이다. 그 때문에 선불한 호텔 비용을 날려 버리게 되었다.

하녀의 애인이 된 급사장이 단서가 될 만한 이야기를 해주었다. 레이디 프랜시스가 급히 떠난 것은 떠나기 이틀 전에 키가 크고 살갗이 검으며 턱수염을 기른 남자가 호텔을 찾아온 것과 관계가 있을 것이라는 이야기였다. 그는 대단히 거칠어 보이는 남자로, 그녀에게 관심이 많은 것 같았다고 했다.

그 남자는 호숫가의 산책로에서 그녀와 이야기를 하고 있었다. 그리고 이튿날 호텔로 찾아왔으나, 그녀는 만나 주려고 하지 않았다. 영국인이었는데, 이름은 밝히지 않았다. 그녀는 그 뒤 곧 호텔을 떠났다. 급사장의 이야기로는 하녀인 마리도 레이디 프랜시스가 서둘러 떠난 것은 그 남자와 관계가 있을 것으로 보고 있다는 것이었다.

그러나 급사장은 마리가 하녀 일을 그만둔 이유를 말하지 않았다. 거기에 대해서는 아무것도 모르거나, 말하고 싶지 않거나 둘 중 하나일 것이다. 그것을 알고 싶다면 별수없이 몽펠리에까지 찾아가서, 직접 마리에게 물어볼 수밖에 없었다.

그것으로 나의 활동 첫 단계는 끝났다. 다음에는 레이디 프랜시스가 로잔을 떠나 어디로 가려고 했는지를 조사해 보리라 생각했다. 쿡 여행사 지점의 담당자를 조사해 조회해 본 결과, 아마도 그녀는 누구에겐가 자기의 행방을 감추기 위해서 이곳을 떠났을 것이라는 결론을 내렸다.

까닭인즉, 그녀의 짐이 행선지를 확실히 하지 않은 채 여기저기를 경유해서, 라인 강가의 온천 휴양지 바덴에 도착해 있었기 때문이다. 그래서 나는 곧 바덴으로 갔다. 그 전에 홈즈에게 전보를 쳐서 조사의 진전 상태를 알렸다. 홈즈에게서는 비꼬는 투로 칭찬의 답장이 왔다.

바덴에서는 그녀의 발자취를 추적하는데 별로 힘들 것이 없었다. 그녀는 앵리셔라는 호텔에 묵고 있었다. 지배인의 설명에 의하면 그녀가 2주가량 묵고 있는 동안 남아메리카에서 온 선교사 슐레징거 박사 내외와 친해졌다고 한다. 외로운 여자에게 흔히 있는 일이지만, 그녀는 종교에 몰두함으로써 위로와 격려를 느끼기 시작한 모양이었다.

슐레징거 박사는 신앙에 몸과 마음을 바쳐 지나칠 정도로 선교 활동을 하다가 건강이 나빠져, 휴양을 위해 이곳에 와 있었다고 하는데, 그 점이 그녀를 감동시킨 것 같았다. 그리고 슐레징거 부인과 함께 박사를 돌보아 주었다.

박사는 두 여인의 시중을 받으며, 베란다에 놓여 있는 안락의자에 기대어 나날을 보냈다. 마침내 박사는 어느 정도 건강을 회복해서 그 부부는 런던으로 돌아갔는데, 그때 레이디 프랜시스도 그들과 동행했다.

그건 정확히 3주 전의 일로, 그 뒤로 지배인은 그녀에 관해 아무런 소식도 듣지 못했다는 것이었다. 하녀인 마리의 경우는 며칠 전, 다른 손님의 하녀들에게 이제 그만두게 되었다고 눈물을 글썽이며 떠났다고 한다. 슐레징거 박사가 출발 전에 일행 모두의 경비를 지불했다는 것이다.

호텔 지배인은 그런 이야기를 하고 난 뒤에 말했다.

"레이디 프랜시스 카팍스에 대해 물어 오신 분은 당신만이 아닙니다. 열흘쯤 전에도 당신과 같은 일로 여기에 오신 분이 있었습니다."

"그 사람이 이름을 말하던가요?"

"아뇨, 하지만 영국인이었습니다. 좀 색다른 분이긴 했습니다만."

나는 홈즈의 추리 방법을 흉내내어, 그때까지 알아낸 사실을 이것저것 연결지으며 물었다.

"거친 성격의 사람이 아니던가요?"

"아주 거칠어 보였습니다. 몸집은 크고, 까맣게 탄 얼굴에 턱수염을 길렀더군요. 우리를 뛰쳐나온 사자처럼 난폭하게 보여, 이야기를 나누기에도 조심스러웠습니다."

안개가 걷힘에 따라 사람의 모습이 드러나 보이는 것처럼, 수수께끼가 차츰 확실해지기 시작했다.

차분한 인품에 신앙심까지 두터워진 레이디 프랜시스는 질이 나쁘고 거친 남자의 집요한 시달림을 받고 있는 것이 틀림없었다. 그녀는 그 남자가 두려웠던 것이다. 그렇지 않고서는 로잔에서 도망치지는 않았을 것이다. 사나이는 계속 그녀를 뒤쫓고 있다. 분명 조만간 따라잡을 것이다. 아니, 이미 따라잡았는지도 모른다. 그녀가 친지에게 편지를 보내지 않게 된 것도 그 때문인지 모른다. 그녀와 일행이 된 친절한 슐레징거 박사 내외가 그 남자로부터 그녀를 지켜 줄 수 있을까? 이렇게 끈질기게 그녀를 뒤따르는 것으로 보아, 그 자는 무서운 음모를 품고 있는 것 같다. 나는 그것을 밝혀야 한다.

나는 홈즈에게 편지를 써서, 내가 신속하게 이 사건의 대체적인 진상을 파악했다는 것을 알려 주었다. 그런데 홈즈는 그 답장으로 뚱딴지 같은 전보를 보내왔다.

– 슐레징거 박사의 왼쪽 귀는 어떤 모양인가? –

나는 이 실없는 전보 내용에 약간 화가 치밀었다. 더구나 슐레징거 박사는 바덴에는 없었기에 홈즈의 밑도 끝도 없는 전보 같은 건 묵살하기로 마음먹었다. 그리고 레이디 프랜시스의 하녀였던 마리를 만나기 위해 몽펠리에로 향했다. 마리를 찾아내어 그녀가 알고 있는 바를 물어보는 일은 식은 죽 먹기였다. 마리는 충성스러운 여자로, 레이디 프랜시스의 밑을 떠난 것은 레이디가 친절한 슐레징거 박사 내외와 일행이 된 것이 마음 든든했거니와 자신도 곧 결혼을 해서 어차피 그녀와는 헤어지게 될 것으로 생각했기 때문이라고 했다.

마리는 약간 당혹스러운 얼굴로 털어놓았다.

"레이디 프랜시스는 바덴에 머무르는 동안 저에 대해서 못마땅한 기색을 보이기 시작하셨는데, 한번은 저의 신용을 의심하는 투의 말씀을 하시기도 했습니다. 하지만 그런 일이 있었기에 그만두겠다는 말을 올리기가 수월했어요. 레이디 프랜시스는 헤어질 때 결혼 비용에 보태 쓰라고 50파운드짜리 수표를 끊어 주셨습니다."

한편, 마리 역시 나와 마찬가지로 그 정체모를 영국인을 수상하게 생각하는 모양인지 이런 말을 했다.

"호숫가의 산책로에서 그 남자가 억지로 레이디 프랜시스의 손목을 잡는 것을 제 눈으로 보았어요. 난폭하고 무서운 사람이에요. 레이디 프랜시스가 슐레징거 내외분과 함께 런던으로 가는 것을 승낙하신 것도, 그 남자를 두려워했기 때문이라고 생각합니다. 레이디 프랜시스는 저에게 그런 말씀은 한 마디도 하지 않았지만, 늘 불안하고 초조한 생활을 하신 것은 확실합니다."

마리는 거기까지 이야기를 하다 말고 벌떡 의자에서 일어나서, 놀라움과 두려움으로 얼굴이 굳어지며 외쳤다.

"어머! 그 악당이 나타났어요. 저 사람이 바로 그 남자예요."

활짝 열린 거실창을 내다보니 검은 턱수염을 기르고 살갗이 검은 거한이 거리를 천천히 걸어오며 집집마다 붙어 있는 번호표를 살펴보면서 두리번거리고 있었다. 그 역시 나와 마찬가지로 마리의 집을 찾고 있는 것이 분명했다. 나는 앞뒤를 가릴 시간도 없이 달려나가 그를 불러 세웠다.

"당신은 영국인이지요?"

남자는 험악한 얼굴이 되어 말했다.

"그게 어떻다는 게요?"

"이름을 말해 주시겠소?"

남자는 깨끗이 거절했다.

"못하겠는데."

나는 단도직입적으로 물었다.

"레이디 프랜시스 카팍스는 어디 계시오?"

남자는 놀란 눈으로 나를 바라보았다. 나는 물고 늘어졌다.

"그녀를 어떻게 했소? 왜 뒤를 따라다니는 것이오?"

순간, 남자는 호랑이처럼 덤벼들었다. 나도 싸움에는 어느 정도 자신이 있었지만, 상대방은 강철과도 같은 힘을 갖고 있어서 나는 순식간에 목이 눌려 하늘이 노래지는 것을 느꼈다.

그때 길 건너 선술집에서 작업복을 입고 수염이 무성한 노동자 하나가 곤봉을 들고 달려와서는 남자의 어깨를 내리쳤다. 그 틈에 나는 급히 그의 손에서 빠져나왔다.

그러자 화가 머리 끝까지 난 그는 다시 나에게 덤벼들 것인지를 잠시 망설이며 생각하는 듯하더니, 으르렁거리며 방금 내가 나온 마리의 집쪽으로 걸어가 버렸다. 나는 옷의 먼지를 털며, 내 곁에 서 있는 은인에게 감사의 말을 하려고 돌아섰다. 그러자 노동자가 먼저 입을 열었다.

"하하, 왓슨. 꼴이 말이 아니로군. 오늘밤 급행열차로 나와 함께 런던으로 돌아가는 게 신상에 좋을 것 같군."

노동자는 홈즈가 변장한 모습이었다.

그로부터 한 시간가량 지난 뒤, 홈즈는 평상시의 옷으로 갈아입고 내가 묵는 호텔방에 앉아 있었다. 홈즈는 자기가 갑자기 적절한 순간에 나타난 이유를 간단히 설명했다. 홈즈는 런던에서 하던 바쁜 일을 대충 마무리지었다. 그리고 내가 바덴에서 몽펠리에로 갈 것을 예상하고는 한걸음 먼저 이곳에 와서 노동자로 변장하고 선술집에서 내가 나타나기를 기다리고 있었다는 것이다.

홈즈가 말했다.

"지금 현재까지 자네는 가능한 한도의 실패는 모조리 저질러 온 셈일세. 자네의 그 수사라는 것은 어디에 가든 소동만 일으켰지. 아무것도 성과가 없지 않은가."

나는 심통이 나서 말했다.

"자네라고 해도 아마 더 이상 잘할 순 없었을 걸세."

"'아마'는 덤이라고. 나는 실제로 멋진 성과를 올렸으니까. 그런데 이 호텔에는 필립 그린이라는 귀족이 한 분 묵고 있네. 그분으로부터 보다 확실한 단서를 얻을 수 있을 걸세."

그때 보이가 명함 한 장을 들고 들어왔다. 그리고 그 뒤를 따라 몸집이 큰 남자가 나타났는데, 놀랍게도 아까 나를 목졸라 죽이려던 그 남자였다.

그도 나를 보고 놀란 모양이었다.

"이게 어찌 된 일입니까, 홈즈 씨? 편지를 받고 찾아왔습니다만, 이분이 사건과 어떤 관계라도?"

"이 사람은 나의 오랜 친구인 왓슨 박사입니다. 이번 사건에도 협력하고 있지요."

정체 모를 그 남자는 검게 탄 큰 손을 내밀어 사과했다.

"어디 다치신 데는 없는지요? 선생께서 내가 레이디 프랜시스를 못살게 군다는 투로 말씀하기에 그만 화가 나서……. 사실 요즈음의 나는 무슨 행동을 해야 하는지, 나 자신도 모르는 상태입니다. 내 신경은 마치 전류가 흐르는 전선처럼 곤두 서 있습니다. 어떻게 해서 일이 이렇게 돌아가는지도 알 수가 없습니다. 무엇보다도 홈즈 씨. 도대체 어떻게 나에 관해서 아셨습니까?"

"레이디 프랜시스의 가정교사였던 도브니 양을 통해서입니다."

"아, 그 수잔 도브니 할멈 말입니까? 예, 잘 알고 있지요."

"그분도 당신에 관해 잘 알고 있더군요. 옛날 당신이 미국에 건너가기 전의 일부터 말입니다."

"어허, 당신은 나의 신상 문제에 관해서 환히 조사를 끝낸 모양이군요. 그렇다면 뭘 숨기겠습니까. 나만큼 레이디 프랜시스를 진정으로 사랑한 사람도 없을 것이라고 단언할 수 있습니다. 내가 멧돼지처럼 괄괄한 성격의 젊은이였다는 것은 인정합니다. 그리고 그녀는 비단결처럼 고운 마음씨의 소유자라, 나 같은 거친 녀석을 견디기 어려웠겠지요. 그래서 처녀 시절에 그녀는 가끔 울기도 했습니다. 마침내 프랜시스는 나와는 이야기도 하려고 들지 않았습니다. 그래서 나는 홧김에 미국으로 건너갔지요. 그러나 프랜시스 역시 나를 깊이 사랑했기에, 끝내 독신을 지키고 살아왔다는 것을 잘 알고 있습니다.

나는 그 동안 나이도 먹고 미국 오하이오 주에서 사업에 성공하자, 마음에 여유가 생겼습니다. 차분히 그간의 일을 생각한 끝에 프랜시스를 찾아가 그녀의 마음을 돌이켜 봐야겠다고 생각했습니다. 그리고 마침내 로잔에서 프랜시스를 만나 어떻게든 설득해 보려고 했죠.

그녀의 마음이 움직이는 것 같았습니다. 그런데 어떻게 된 일인지 다시 마음의 문을 닫고 두 번째 찾아갔을 때는 행방도 알리지 않고 떠나고 없는 것이었습니다. 그래서 바텐까지 찾아갔지만 허탕을 치고, 수소문 끝에 프랜시스의 하녀였던 아가씨가 이곳에 산다는 것을 알아냈던 것입니다.

하지만 길거리에서 별안간 왓슨 박사가 모욕적인 말을 하기에, 옛날의 성격이 되살아나 그런 추태를 보이고 말았지요. 어쨌거나, 레이디 프랜시스 카팍스가 그 뒤 어떻게 되었는지 알 수 있겠습니까?"

홈즈는 진지한 얼굴로 대꾸했다.

"그건 우리도 궁금해 하는 일입니다. 당신의 런던 숙소는 어디입니까, 그린 씨?"

"랭검 호텔입니다."

"그럼, 런던으로 돌아가서 내가 연락할 때까지 기다려 주십시오. 나로서는 레이디 프랜시스의 안전을 위하여 가능한 일은 다할 겁니다. 지금 현재로서는 그 이상의 말은 할 것이 없습니다. 연락을 위해 이 명함을 드리겠습니다. 자, 왓슨. 자네도 짐을 챙겨 떠날 준비를 해주게. 나는 하숙집 허드슨 부인에게 전보를 치고 오겠네. 내일 7시 반쯤 허기가 져서 뱃가죽이 등에 닿아서 돌아갈 테니까, 식사를 장만해 놓으라고 말일세."

런던 베이커 가의 우리집으로 돌아와 보니 전보 한 통이 와 있었다. 홈즈는 그것을 읽고는 자못 재미있다는 듯 장난기가 어린 표정으로 나에게 던져 주었다.

내용은, – 갈기갈기 찢어져 있었음 – 이라고 되어 있고, 발신지는 바덴이었다. 나는 고개를 갸우뚱했다.

"이게 뭔가?"

"기억하고 있겠지만, 내가 자네에게 전보를 쳐서 슐레징거 박사의 왼쪽 귀가 어떻더냐는 질문을 했는데, 자네는 답장도 없었지."

"그야, 박사 일행은 이미 바덴을 떠나서 살펴볼 수가 없었잖아."

"맞아. 그래서 나는 다시 엥리셔 호텔의 지배인에게 같은 질문의 전보를 쳤지. 이게 그 회답일세."

"이 회답에서 뭘 알았단 건가?"

"우리의 상대가 극히 교활하고 위험스러운 인물이라는 것을 알았네. 남미에서 왔다는 선교사 슐레징거 박사란 '예수파는 피터스'라는 바로 그 작자일세. 이 남자는 호주에서 손꼽히는 악당으로 알려져 있네. 마음이 약하거나 신앙심이 깊은 독신녀를 상대로 사기를 치는데, 프레이저라는 여자가 그의 조수 노릇을 하고 있네.

　이번 사건에 선교사가 등장했다고 하기에 감이 잡히더군. 그래서 그의 특징인 왼쪽 귀의 모습을 물어본 것인데, 너덜거리는 귀라니까 이제 확증을 잡았네. 귀가 그렇게 된 것은 술집에서 행패를 부리다가 술집 아가씨가 물어뜯어서 그런 꼴이 되었다더군. 레디 프랜시스가 이런 악당의 손에 걸려든 이상 마음을 못 놓겠는 걸. 그녀는 이미 살해되었거나, 아니면 어딘가에 갇힌 상태이기에, 도브니 양을 비롯한 친지들에게 편지 한 통 보내지 못하고 있는 것이 분명하네. 현재 런던에 있겠지만, 은신처는 알 길이 없고……. 하여간, 허드슨 부인의 특별 요리를 배불리 먹고 나서 찾아나서 보세. 경시청의 레스트레이드 경감에게도 알려 주고."

　수백만 명이 들끓는 런던에 섞여 들어온 세 사람을 찾아낸다는 것은 사실 쉬운 일이 아니었다. 여러 갈래로 수소문을 해 봤지만 알 길이 없었고, 슐레징거가 출입할 만한 장소는 모조리 찾아보았으나 허사였다.

　초조한 나날이 1주일가량 흐른 어느 날, 갑자기 한 줄기 빛이 보이기 시작했다. 웨스트민스터 거리에 있는 보빙턴 전당포에 옛 스페인 양식의 은과 다이아몬드로 된 목걸이가 들어온 것이다. 저당을 잡힌 사람은 목사 차림의 체구가 크고 수염이 없는 남자였다는데, 장부에 적힌 주소와 이름은 가짜였다. 귀가 잘 보이지 않았다고 하지만, 인상으로 보아 슐레징거가 틀림없었다.

필립 그린은 레이디 프랜시스가 걱정이 되어 그 동안 세 번이나 홈즈를 찾아왔다. 세 번째 찾아왔을 때는 그러한 새로운 사실을 알아낸 지 한 시간도 안 되어서였다. 그린 씨의 큰 몸집에 걸친 옷이 헐렁해 보였다. 근심 걱정으로 살이 빠진 것이다. 홈즈는 그린과 얼굴을 대하기가 무섭게 말했다.

"놈은 레이디 프랜시스의 보석들을 전당포에 내놓기 시작했습니다. 손을 쓸 때가 왔습니다."

"내가 할 일은?"

"그들은 당신을 모르고 있겠지요?"

"얼굴을 마주친 일이 없으니까요."

"놈은 또 어느 전당포에든 나타날 것입니다. 그럴 경우, 우리는 놈을 물고 늘어져야 합니다. 하지만 돈을 후하게 쳐주었고 까다로운 질문도 하지 않았다니까, 돈이 궁하면 다시 보빙턴 전당포로 찾아올 겁니다.

전당포 주인에게는 내가 편지를 써서 당신이 전당포 안에 잠복해 있을 수 있도록 부탁해 두겠으니, 그 자가 나타나거든 뒤를 밟으십시오. 하지만 경솔한 짓은 절대 해선 안 됩니다. 특히 폭력을 쓰면 일을 그르치게 됩니다. 은신처만 알아내고는 곧장 이리로 오십시오."

이틀이 지나도록 그린으로부터는 아무런 소식이 없었다. 그러나

사흘째 되던 날 저녁, 그린이 흥분한 나머지 부르르 몸을 떨며 뛰어
들어왔다.

"나타났어요! 빨리!"

얼마나 당황하고 있는지 말도 제대로 하지 못했다. 홈즈가 그린의
손목을 잡고 의자에 앉히며 물었다.

"일어난 일을 순서대로 이야기해 보십시오."

"불과 한 시간 전의 일입니다. 이번에는 여자가 나타났는데, 갖고
온 목걸이가 요전의 그것과 짝을 이루는 것이었기에, 전당포 주인이
나에게 눈짓을 해주었습니다. 여자는 키가 크고 얼굴이 푸르며, 족제
비같이 작은 눈을 가지고 있었습니다."

홈즈가 고개를 끄덕였다.

"바로 그 여자입니다."

"여자가 전당포를 나서자, 곧 뒤를 밟았습니다. 여자는 케싱턴 거리
를 지나 어느 가게로 들어가던군요. 홈즈 씨, 그건 장의사였습니다."

홈즈가 흠칫 놀라며 물었다.

"그래서요?"

"여자가 장의사 주인과 이야기 하더군요. 나도 시치미를 떼고 장의
사 안으로 들어 가서 관을 고르는 척했습니다. 그러자 여자가, '너무
늦는군요.' 라고 푸념하자, 주인이 굽실거리면서 변명을 했습니다.
'그럴 수밖에 없는 것이, 흔한 물건이 아니어서 시간이 걸립니다.' 그
때 여자가 홀끗 나를 바라보았기에, 나는 관의 값을 물어보고는, 먼
저 밖으로 나와 골목 속에 몸을 숨겼습니다. 여자는 경계를 하기 시

작한 모양인지, 그곳을 나오자 주위를 둘러보고는, 지나가던 마차에 올라탔습니다. 나도 재빨리 마차를 집어타고 그 뒤를 밟았지요.

여자는 브릭스턴 거리의 폴트니 광장 36번지에서 내렸습니다. 나는 그대로 그 앞을 지나쳐, 길이 구부러진 곳에서 마차를 내려서는 그 집을 감시하고 있었습니다."

"누굴 봤나요?"

"창은 모두가 캄캄하고 아래층 방 하나에만 불이 켜져 있었습니다. 하지만 덧문이 닫혀 있어서 안은 보이지 않았습니다. 집 주위를 서성거리며 어찌할 것인가를 궁리하고 있는데, 포장을 두른 짐마차가 와서 집 앞에 섰습니다. 두 사람이 내리더니, 마차 안에서 무엇인가를 내려 현관의 계단 위로 끌어올렸는데 그것은 관이었습니다."

"뭐라고요!"

"나는 곧장 안으로 뛰어들려고 했지요. 그때 문이 열리고는 인부들이 관을 들고 안으로 들어갔습니다. 문을 연 것은 그 여자였습니다. 그 여자는 문득 나를 바라보았는데, 내가 아까의 그 남자라는 것을 눈치챈 것 같았습니다. 여자가 흠칫 놀라며 황급히 문을 닫았으니까요. 당장에 쫓아 들어가고 싶었으나 당신과 한 약속도 있기에 이렇게 이곳으로 달려왔지요."

홈즈는 편지지에 급히 무언가를 쓰면서 말했다.

"잘하셨습니다. 영장 없이는 정식으로 수색을 할 수가 없습니다. 그래서 이 편지를 갖고 가, 경찰에게 법적인 영장을 받아와 주시면 고맙겠습니다. 다소 문제가 있을지 모르나 보석을 강탈한 것만으로도 충분합니다. 꼭 레스트레이드 경감을 만나십시오."

"하지만 그 사이에 프랜시스가 살해될지도 모릅니다. 그 관을 왜 사들였을까요? 프랜시스가 아니면 누구를 넣으려고 한 걸까요?"

"우리가 곧 그리로 갈 생각입니다. 지체할 시간이 없습니다. 그쪽 일은 우리에게 맡기십시오."

그린이 달려가자 홈즈가 말을 이었다.

"자, 왓슨. 그린이 가면 경찰이 출동할 걸세. 우리는 그 전에 유격대로서 독자적인 행동을 취해야겠네. 사정이 급하니까 법적인 시비는 나중 문제일세. 한시바삐 폴트니 광장으로 달려나가자고."

마차가 전속력으로 웨스트민스터 다리를 건너고 있을 때 홈즈가 말했다.

"피터스는 자기 특기인 선교사로 가장하여 레이디 프랜시스의 마음을 사로잡았지. 그러고는 교묘하게 속임수를 써서 충직한 하녀 마리를 해고시키게 하고, 레이디 프랜시스를 런던으로 유인하여 미리 얻어 놓은 집으로 끌어들인 것일세. 그러고 나서 태도를 바꿔 그녀의 귀금속을 빼앗았을 테지. 피터스는 누군가가 그녀의 운명을 걱정하고 뒤쫓고 있으리라고는 생각지 않았기에, 장신구를 팔아도 아직은 위험이 없을 것으로 생각했던 모양이야. 레이디 프랜시스를 놔주면 물론 그 길로 고발당할 테니까 그럴 가능성은 없네. 그렇다고 언제까지나 붙잡아 둘 수도 없는 일이지. 그래서 그 유일한 해결 방법은 죽이는 일일 테고……."

"틀림없는 이야기야."

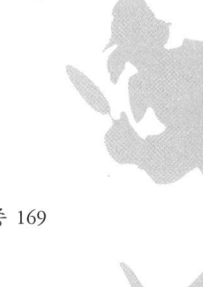

"여기에서 또 하나, 다른 추리를 해 보세. 두 개의 판이한 생각을 따라가 보면 어디선가 교차하는 점에 도달할 수도 있거든.

그래서 그녀가 아니라 관의 일에서 출발하여 거꾸로 생각해 보세. 관을 구입한 것으로 보아 레이디 프랜시스가 이미 죽었다고 볼 수도 있네. 그렇다면 그 시체를 다루는데 있어 사망 진단서나 매장 허가증을 갖춘 정정당당한 것이 되니 좀 이상하지 않은가. 뒷마당이라도 파서 몰래 묻어 버리면 될 텐데 말이야. 그렇다면 그들은 의사를 속여 자연사로 보이게 하는 방법 ― 예를 들어 특수한 독약 등으로 그녀를 죽였을 걸세. 그렇다고 의사가 그렇게 호락호락 넘어갈까? 일당이 아니고서야……."

"사망 진단서를 위조한 것은 아닐까?"

"그럴 가능성도 있지. 하지만 그럴 것 같지는 않네, 왓슨. 참, 저기에 그 장의사가 있군. 자네의 의젓한 모습이라면 누구도 의심하지 않을 걸세. 폴트니 광장에서 치르는 장례는 내일 몇 시에 있는지 물어봐 주게."

점원은 아무런 의심도 없이 내일 아침 8시라고 대답했다. 홈즈가 고개를 갸우뚱했다.

"어떤가, 왓슨. 만사가 다 공공연하지? 어떤 재주를 부렸던, 법률에 따른 수속을 밟았으니 두려울 것이 없다는 투야. 자, 이렇게 되면 정면 공격으로 쳐들어갈 수밖에 도리가 없네. 무장은 되어 있나?"

"지팡이가 있네."

"좋아, 이쪽은 강하다고. '정의의 싸움이라면, 그 힘은 세 배'라고 했지. 경찰이 올 때까지 기다리거나, 법을 지킨답시고 구경만 할 틈이 없네. 왓슨, 서로의 행운을 빌자고.”

우리는 마차에서 내려, 폴트니 광장 36번지의 집 현관 벨을 힘차게 눌렀다. 곧 문이 열리고, 어두컴컴한 현관에 키가 큰 여인이 문 뒤에서 우리를 엿보듯 내다보며 물었다.

“무슨 일로?”

홈즈가 말했다.

“슐레징거 박사와 할 이야기가 있습니다.”

“그런 분은 여기에 살지 않아요.”

여자는 그렇게 말하며 문을 닫으려고 했으나 홈즈는 이미 발 하나를 들이밀고 있었다.

“이름을 어떻게 바꿨는지 모르겠지만, 이 집 주인에게 볼 일이 있어서 왔소.”

여자는 멈칫하더니 문을 활짝 열어젖혔다.

“그러시다면 들어오세요. 주인께선 누가 찾아오든 겁날 게 없는 분이니까요.”

여자가 우리를 거실로 안내하고는 가스등에 불을 붙이고 나가면서 말했다.

“피터스는 곧 내려올 겁니다.”

우리가 먼지가 뽀얗고 곰팡내나는 방 안을 둘러보고 있는데, 곧 문이 열리면서 수염이 없고 대머리에 체구가 큰 사나이가 들어왔다. 큼직하고 불그레한 얼굴로, 얼핏 보기에는 자애로운 느낌을 주지만 그

입가에는 잔혹하고 심술궂은 미소가 감돌고 있었다.

남자는 아주 부드럽고 점잖은 목소리로 말했다.

"뭔가 잘못된 것 같습니다. 혹시 집을 잘못 찾아오신 건 아닌지요?"

홈즈가 쏘아붙였다.

"능청은 그만! 당신의 이름은 헨리 피터스. 바덴이나 남아프리카에서는 슐레징거 박사로 행세했소. 내 이름이 셜록 홈즈인 것처럼, 그건 틀림없는 사실일 거요."

피터스는 찔끔해서 홈즈의 얼굴을 뚫어지게 바라보더니, 마음을 가다듬고 역습해 왔다.

"당신의 이름을 들었다고 해서 내가 겁낼 일이 있을까요, 홈즈 씨? 양심의 가책을 받을 일이 없으니 말이오. 그래, 내 집에는 무슨 볼 일이 있어서 오셨소?"

"레이디 프랜시스 카팍스를 어떻게 했는지 알고 싶소. 그녀를 바덴에서 데리고 왔을 텐데?"

피터스는 차갑게 대답했다.

"그 여자가 어디에 있는지는 오히려 내가 물어보고 싶소이다. 100 파운드에 가까운 빚을 지고는, 전당포에서도 거들떠보지도 않는 싸구려 목걸이를 두 개 맡기고 갔으니까, 바덴에서는 나와 집사람에게 몹시 친절히 대하고, 런던까지도 따라오기에 숙박료와 여비까지도 내가 부담해 주었는데, 배은망덕하게도 런던에 도착하자마자 목걸이 두 개를 놔두고 행방을 감추었다 이겁니다. 그러니 그 여자를 찾아 주면 고맙겠소, 홈즈 씨."

"부탁하지 않아도 찾아낼 거요. 우선 이 집 안에서부터 찾아봅시다."

"수색 영장은 가지고 계신가?"

홈즈는 주머니에서 권총을 반쯤 내보였다.

"진짜 영장이 도착하기까지 이걸로 대신하겠소."

"강도 흉내를 내는군요."

홈즈가 재미있다는 듯이 말을 받았다.

"탐정이 강도짓을 하면 그 솜씨가 보통은 넘겠지. 자, 왓슨. 시작하세."

피터스가 문을 막아서며 안에다 대고 소리를 질렀다.

"경찰을 불러, 애니!"

여자가 밖으로 달려나가는 소리가 들렸다. 홈즈가 말했다.

"서둘자고 왓슨. 피터스, 만약 방해를 했다가는 다칠 줄 아시오. 이 집에 들여 놓은 관은 어디 있지?"

"관은 왜? 시체가 들어 있다."

"그 시체를 봐야겠어."

"못하겠다면?"

"그럼 강제로라도 볼 수밖에."

홈즈는 피터스의 거구를 밀어젖히고 홀 쪽으로 들어갔다. 홀 안은 가구도 없이 텅 비어 있었으나, 반쯤 열린 문이 있어서 그곳으로 들어가 보니 대형 테이블 위에 관이 올려져 있었다.

홈즈는 가스등의 불빛을 올리고서 지체없이 관 뚜껑을 열었다. 그러나 관 속에 누워 있는 것은 유난히 작은 시체였다. 그것도 나이가 들고 주름살 투성이의 노파였던 것이다. 레디 프랜시스가 그 동안 아무리 시달림을 받았다 해도 이렇게까지 비쩍 마른 주먹만한 시체로 변할 수는 없을 것이다. 홈즈의 얼굴에는 놀라움과 함께 안도의 그림자가 스쳤다.

"다행이다! 노파의 시체야!"

뒤따라 들어온 피터스가 비꼬듯 말했다.

"원숭이가 나무에서 떨어졌군요, 홈즈 씨."

"이 노파는 누구지?"

"꼭 알고 싶다면 말해 드리지. 이건 아내의 유모였던 할멈인데, 이름은 로즈 스펜더, 브릭스턴 양로원에 있는 것을 이리로 모셔다가 퍼뱅크 교외 주택지 13번지의 호섬 박사의 치료를 받게 해줬지. 그러나 여기에 온 지 사흘 만에 죽었는데, 사망 진단서에는 '노쇠에 의한 자연사' 로 나왔으니, 설마 내가 때려 죽였다고 억지를 쓰지는 않으시겠지.

그래서 켄싱턴가의 스팀슨 장의사에게 부탁해서 장례식을 치르기로 했는데. 그게 내일 아침 8시. 이래도 더 할 말이 있습니까, 홈즈 씨? 짚어도 아주 크게 잘못 짚었으니, 이제 그만 항복하시지요. 레이디 프랜시스 카팍스가 누워 있을 것으로 지레짐작하고 뚜껑을 열어 보니 아흔 살 노파라? 흐흐흐……. 입을 헤벌린 당신의 얼굴을 사진으로 찍어두면 볼 만하겠는 걸……."

홈즈는 비웃는 피터스의 독설에 태연한 척하고는 있었지만, 움켜진 두 주먹이 부르르 떨리는 것으로 보아 분을 삭히고 있는 것이 분명했다.

"이 집 안을 샅샅이 뒤져 보겠어."

"그래도 더 설치겠다는 건가!"

피터스가 맞서는 순간. 복도에서 여자의 말소리가 들리고 어지러운 발자국 소리가 울렸다.

"설치다니, 누구 마음대로……. 경찰관들, 이리로 오십시오. 이 사람들이 강제로 밀고 들어와서 행패를 부립니다. 어서 쫓아내 주십시오."

입구에는 경사와 경관이 서 있었다. 홈즈가 명함을 내보였다.

"이것이 나의 주소와 이름입니다. 이분은 왓슨 박사."

경사가 말했다.

"뜻밖입니다, 홈즈 씨. 성함은 익히 들었습니다. 하지만 영장 없이는 가택 침입을 할 수 없으니 더 이상 이곳에 머무를 수는 없습니다."

"그건 나도 잘 압니다."

피터스가 끼어들었다.

"체포해야 합니다."

경사가 위엄을 갖추고 대답했다.

"이분을 체포할 필요가 생기면 틀림없이 체포할 겁니다. 하여간 홈즈 씨, 일단은 이 집에서 물러나셔야겠습니다."

"별수없군. 왓슨, 밖으로 나가세."

곧 우리는 거리로 나왔다. 홈즈는 냉정을 되찾고 있었으나, 나는 속이 끓어올랐다. 경사가 뒤따라 나오면서 말했다.

"실례가 많았습니다, 홈즈 씨. 그러나 법규상 어쩔 수가 없습니다."

"알고 있습니다. 경찰관으로서는 그럴 수밖에 없겠지요."

"아시면서도 그러셨을 때는 충분한 이유가 있을 텐데, 혹시 제가 도와드릴 일은?"

"어떤 귀부인이 행방불명되었습니다. 그 부인이 저 집에 갇혀 있는 것으로 압니다. 곧 영장이 나올 것 같은데……."

"저 집을 감시하겠습니다. 무슨 일이 있으면 알려드리지요."

그때가 아직 초저녁이었기에, 우리는 좀더 수사를 계속하기로 했다. 우선 마차를 달려 브릭스턴에 있는 시립 양로원으로 가보았으나, 며칠 전에 어떤 자비로운 부부가 찾아와서 임종이 가까운 노파 하나를 유모라고 하며 데려간 일이 있었다는 사실을 확인했을 뿐이었다.

다음 차례는 의사였다. 그의 이야기에 의하면, 왕진을 청해 왔기에 가보니 노쇠하여 죽어가는 노파가 있었고, 곧 숨을 거두었기에 정식으로 사망 진단서를 써 주었다는 것이다.

"내가 보장합니다만, 그건 자연사였지. 독살과 같은 범죄의 흔적은 없었습니다. 다만, 그렇게 큰 집에 하인도 없고, 가구도 없는 것이 썰렁했다는 점이 좀……."

의사에게서는 더 이상 아무것도 알아낼 수가 없었다.

마지막으로 우리가 간 곳은 경시청이었다. 수색 영장은 수속 문제가 있어서 아무래도 늦어진다는 것이었다. 장관의 서명이 내일 아침

이 되어야 떨어지므로, 9시경 경시청에 와서 레스트레이드 경감과 함께 영장을 가지고 현장으로 갈 수밖에 없다고 했다.

그렇게 해서 그날 일은 끝났는데, 한밤중이 가까운 시각에 그 경사가 찾아와서, 피터스의 집 창문 틈으로 불빛이 이리저리 움직이는 것은 보았지만 집으로 들어간 사람도, 집에서 나온 사람도 없었다고 알려 주었다. 결국 우리는 꾹 참고 날이 밝기를 기다릴 수밖에 없었다.

홈즈는 초조감 때문인지 한숨도 잠을 이루지 못했다. 내가 침실로 가려고 했을 때, 그는 이맛살을 찌푸리고는 가늘고 긴 신경질적인 손가락으로 탁자를 두드리며 담배연기에 휩싸여 있었다. 이 사건에 대하여 이것저것 생각을 하고 있는 것 같았다.

그리고 그 뒤에도 홈즈가 방 안을 서성거리는 발소리가 간간이 들렸다. 아침이 되어 내가 막 잠에서 깨어났을 때, 얼굴이 창백하고 눈이 움푹 팬 것으로 보아 홈즈는 뜬눈으로 밤을 지새운 것이 분명했다. 그는 숨가쁘게 물었다.

"장례식이 몇 시였지? 8시라고 했지, 아마. 지금은 7시 20분일세. 큰일났어. 서둘러야 해! 레이디 프랜시스의 생사가 달린 일이라고. 때가 늦는다면 나는 스스로를 용서하지 못할 것일세."

그로부터 5분도 못되어, 우리가 잡아 탄 마차는 베이커 가를 질주해 나갔다. 마부를 재촉하고 또 재촉했지만, 의사당의 시계탑 앞을 지날때 시계는 25분 전 8시를 가리키고 있었고, 브릭스턴 거리를 달리고 있을 때는 8시를 알리는 종소리가 들렸다. 하지만 늦은 것은 우리만이 아니었다. 8시에서 10분이 지났는데도 영구차는 아직 현관 앞에 서 있었다. 그리고 우리가 탄 마차의 말이 흰 거품을 물고 멎었을 때에야, 세 사람의 인부가 둘러멘 관이 입구에 나타난 것이다. 홈즈가 달려가 그 앞을 막아섰다.

앞에 선 인부에게 홈즈가 소리쳤다.

"관을 갖고 다시 들어 가!"

뒤따라 나오던 피터스가 크고 불그레한 얼굴에 핏대를 세우고 미친 듯 소리쳤다.

"무슨 소리 하는 거야! 다시 한 번 묻겠는데 영장이 있소?"

"영장은 곧 발부된다. 영장이 올 때까지 관은 집 밖으로 나갈 수 없다!"

홈즈의 엄숙한 말투에 인부들은 주춤했다. 피터스는 갑자기 집 안으로 달려들어 갔고, 관이 다시 탁자 위에 놓여지자 홈즈가 외쳤다.

"서두르게, 왓슨. 여기 드라이버가 있네. 1분 동안 뚜껑을 열면 금화 1파운드다! 아무 소리도 묻지 마. 관을 여는 거야! 그쪽의 나사도 빨리! 자, 모두 힘껏 잡아 당겨! 열린다, 열려!"

우리는 인부들과 힘을 합쳐 관 뚜껑을 열어젖혔다. 그러자 관 속에서 지독한 클로로포름 냄새가 풍겨나왔다. 그 속에는 얼굴에 솜을 덮은 시체가 보였다. 마취제 클로로포름을 적신 솜이 분명했다.

홈즈가 솜을 걷어내자 아름답고 품위 있는 여인의 얼굴이 대리석 조각처럼 나타났다. 홈즈는 지체없이 여자를 안아 올렸다.

"죽은 건 아닌가, 왓슨? 이미 때가 늦은 건 아니지?"

이미 때가 늦어 도저히 살아날 가망이 없어 보였다. 레이디 프랜시스는 클로로포름의 독기에 심장이 마비되어 숨을 돌릴 가망이 없어 보였던 것이다. 하지만 나는 온갖 수단을 다 동원했다. 인공호흡을 하고, 에테르 주사를 놓는 등, 분주히 손을 쓰자 희미하게 심장의 고동이 느껴졌다. 눈꺼풀이 바르르 떨리더니 입가에 댄 손거울에 흐릿하게 김이 서렸다. 숨을 쉬기 시작했다는 증거였다.

그때 밖에 마차가 멎는 소리가 나자 홈즈가 급히 창가로 갔다.

"레스트레이드가 영장을 가지고 왔네. 하지만 피터스는 이 북새통에 도망쳤을 걸. 그리고 레이디 프랜시스를 돌보는 일이라면 우리보다 자격이 월등한 사람이 함께 나타났다네."

복도를 성큼성큼 걸어오는 그린의 육중한 모습이 보였다. 홈즈가 농담을 섞어 말했다.

"어서 오시오. 그린 씨, 레이디 프랜시스를 모셔 가시기에는 좋은 날씨입니다. 그리고 이 장례식은 그대로 진행하기로 합시다. 관 속에는 의지할 데 없는 할머니의 시체가 있습니다."

그날 저녁 홈즈가 말했다.

"아무리 뛰어난 머리라도 때로는 구름이 끼기도 하며, 실패는 어떤 인간에게도 있기 마련이지. 하지만 그것을 깨닫고 잘못을 바로 잡는 사람이야말로 현명한 것일세. 간밤에는 밤새도록 무엇인가 소홀히 한 점이 없었는지 생각해 보았네.

그러다가 갑자기 새벽이 다 되어서야 어떤 생각이 떠오르더군. 그것은 장의사 주인이 피터스의 아내인지 비서에게 했다는 말을 그린이 엿들은 내용이었네.

'그럴 수밖에 없는 것이, 흔한 물건이 아니라서 시간이 걸립니다.' 라는 변명이었는데 흔한 물건이 아니고 시간이 걸린다면, 특별하게 관을 만들어 달라고 주문했다는 것이 되지 않겠나? 무슨 이유일까?

나는 번개처럼 머릿속에 우리가 피터스의 집에서 본 관을 그려 보았네. 조막만한 할머니를 넣기에는 관이 너무 깊게 만들어져 있었던 것일세. 또 하나의 시체를 넣기 위해서였단 말이야. 사망 진단서 한 통으로 두 사람을 매장시킬 수 있는 교묘한 방법이지. 8시가 지나면 레이디 프랜시스는 마취된 상태로 매장될 운명이었던 것일세.

다행히 그녀는 살아날 수가 있었지. 내가 아는 한, 그들은 선교사의 탈을 써서 그런지 직접 손에 피를 묻히는 살인을 하는 일은 없네. 그들은 그녀를 영원한 행방불명 상태로 땅에 묻는 것으로만 만족했던 것일세. 그 동안 그녀는 어느 골방에 감금되어 있었겠지. 그리고 노파가 죽고 관이 준비되자, 그들은 클로로포름을 들이대어 그녀를 의식 불명 상태에 빠뜨리고 다시는 깨어나지 못하게 약을 적신 솜을 얼굴에 덮어 관에 넣고, 철저를 기하기 위해서 나사못까지 박아 두었던 것일세. 그냥 뚜껑을 덮으면 혹시 뚜껑이 미끄러지거나, 누가 열어보기 쉬우니까 말이야. 하여간 빈틈없는 수법이었네. 왓슨, 범죄 기록상으로도 이런 경우는 드물지. 현재 레스트레이드 경감이 그들이 뒤를 쫓고는 있지만, 무사히 빠져나갈 수만 있다면 그 일당은 앞으로 보다 교묘한 범죄를 계획할 걸세."

악마의 발

(The Adventure of the Devil's Foot)

악마의 발
(The Adventure of the Devil's Foot)

어느 날, 나는 여행을 떠난 홈즈로부터 다음과 같은 전보를 받았다.

– 왓슨, 자네는 왜 '콘월의 공포', 즉 '악마의 가스 사건'을 세상에 발표하지 않는가? 내가 다룬 사건 중에서 그만큼 기묘하고 끔찍했던 사건은 일찍이 없었지 않은가? –

나는 이 전보를 보고 무척이나 놀랐다. 홈즈는 원래 자기 공적에 대해 과장해서 말하는 것을 싫어했으며, 특히 경찰관들로부터 엉뚱한 칭찬을 받으면 몹시 언짢아 했다.

그런데 이번에는 웬일인지 홈즈가 스스로 '악마의 가스 사건'을 발표하라고 재촉해 온 것이다. 나는 기꺼이 그의 뜻을 받아들여 낡은 기록 가운데 악마의 가스 사건'에 관한 것을 꺼내어 여러분에게 소개하기로 하였다. 그것은 지금으로부터 13년 전, 그러니까 1897년 3월의 일이었다.

그 무렵 홈즈는 지나치게 일을 많이 했기 때문에 몸이 몹시 쇠약해져 있었다. 그를 진찰한 할리 거리의 의사는,

"홈즈 씨, 지금 당장 시골로 요양을 떠나십시오. 그렇지 않으면 두 번 다시 탐정 일을 할 수 없을 것이오."

하고 엄하게 말했다.

홈즈는 마지못해 이 명령에 따라 나와 함께 잉글랜드 서남부에 있는 콘월 반도로 갔다.

우리가 세든 집은 콘월 반도의 곶에서 가까운 한 항만의 기슭에 있어, 바로 눈 앞에 영국 해협이 바라다 보였다. 런던은 아직 겨울인데도 이곳은 매우 따뜻하여 봄꽃이 피어나고 있었다.

집 뒤로는 완만한 언덕으로 이어지는 거친 들판이 있었고, 신석기 시대의 유적들이 남아 있었다. 우리는 들판을 산책하거나 책을 읽으며 조용한 생활을 즐기고 있었다. 그곳에 간 지 얼마 안 되어, 우리는 두 사람의 친구를 사귀게 되었다.

한 사람은 라운드 헤이 목사로 이끼 낀 낡은 목사관에서 살고 있었다. 그는 뚱뚱하고 붙임성이 있으며, 꽤 말이 많았다.

또 한 사람은 목사관의 방 두 개를 빌려서 살고 있는 모티머 트리제니스라는 신사였다. 몸은 바싹 여위고, 거무튀튀한 얼굴에 안경을 끼고 있었는데, 가엾게도 등이 몹시 굽었다. 말이 적은 그는 늘 외롭고 쓸쓸해 보였다.

3월 16일 아침, 우리가 식사를 막 끝냈을 때였다. 목사와 트리제니스가 마차를 타고 허겁지겁 달려왔다.

"홈즈 씨, 큰일났습니다! 이렇게 끔찍한 일은 처음 보았습니다."

뚱뚱한 목사가 이마의 땀을 훔치며 말했다.

"목사님 진정하십시오. 대체 무슨 일입니까?"

"트리제니스의 형님 집에서 한 사람이 죽고 두 사람이 미쳐 버렸습니다. 어젯밤 8시경, 트리제니스 씨는 형님 집에 가서 함께 저녁식사를 하고, 카드놀이를 했습니다. 그때는 모두 기운이 넘쳐 있었습니다. 트리제니스 씨는 10시가 지나 형님 집을 나와, 목사관으로 돌아왔습니다. 그런데 오늘 아침 일찍 트리제니스 씨가 들판 한 가운데 있는 형님 집에 갔더니, 형인 오웬 씨와 조지 씨가 탁자에 마주 앉아서 껄껄 웃기도 하고, 이상한 노래를 부르기도 하더랍니다. 미쳐 버린 거죠. 그리고 마을에서도 소문난 미인인 누이동생 브렌다 양은 의자에 기댄 채 싸늘한 시체로 변해 있었답니다. 그리고 무엇인가 무서운 것을 보았는지, 세 사람의 얼굴에는 공포의 빛이 서려 있더랍니다."

목사는 새삼 온몸을 부르르 떨었다.

"어째서 이렇게 기괴한 일이 일어났는지 도무지 영문을 알 수가 없습니다. 홈즈 씨, 당신이 뛰어난 탐정인 것은 이전부터 알고 있습니다. 아무쪼록 이 사건을 조사하여 해결해 주십시오."

목사가 간절히 부탁했다. 듣고 있던 나는 '이거 곤란한 걸.' 하고 생각했다. 홈즈의 건강이 겨우 좋아져 가고 있는데 이런 사건을 맡으면 다시 건강이 악화되어 버릴 염려가 있기 때문이었다.

그런데 홈즈는 마치 사냥꾼의 명령을 듣는 사냥개처럼 눈을 빛내면서 듣고 있더니,

　"좋습니다. 조사해 보죠. 목사님, 현장을 직접 보셨습니까?"
하고 물었다.

　"아닙니다. 조금 전에 트리제니스 씨에게서 이야기를 들었을 뿐, 아직 가보지는 못했습니다."

　"그럼 당신은 잠시 잠자코 계십시오. 트리제니스 씨로부터 상황을 듣기로 하지요."

　모티머 트리제니스는 아까부터 의자에 걸터앉은 채 한 마디도 말이 없었다. 검은 얼굴은 몹시 창백하고, 여윈 두 주먹이 부들부들 떨리고 있었다. 형제들에게 일어난 돌발적인 사고에 몹시 충격을 받은 듯했다.

　"트리제니스 씨, 당신은 왜 형제들과 떨어져 목사관에서 사시죠?"
　홈즈가 물었다.

　"혼자 있는 걸 좋아하기 때문이죠. 우리는 전에 꽤 큰 주석 광산을 경영하고 있었는데 몇 년 전에 그것을 정리했습니다. 광산을 판 돈을 네 형제가 나눌 때에 약간의 말썽이 있었지만 곧 화해를 하여 지금은 친하게 지내고 있습니다."

　"어젯밤, 당신이 형님집에 찾아갔을 때의 일을 자세히 이야기해 주십시오."

　"목사님 말씀과 같이 나는 밤 8시경에 가서 저녁식사를 한 다음 카드놀이를 했습니다. 10시 15분쯤 되었을 때, 작별을 고하고 집을 나

왔습니다."

"누가 현관까지 배웅나왔습니까?"

"아닙니다. 가정부인 포터 부인은 이층의 침실에서 자고 있었고, 형제들은 카드놀이를 계속하고 있었습니다. 나는 현관문을 열고 나온 다음, 다시 꼭 닫았습니다."

"거실의 창문은 어떻게 되어 있었습니까?"

"창은 닫혀 있었지만, 커튼은 걷혀져 있었습니다. 오늘 아침에 갔을 때는 창문이 열려 있었는데 강도가 침입한 흔적은 전혀 없었습니다."

"정말 별난 사건이로군요."

하며 홈즈가 고개를 갸우뚱거렸다.

"트리제니스 씨, 당신은 어째서 이런 비극이 일어났다고 생각하십니까?"

"그건 분명 악마가 한 짓입니다. 홈즈 씨, 인간의 힘으로는 도저히 그렇게 끔찍한 짓을 저지를 수 없습니다. 밤중에 악마가 집 안에 들어와 두 사람을 미치게 하고, 누이동생을 죽여 버린 것입니다."

"만일 악마가 한 짓이라면 인간인 나로서는 손을 댈 수가 없습니다. 그러나 나는 악마의 존재 따윈 믿지 않습니다. 이건 틀림없이 사람이 저지른 일입니다. 트리제니스 씨, 다시 한 번 어젯밤의 일을 생각해 보십시오. 뭔가 이상한 점이 없었습니까?"

"그러고 보니, 한 가지 생각나는 게 있습니다. 어젯밤 우리가 카드놀이를 하고 있을 때의 일입니다. 나는 창을 등지고 있었으며, 맞은편에는 동생인 조지가 앉아 있었습니다. 언제쯤이었는지 똑똑히 기억할 수 없지만, 조지가 문득 창 밖을 보고 놀란 표정을 지었습니다. 내가 뒤를 돌아보니, 어두운 정원 구석의 나무 그늘에서 뭔가 움직인 것 같았습니다. 조지에게 무얼 봤냐고 물었더니, 나뭇가지가 조금 흔들렸을 뿐인데, 아마 개나 고양이가 지나갔을 거라고 대답했습니다."

"밖으로 나가 살펴보지 않았습니까?"

"예. 카드놀이에 한창 열중하고 있었고, 또 대수롭지 않게 생각했기 때문입니다. 그러나 지금 생각해 보니, 그때 나무 그늘에서 움직인 그것이 이번 사건과 관계가 있을 것 같군요."

"알겠습니다. 그런데 트리제니스 씨, 당신은 오늘 아침 일찍 무슨 볼 일로 형님 집에 갔습니까?"

"아니, 볼 일은 없었습니다. 여느 날처럼 일찍 일어나 산책에 나섰는데, 뒤에서 이 마을에서 유일하게 의사인 리차드 박사의 마차가 왔습니다. 이렇게 일찍 어디를 가느냐고 인사를 했더니 그는 우리 형님 집에 급한 환자가 생겼다는 연락을 받고 왕진을 가는 길이라고 하지 않겠습니까. 나는 깜짝 놀라 박사의 마차를 타고 함께 형님 집으로 달려갔습니다. 그랬더니 간밤에 카드놀이를 했던 거실에 브렌다가 죽어 있었습니다."

끔찍스러운 광경이 다시 머리에 떠오르는지 그는 몸을 움츠리며 말했다.

"브렌다의 시체를 조사한 박사는 상처도 없으며 죽은 원인도 모르지만, 죽은 지 적어도 6시간쯤 지났나고 하더군요. 미친 형과 동생은 마치 두 마리의 커다란 원숭이처럼 고함을 지르고, 서로 할퀴고, 깔깔거리며 웃고 있었습니다. 차마 눈뜨고 볼 수 없는 비참한 광경이었습니다. 리차드 박사도 기분이 언짢았는지 얼굴빛이 새하얗게 질리면서 비틀비틀 소파 위에 쓰러져 버렸습니다."

"참으로 묘한 사건이로군요."

하고 홈즈가 말했다.

"그럼 지금부터 현장에 가서 조사해 봅시다. 여러분도 함께 가십시다."

사건이 일어난 집은 우리들이 묵고 있는 곳에서 2km가 채 못 되는 곳에 있었다. 우리가 들판 가운데로 난 구불구불한 길을 걸어가고 있을 때, 앞에서 검은 마차가 덜커덕거리며 달려왔다.

그 마차가 우리 옆을 지나갈 때, 쇠창살 사이로 이빨을 드러내고 히히덕거리는 두 사나이의 얼굴이 보였다.

"앗! 저건 형님과 동생입니다."

트리제니스가 새파랗게 질린 얼굴로 소리쳤다.

"가엾게도 정신병원에 실려가는 모양입니다."

나는 소름이 오싹 끼쳐 한동안 멀어져가는 검은 마차를 바라보고 있었다. 그들의 집은 들판 한가운데의 외딴 집으로, 별장같이 아기자기하게 멋을 부려 지은 이층 건물이었다. 넓은 정원에는 온갖 꽃들이 저마다의 아름다움을 자랑하며 피어 있었다.

홈즈는 집 주위를 한 바퀴 돌아보았다. 어젯밤 트리제니스가 뭔가 움직이는 것을 보았다는 나무 그늘을 비롯해, 창문 바로 앞에 있는 화단, 현관 앞의 좁은 길 등을 샅샅이 조사했다. 그때 잘못하여 현관 앞에 놓여 있던 물뿌리개를 뒤엎어 사방을 물바다로 만들어 버렸다.

"이거 정말 실례했군요."

홈즈는 당황하여 이렇게 사과했지만, 나는 그가 무슨 까닭이 있어 일부러 그렇게 한 것이라고 짐작했다.

우리는 트리제니스를 따라서 집 안으로 들어갔다. 55,6살쯤 되어 보이는 가저우 포터 부인이 우리들을 맞았다. 그녀는 홈즈의 질문에 다음과 같이 대답하였다.

"네, 나는 어젯밤 9시경, 이층에 있는 내 침실로 자러 갔습니다. 그때 식구들은 거실에서 즐겁게 카드놀이를 하고 있었습니다. 그런데 오늘 아침 일찍 거실로 내려가 보니 아가씨는 싸늘한 시체가 되어 있었고, 오웬 씨와 조지 씨는 미쳐서 괴상한 소리를 마구 질러대고 있었습니다. 너무나 끔찍스러운 광경에 나는 그만 마룻바닥에 쓰러져 기절했습니다. 잠시 후, 정신을 차린 나는 창문을 열어 공기를 바꾼 다음, 이웃 농가의 소년에게 의사인 리차드 선생을 모셔다 달라고 부탁했습니다. 의사 선생을 따라 마을 사람들이 달려 왔으나 형제분은 의자를 꽉 붙들고 놓지 않았습니다. 장정이 네 사람이나 달려들어 가까스로 마차에 태웠습니다."

"이 집 형제들이 혹시 누군가에게 원한을 산 일은 없었나요?"

"아니오. 모두 착하고 정직한 분들이라 남의 원한을 살 만한 일은 결코 하지 않아요."

"고맙습니다. 브렌다 양의 시체는 어디 있죠?"

"이층 침실로 옮겼어요. 경찰은 아직 아무도 오지 않았습니다."

홈즈와 함께 우리들은 이층으로 올라갔다. 27살쯤 되어 보이는 브렌다는 시골에서는 보기드문 미인이었다. 상처는 한 군데도 없었으나, 크고 파란 눈에는 공포의 빛이 서려 있었고, 얼굴도 두려움으로 인해 일그러져 있었다. 뭔가 몹시 무서운 것을 보고 충격을 받아 죽은 것 같았다. 다음에 홈즈는 사건이 일어난 거실을 조사했다. 탁자 위에는 카드장이 아무렇게나 흩어져 있었으며, 초는 모두 다 타고 4개의 촛대만 세워져 있었다. 탁자 앞에 놓인 4개의 의자는 약간 비뚤어지긴 했으나, 거의 바른 위치에 있었다. 아마 그들은 트리제니스가 돌아간 뒤에도 카드놀이를 계속하다가, 별안간 무엇인지 무서운 것의 습격을 받아 변을 당한 모양이다. 홈즈는 마룻바닥과 창틀을 조사한 다음 날카로운 눈을 빛내며 방 안을 서성거리더니, 문득 난로 앞에 멈춰섰다. 난로 속에는 새까맣게 탄 숯덩어리가 있었다.

"아니, 어젯밤 난로를 피운 것 같군. 봄인데, 왜 불을 피웠을까?"

홈즈가 혼잣말처럼 중얼거리자, 트리제니스가 대꾸했다.

"어젯밤엔 6시가 지나자 비가 내려 날씨가 쌀쌀해졌으므로, 제가 조지에게 난롯불을 피우도록 했습니다."

"그래요? 알겠습니다. 트리제니스 씨, 현장 조사는 모두 끝났습니다. 이젠 집에 가서 잘 생각해 볼까 합니다. 목사님, 그럼 먼저 실례하겠습니다."

오솔길로 접어들었을 때, 말없이 걷고 있던 홈즈가 갑자기 입을 열었다.

190

"왓슨, 유감스럽게도 이번 사건은 아직까지 증거가 부족해. 적은 자료를 바탕으로 해서 결론을 내리는 것은 위험해. 좀더 기다려 보세. 지금 알 수 있는 것은 오직 하나, 트리제니스 씨가 저 집을 나온 지 얼마 안 되어, 즉 11시 전에 사건이 일어났다는 것뿐이야."

"리차드 박사는 브렌다 양이 죽은 지 적어도 6시간은 지났다고 했다니, 대체로 자네의 추리와 맞는 것 같군."

"왓슨, 자넨 어떻게 생각하나?"

"글쎄, 브렌다 양의 죽은 얼굴에는 짙은 공포의 빛이 서려 있었어. 뭔가 무서운 것을 보았을 거야. 트리제니스 씨가 저 집을 떠난 뒤, 곧 강도가 든 게 아닐까?"

"아냐. 현관문과 창틀을 자세히 조사했는데 강도가 들어간 흔적은 없었어. 만일 강도가 그 거실에 들어갔었다면, 한 사람쯤은 의자에서 일어났을 거야. 그런데 세 사람 모두 의자에 앉은 채였어. 강도가 들어왔다는 주장은 맞지 않아."

나는 문득 넘겨짚어 봤다.

"홈즈, 난 아무래도 트리제니스 씨가 수상하다고 생각되는데……."

"아니 어째서?"

"그 사나이는 등이 몹시 굽고 안경을 썼으며, 음흉한 표정을 짓고 있어. 아무리 보아도 인상이 좋지 않아."

"인상이 나쁘다고 범인으로 몰면 곤란해. 만일 트리제니스 씨가 범행했다면 그 동기가 뭘까?"

"그 사나이가 말했었지. 주석광산을 팔았을 때, 형제 간에 불화가 있었다고……. 트리제니스는 자기 몫이 적은 것을 불평하고 형제들을 원망해 오다가 세 사람을 위협한 게 아닐까?"

"음, 그럴 듯해. 그러면 어떤 방법으로 위협했을까?"

"그는 악마의 소행일 것이라고 몇 번이나 되풀이하지 않던가? 그래서 퍼뜩 생각난 일인데 트리제니스는 어젯밤 11시 전에 저 집을 나섰어. 일단 문 밖으로 나온 그는, 호주머니에서 악마나 괴물의 무서운 가면을 꺼내 쓰고 살그머니 그 집으로 들어갔어. 그리고 창 밖에서 갑자기 그 방을 들여다본 거지. 그 흉칙스러운 얼굴을 본 브렌다 양은 겁에 질려 심장 마비를 일으켜 죽고, 두 형제는 미쳐 버린 게 아닐까?"

"하하하, 왓슨. 안 됐지만 그 추리는 틀렸어. 창문 바로 아래 화단에는 트리제니스 씨의 발자국은 물론 누구의 발자국도 남아 있지 않았어. 트리제니스 씨는 11시 전에 그 집을 나서자, 그대로 곧장 목사관으로 돌아왔어."

"어떻게 그걸 알아냈지?"

"아까 내가 현관 앞의 좁은 길에서 일부러 물뿌리개를 뒤엎었지? 그건 트리제니스 씨의 발자국을 알기 위해 한 일이었어. 그는 물에 젖은 길을 건너 맨 먼저 집 안으로 들어갔어. 길 위에는 분명히 그의 발자국이 남았지. 나는 그 모양을 잘 기억해 두었다가 아까 문을 나오면서 조사해 보았지. 그랬더니 트리제니스 씨는 도중에서 멈추지 않고 곧장 목사관 쪽으로 돌아갔더군."

"그래? 그렇다면 내 추리가 엉터리였군. 그래, 홈즈 자넨 누가 범인이라고 생각하나?"

"아무도 의심하지 않고 있어. 동시에 모든 사람을 의심하고 있지. 트리제니스 씨는 물론 말이 많은 목사나 의사인 리차드 박사도 수상하다면 수상하니까 말야."

"트리제니스 씨와 조지는 정원의 나무 그늘에서 뭔가가 움직이는 걸 보았다고 했는데……."

"그 나무 밑에는 발자국도 없고 나뭇가지 하나 부러져 있지 않았어. 왓슨, 아무튼 얼마 안 되는 자료를 바탕으로 이것저것 추리를 하는 건 그만두게. 쓸데없이 엔진을 마구 돌리는 것처럼 피곤하기만 할 뿐이야. 잠시 모든 걸 잊고, 이 상쾌한 황야를 산책하기로 하세."

우리는 오전을 황야에서 보내고 오후가 되어서야 집으로 돌아왔다. 집에는 손님 한 사람이 우리가 돌아오기만을 기다리고 있었다. 손님은 세계적으로 유명한 탐험가인 레온 스탕달 박사였다. 몇 번이나 아프리카의 깊숙한 땅을 탐험한 그는 사자 사냥의 명수로도 알려져 있었다. 마치 거인처럼 크고 우람한 몸집, 날카로운 눈에 매부리코, 반은 희고 반은 금빛인 턱수염, 어디로 보나 보통 사람과는 달랐다.

우리는 들판에서 박사의 모습을 한두 번 본 적이 있었다. 박사는 약 1년 전에 아프리카에서 돌아와 이 고장에서 혼자 살고 있었는데, 머지않아 다시 탐험길에 오른다고 했다.

"여어, 홈즈 씨! 당신이 뛰어난 탐정이란 건 잘 알고 있습니다."

스탕달 박사는 여송연을 문 채 일어서더니, 곰처럼 큰 손을 내밀어 홈즈의 손을 덥석 잡았다.

"정말 끔찍스러운 사건이 일어났군요. 홈즈 씨. 나는 네 번째 아프리카 탐험을 떠날 예정으로 프리머드 항구까지 가서 절반 이상의 짐을 배에 실었는데, 소식을 듣고는 급히 돌아왔습니다. 아프리카행은 잠시 연기해야겠소."

"실례지만, 스탕달 박사께서는 무엇 때문에 이번 사건에 흥미를 가지시죠?"

"흥미가 아니라 나에게는 중대한 사건이오. 죽은 브렌다와 미쳐 버린 두 형제는 나의 외사촌이 됩니다."

"아, 그랬었군요. 얼마나 걱정이 되시겠습니까? 그런데 당신은 언제 프리머드에 가셨죠?"

"사흘 전이오. 그랜드 호텔에 묵었죠."

"이번 사건은 아직 신문에 발표되지 않았을 텐데요……."

박사의 표정을 살피며 홈즈가 말했다.

"그렇소. 어떤 분이 전보로 알려 주었소."

"전보를 친 사람이 누굽니까?"

스탕달 박사는 기분이 상했는지 굵은 눈썹을 꿈틀거렸습니다.

"홈즈 씨, 너무 꼬치꼬치 캐묻는군요. 마치 경찰관처럼……."

"용서하십시오. 이게 바로 내 일이기 때문입니다."

"그럼 말하죠. 전보로 알려온 사람은 라운드 헤이 목사요."

"감사합니다. 잘 알겠습니다."

"홈즈 씨, 이번 사건은 아무래도 우발적인 사고는 아닌 것 같소. 누군가가 브렌다를 죽이고, 두 사람을 미치광이로 만든 겁니다. 당신은 누구의 짓이라고 생각합니까?"

"그건 아직 모릅니다."

"그래도 의심이 가는 사람은 있겠죠?"

"그것도 아직 말할 수가 없습니다."

"흥, 그렇다면 일부러 이 집을 찾아온 보람이 없군. 시간 낭비였어."

스탕달 박사는 화난 목소리로 그렇게 내뱉더니, 새 담배에 불을 붙여 물고는 인사도 없이 휙 나가 버렸다. 홈즈는 잠시 생각에 잠겨 있더니, 5분쯤 후에 잠자코 집을 나갔다. 어쩌면 박사의 뒤를 밟았는지도 모른다. 저녁 때가 되어 돌아온 그의 표정으로 미루어 보아, 별로 수확이 없는 것 같았다.

"홈즈, 자네가 없는 사이에 이 전보가 왔어."

전문을 읽어 본 홈즈는 언짢은 표정으로 전보를 찢어서 불태워 버렸다.

"어디서 온 건가?"

"프리머드의 그랜드 호텔, 스탕달 박사의 말이 정말인지 호텔 지배인에게 전보로 조회했는데 그 답장이 온 거야. 박사는 사흘 전부터 호텔에 묵었고, 사건이 일어난 어젯밤에도 분명히 호텔에서 잤으며, 짐의 절반은 배에 있고 나머지 반은 호텔에서 보관하고 있다는군."

"그렇다면 스탕달 박사는 이 사건과는 아무런 관계가 없는 모양이군."

"그건 아직 몰라. 뭔가 새로운 사실이 드러날 때까지 기다리기로 하세."

홈즈가 말하는 새로운 사실은 뜻밖에도 일찍 드러났다.

이튿날 아침, 내가 창가에서 면도를 하고 있을 때 덜커덕거리는 소리에 이어 이륜마차 한 대가 집 앞에 섰다. 마부 자리에서 뛰어내린 것은 라운드 헤이 목사였다.

"홈즈 씨, 큰일났습니다!"

목사는 숨을 헐떡이며 뛰어들어왔다.

"이런 끔찍한 일은 이 마을이 생긴 이래 처음입니다. 이 마을은 신의 저주를 받고 있습니다."

"목사님, 진정하시고 의자에 앉으십시오. 대체 무슨 일입니까?"

"모티머 트리제니스 씨가……. 어제까지 건재하던 트리제니스 씨가 어젯밤 누군가에게 살해되었소. 갑자기 죽어 버렸단 말입니다."

홈즈는 벌떡 일어섰다. 그 눈은 매의 눈같이 날카롭게 빛났다.

"목사님, 트리제니스 씨는 어디서 죽었습니까?"

"목사관 아래층에 있는 거실에서입니다. 우리집 하인이 발견했는데 제가 갔을 때는, 트리제니스 씨는 의자에 앉은 채 이미 싸늘한 시체로 변해 있었습니다. 그의 얼굴에는 죽은 브렌다 양처럼 공포의 빛이 짙게 서려 있었습니다."

홈즈는 입술을 꼭 깨물었다.

나 역시 홈즈 이상으로 놀랐다. 내가 이번 사건의 범인으로 의심하고 있는 트리제니스가 괴상한 죽음을 당했으니 놀라지 않을 수가 없었다.

"홈즈, 사건은 점점 복잡해지는군. 이렇게 되면 미궁에 빠지겠는걸."

"아냐. 복잡해질수록 도리어 해결하기 쉬운 법이야. 아마 이번 사건으로 중요한 단서를 잡을 수 있을 거야. 목사님, 당신 마차로 목사관까지 가십시다. 경찰이 오기 전에 현장을 조사하고 싶습니다."

"그렇게 합시다."

세 사람을 태운 마차는 곧 낮은 언덕 위에 있는 목사관에 닿았다. 목사관 남쪽으로는 넓은 잔디밭이 펼쳐져 있었다.

트리제니스는 아래층과 이층에 각각 방 하나씩을 빌려쓰고 있었는데, 이층이 침실, 아래층이 거실로 되어 있었다.

"시체는 아래층 거실에 있습니다. 그곳으로 가 보실까요?"

목사의 안내로 거실에 들어가자, 왠지 모르게 가슴이 답답하고 메스꺼웠다. 탁자 위에 켜져 있는 램프 탓인 것 같기도 하였다. 심지를 너무 많이 돋우어 놓아서 램프의 유리가 새카맣게 그을려 있었다.

트리제니스는 의자에 앉은 채 턱수염이 텁수룩하게 난 턱을 위로 치켜들고 죽어 있었다. 작고 검은 눈은 무엇인가 무서운 것을 보았는지, 겁에 질린 듯 부릅뜨고 있었다. 모든 것이 브렌다의 경우와 같았다.

팔은 축 늘어져 있었으며, 손가락은 무엇인가를 꽉 움켜쥐려는 듯이 구부려져 있었다. 낮에 입었던 양복을 입고 있었는데, 바삐 입었는지 넥타이도 제대로 갖추지 못했다.

"트리제니스 씨는 오늘 아침 날이 밝은 후에 죽은 것 같군. 그런데 어째서 램프를 켰을까?"

홈즈는 트리제니스의 시체에서 눈길을 돌려 주위를 살펴보았다.

"저기 창문이 열려 있군요. 목사님, 저 창문은 누가 열었죠?"

"우리집 하인이 열었습니다. 이 끔찍스러운 시체를 보고 충격을 받았는지 자기 방에 누워 있습니다. 불러올까요?"

"뭐, 그럴 필요까진 없습니다. 지금부터 조사를 시작하겠으니, 잠깐 조용히들 해주십시오."

홈즈는 곧 활동을 개시했다. 그의 행동은 마치 여우의 뒤를 쫓는 사냥개처럼 민첩했다. 이층에서 정원의 잔디밭에 이르기까지 집안을 샅샅이 살피며 뛰어다녔다.

이층 침실에서는, 잠겨 있던 창문을 열고 창틀을 조사하면서 기쁜 듯이 빙그레 웃었다. 정원의 잔디밭에서는 개처럼 사방을 기어다니더니 이윽고 잔디 속에서 잿덩이 같은 것을 찾아내서는 소중하게 종이에 싸서 호주머니에 넣었다.

그런 다음 홈즈는 시체가 있는 거실로 돌아왔다. 탁자 위의 램프는 여전히 새까만 그을음을 내며 타고 있었다.

홈즈는 램프를 끄고 돋보기로 램프의 갓을 세밀히 조사했다. 그 갓의 가운데 쪽에는 하얀 재가 묻어 있고, 둘레에는 다갈색 가루가 묻어 있었다. 홈즈는 다갈색 가루를 칼로 긁어서 봉투에 담아 수첩 사이에 끼웠다.

"이로써 단서가 잡힌 셈이죠."

홈즈가 밝은 목소리로 말한 순간, 멀리서 마차 달리는 소리가 들려

왔다.

"아! 지방 경찰관들이 오는 모양이군. 목사님, 우린 이대로 돌아가 겠으니 경감님에게 이렇게 전해 주십시오. 런던에서 온 셜록 홈즈가 이층 창문과 거실의 램프 갓에 특히 주의를 기울이면 사건 해결에 반 드시 도움이 될 거라고 말하더라고 전해 주십시오. 왓슨, 이만 물러 가세."

우리는 뒷문으로 목사관을 빠져나와 집으로 돌아왔다.

그로부터 이틀 동안 홈즈는 거의 입을 열지 않았다. 자기 방에 틀 어박혀 파이프를 빨아대며 골똘히 생각에 잠기는가 하면, 말없이 어 딘가 다녀오기도 했다.

그러더니 이틀째 되던 저녁에는 시내 잡화점에 가서 트리제니스 의 거실에 있던 램프와 똑같은 것을 하나 사 가지고 왔다. 그러고는 목사관에서 트리제니스가 쓰던 석유와 같은 것을 얻어다가 램프의 기름통에 붓고 심지에 불을 붙여 1시간에 석유가 얼마나 줄어드는지 시험해 보았다. 도대체 무엇을 하는 건지 알 수가 없었다.

사흘째 되던 날 오후, 홈즈는 밝은 표정으로 내게 말을 건넸다.

"왓슨, 상당히 복잡한 사건이었으나 마침내 해결했어."

"그래? 참 잘했군. 두 차례에 걸친 사건은 모두 우연히 일어난 게 아니라 누군가가 계획적으로 한 것 같아."

"맞았어. 범인은 두 사람이야."

"뭐, 두 사람? 그게 누구야?"

"글쎄, 너무 서두르지 말게. 나는 이 두 사건을 처음부터 다시 면밀

히 생각해 보았어. 그랬더니 두 사건 사이에 있는 공통점을 발견할
수 있었지."

"공통점이라니?"

"같은 일이 일어났었어. 그것은 시체가 있는 방에 들어간 사람이
모두 쓰러지거나 기절했다는 사실이야. 따라서 두 방 안에 독이 있는
공기, 즉 독가스 같은 게 꽉 들어 차 있었다고 볼 수 있지. 먼저 첫 번
째 사건에서 브렌다 양의 시체가 있는 거실에 처음으로 들어간 가정
부 포터 부인은 가슴이 답답해서 마룻바닥에 쓰러져 기절해 버렸다
고 말했었지."

"응, 생각나는군. 하지만 가정부는 너무 처참한 거실 안의 광경에
놀라 기절했다고 말했었는데……."

"맞았어. 그러나 조금 뒤에 거실에 들어간 리차드 박사가 쓰러진
것은 어떻게 설명하지? 트리제니스 씨의 말의 따르면, 리차드 박사는
브렌다 양의 시체를 조사하고, 미쳐 버린 두 형제를 보고 있는 사이
에 기분이 나빠져 낯빛이 새하얗게 질리면서 비틀비틀 소파 위에 쓰
러졌다고 했어. 숱하게 시체를 보아 왔고, 정신병자도 꽤 여럿 다루
었을 의사가 기절한 건 그 거실 안에 독가스가 꽉 차 있었기 때문이
라고 볼 수 있겠지."

"과연 그렇겠군. 그래서?"

나는 궁금하여 이야기를 재촉하였다.

"제 2의 사건에서도 똑같은 일이 일어났어. 트리제니스의 거실에
처음으로 들어간 목사관의 하인도 가슴이 울렁거려서 누워 있었다

고 하지 않았나. 그 방에 독가스가 남아 있었다는 증거야."

"아참, 이제 생각나는군! 나도 그 방에 들어갔을 때 뭐라고 말할 수 없이 가슴이 답답하고 메스꺼워서 간신히 참았어. 램프가 그을음을 내며 타고 있기 때문이라고 생각했었는데, 독가스가 남아 있었군 그래."

"응, 나 역시 속이 메스꺼웠지만, 하인이 창을 열어 놓은 덕분에 기절하지 않았던 거야. 그리고 두 사건의 공통점은 또 있어. 사건 당시에 방 안에서 불이 타고 있었다는 점이야. 자네 기억나나? 황야 가운데 외딴 집에서 내가 난로 속에 타다 남은 장작개비를 보고 봄인데 아직도 불을 피우냐고 물었지? 그러자 트리제니스는 간밤에는 비가 내려 추웠으므로, 자기가 조지에게 부탁하여 난로에 불을 피우게 했다고 말했었지."

"응, 그랬어."

"제 2의 사건에서는 램프가 타고 있었어. 나는 똑같은 모양의 램프를 사용하여 1시간 동안의 석유 소비량이 얼마쯤인가를 실험해 보았어. 그 결과, 그 램프는 날이 샌 뒤에 켜 놓은 것을 알았어. 이런 공통점을 연관시켜 생각해 보면, 두 번 다 방 안에 불이 켜져 있었으며, 방 안에 있던 사람들이 독가스를 마시고 어떤 사람은 미쳤고, 어떤 사람은 죽어 버렸다는 것을 알 수 있어. 이것은 독가스를 발생시키는 어떤 물질이 불에 탔거나, 또는 불로써 뜨거워졌기 때문이라는 결론이 돼."

"응, 듣고 보니 그런 것 같군."

"첫 번째 사건에서는 그 독가스를 발생시키는 물질이 난롯불 속에

던져졌어. 독가스의 대부분은 연통을 통해 밖으로 새어나갔지만, 일부분은 방 안에 퍼졌어. 밀폐된 방 안에서 독가스를 마시고 한 사람이 죽고, 두 사람이 미쳐 버린 거야."

"어째서 브렌다 양만이 죽었을까?"

"여자이기 때문이야. 여자는 남자보다 체력이나 신체 조건이 약하거든. 아무튼 이 독가스를 들이마시면 처음 한동안은 심한 공포에 사로잡혀서 미쳐 버리지. 더욱 악화되면 브렌다 양같이 죽어 버리는 것이고. 그 증거로, 그들의 얼굴은 하나같이 두려움에 질려 있었지 않나. 남자들은 몸도 건장한데다 독가스를 비교적 적게 마셨기 때문에 죽지 않았을 거야."

"음……."

정말 놀라운 일이었다.

"두 번째의 사건에서는 독가스를 내기 위해 램프가 사용되었어. 램프의 갓은 활석으로 되어 있었지. 활석은 납처럼 매끄러운 광석으로 열은 전달하지만 타지 않는 성질을 지니고 있어. 그 램프의 등피 근처에는 흰 재가, 가장자리 쪽에는 다갈색의 가루가 묻어 있었지. 난 그 다갈색 가루를 칼로 절반만 긁어서 봉투에 담아 수첩 사이에 끼웠지."

"왜 절반만 가져왔나?"

"나중에 조사하러 올 경찰을 위해 남겨둔 거야. 내가 다 가지면 불공평하니까 말이야. 두 번째 사건에서는 먼저 램프에 불이 붙여졌어. 그리고 뜨거워진 갓 위에 독가스를 내는 물질, 아마 가루 같은 게 얹어졌을 거야. 물론 트리제니스를 죽이려는 범인이 올려놓은 거지. 가루는 램프의 열을 받아 독가스를 냈어. 그것을 마신 트리제니스는 공포로 미친 상태가 되었다가 곧 죽었어. 연통이나 공기 구멍이 없었으므로 독가스의 효과도 앞서의 사건보다 더 금방 나타났어. 왓슨, 내가 세운 추리가 어떤가?"

"글쎄, 확실히 그럴 듯한 추리이기는 하지만 유감스럽게도 하나의 가정이지. 뒷받침이 될 만한 결정적인 증거가 없잖아."

"결정적인 증거?"

홈즈의 눈이 빛났다.

"좋아! 그럼 이 방 안에서 실험을 해보세."

"무슨 실험 말인가?"

"이 탁자 위에 트리제니스의 거실에 있던 것과 똑같은 모양의 램프가 있지. 램프에 불을 켜고 내가 갖고 온 다갈색 가루를 얹어서 독가스가 발생하면 내 추리가 틀림없어. 그러나 이 실험은 대단히 위험해. 두 사람이 다 미치거나 죽을 우려가 있으니 말야. 자네는 밖에 나가서 유리창으로 들여다보면 어떨까?"

"아냐, 나도 방에 있겠네. 실험 결과를 내 눈으로 확인하고 싶어."

"그래? 과연 자네답군. 그럼 되도록 조심하세. 자네는 그 창문을 열고 바로 옆에 있는 의자에 앉아 있게. 나는 문을 열고 탁자의 반대쪽에 앉아 있겠네. 램프에서의 거리는 똑같아. 서로 상대방의 동정을 잘 살피고 있다가 조금이라도 이상한 기미가 보이면 곧 상대방을 안고 뛰어나가는 거야. 알겠나? 자, 시작하네."

홈즈는 램프에 불을 켠 다음 나사를 돌려 불꽃을 크게 돋우었다. 그리고 수첩 사이에 끼워둔 봉투 속에서 다갈색 가루를 꺼내어 램프의 갓 위에 뿌렸다. 10초도 못 되어 사향과 같은 독한 냄새가 코를 찔렀다. 나는 순간 속이 메스꺼워지고 머리가 멍해졌다. 그와 동시에 뭐라고 말할 수 없는 두려움이 밀물처럼 덮쳐 왔다. 몰려든 먹구름 속에서 정체를 알 수 없는 괴물이 달려드는 듯한 느낌이었다. 머리털이 곤두서고, 눈알이 튀어나올 것만 같았으며, 입이 딱 벌어져 혀가 악어 가죽처럼 굳어 버렸다. 살려달라고 소리쳤지만, 그것이 제대로 말이 되어 나오지 않았다. 나는 미칠 듯한 심정으로 홈즈를 바라보았다.

홈즈의 증세는 나보다 더 심했다. 무섭게 부릅뜬 눈과 창백한 얼굴은 두려움에 질려 흉하게 일그러져 있었다. 그것은 브렌다나 트리제니스의 죽은 얼굴과 똑같았다. 손가락은 꺾인 못처럼 구부러져 허공에서 무엇인가를 움켜쥐려 하고 있었다.

'앗, 홈즈가 위험해!'

나는 허겁지겁 홈즈를 끌어안고 비틀거리며 겨우 뛰어나왔다. 아니, 뛰어나왔다기보다 굴러나왔다는 편이 옳을 것이다. 그리고 우리들은 정신 없이 잔디 위에 누워 숨을 몰아쉬었다. 30분쯤 지났을까, 겨우 정신을 차렸을 때는 따사로운 햇살이 우리의 등에 내리쬐고 있었다.

"왓슨, 고맙네."

홈즈가 쉰 목소리로 말했다.

"독가스의 효력이 그렇게까지 빨리 나타날 줄은 꿈에도 몰랐어. 이런 위험한 실험은 나 혼자서 해야 되는 건데. 자네까지 끌어들여서 정말 미안하네. 용서해 주겠나."

홈즈가 이처럼 부드럽고 약한 감정을 나타내는 것은 드문 일이었으므로, 나는 감격했다.

"괜찮아, 홈즈. 조금이라도 자네에게 도움이 될 수 있다면 나는 무슨 일이든지 기꺼이 하겠네."

"그렇게 말하니 더욱 고맙네. 그런데 램프를 그대로 놓아두면 위험하니 처리해야겠어."

홈즈는 물에 적신 손수건으로 입과 코를 막고는 독가스가 자욱한 방 안으로 뛰어들어갔다. 램프를 들고 나온 그는 잔디밭의 끝에 있는 둑으로 달려가 램프를 힘껏 내동댕이쳤다. 등피가 깨어지면서 불이 꺼졌다.

"왓슨, 방 안에는 한동안 들어가면 위험해. 저쪽으로 가서 이야기를 계속하기로 하세."

정원 구석에는 초라한 나무 탁자와 의자 3개가 놓여 있었다. 우리는 그곳에 자리를 잡고 앉았다. 홈즈는 여러 번 심호흡을 하고 나서,

"저 독가스는 정말 대단하군. 아직도 목 근처가 따끔따끔하니 말이야. 그러나 걱정할 것 없어. 여기서 신선한 공기를 마시고 있으면 저절로 낫겠지. 실험 결과 두 사람이 죽고, 두 사람이 미쳐 버린 것은 저 다갈색 가루에서 발생하는 독가스 때문이라는 것을 분명히 알게 되었어. 왓슨, 그런데 누가 이렇게 무서운 범죄를 저질렀을까? 범인은 두 사람이야. 먼저 첫 번째 사건부터 설명하지. 첫 번째 사건의 범인

은 자네가 말한대로 모티머 트리제니스야."

"역시 그랬었군! 내 육감이 들어맞은 셈이군."

"맞았어. 자네는 모티머 트리제니스의 인상이 좋지 않다고 그를 의심했는데 틀린 생각은 아니야. 그 사나이는 쥐새끼처럼 검고 작은 눈을 움직이며 늘 음흉한 표정을 짓고 있었어. 무엇인가 음모를 꾸밀 만한 사나이야. 범죄의 동기 또한 자네 말대로 재산이 탐이 났던 거였네."

그것 보라는 듯이 나는 고개를 끄덕거렸다.

"트리제니스 형제는 주석 광산을 팔아서 목돈이 생겼어. 그 돈을 나눌 때 약간의 말썽이 있었으나, 곧 화해를 했다고 모티머 자신이 말했지. 내가 라운드 헤이 목사로부터 들은 바에 따르면, 돈을 나눌 때, 오웬과 조지는 광산을 팔 때 아무 역할도 하지 않은 모티머의 몫은 적어도 된다고 주장했더군. 그래서 형제 간에 칼싸움이 벌어졌어. 다행히 누이동생인 브렌다 양이 그들 사이에서 화해를 시켰고 모티머의 몫은 조금 더 많아졌어. 그러나 형이나 동생에 비하면 훨씬 적었지. 화해는 했지만, 모티머는 형과 동생을 원망하면서 언젠가 앙갚음을 해야겠다고 벼르고 있었지. 그러던 중 우연히 무서운 독가스를 발생시키는 독극물이 손에 들어오자 그는 '옳지, 됐다! 이걸로 앙갚음을 해주자.' 고 결심을 했던 거야."

"하지만 그건 어디까지나 추측이겠지. 증명할 사람은 없잖아. 브렌다 양은 죽고 형제는 미쳐 버렸으니까……."

"아냐, 잇달아 일어난 두 번째 사건으로 미루어 생각하며, 첫 번째 사건의 범인이 모티머 트리제니스라는 결론이 나와."

"그럼 그는 어떤 방법으로 범행을 저질렀을까?"

"그날 밤, 모티머는 형님 집에 가서 저녁식사를 대접받고, 모두 함께 카드놀이를 즐겼어. 10시 반쯤 되자 모티머는 일어나서 작별 인사를 하고 난로 앞을 지나 현관으로 향했어. 난롯불은 활활 타오르고 있었어. 모티머가 춥다고 조지를 시켜서 불을 피운 거지. 모티머는 난로를 지날 때 주머니에서 독극물을 꺼내 얼른 난로 속에 집어넣었지. 형제들은 카드놀이에 열중해 있었으므로 아무도 눈치채지 못했어. 모티머는 현관문을 열고 밖으로 나가서 문을 다시 꼭 닫고 그대로 목사관으로 돌아가 버렸어."

"그건 무엇으로 추리할 수 있나?"

"모티머의 발자국이 증명하고 있어. 참극은 모티머가 그 집을 나선 지 얼마 안 되어 일어났어. 독가스의 대부분은 연통을 통해 빠져나갔지만, 그 중의 일부가 밀폐된 방 안에 차서 형제는 미치고, 브렌다 양은 죽어 버린 거야."

"정말 끔찍한 일을 저질렀군. 브렌다 양은 모티머를 위해 중재해 주었는데 왜 죽였을까?"

"모티머는 세 형제를 죽일 생각이 아니라, 모두 미치광이로 만들 생각이었는지도 몰라. 독가스의 대부분이 연통으로 빠져나간다는 것을 알고 있었을 테니까 말이야. 미치광이로 만들기만 해도, 세 사람의 재산은 당연히 자기에게로 돌아오지. 그러나 몸이 약한 브렌다 양이 독가스를 조금 마시고도 죽어 버렸어."

나는 문득 생각나는 점을 말해 보았다.

"모티머는 브렌다 양의 죽음에 양심의 가책을 느껴 자살해 버린 게 아닐까? 같은 독가스를 써서 말이야……."

"아냐, 왓슨. 그건 틀린 생각이야. 교활한 모티머가 자살 같은 걸 할 리 있나. 살해당한 거야. 증거도 벌써 갖추어져 있어. 그럼 모티머를 죽인 건 누구인가? 그걸 알고 있는 사람은 나 이외에 또 한 명 있어……. 이봐, 바로 그 인물이 찾아오셨어. 중요한 손님이니까 내게 맡겨 주게."

울타리 너머로 거인처럼 키가 크고 몸집이 우람한 신사의 모습이 보였다. 아프리카 탐험가인 레온 스탕달 박사였다.

그는 늘 그러는 것처럼 여송연을 입에 물고 있다가 못마땅한 듯이 연기를 내뱉었다.

"홈즈 씨, 도대체 무슨 볼 일이오? 방문해 달라는 당신의 편지를 보고 이렇게 찾아오긴 했지만 나는 바쁜 몸이오. 내일 아프리카로 출발할 예정이니까."

"결코 오래 끌지 않겠습니다, 박사님. 이런 호젓한 곳에 오시라고 한 것은 이곳이라면 누가 엿듣거나 비밀이 새어나가는 염려가 없기 때문이죠."

"비밀이라니. 무슨 말이오?"

"모티머 트리제니스를 죽인 건 누구일까 하는 문제입니다. 박사님은 그 범인을 누구보다도 잘 알고 있을 것입니다."

"뭐라고?"

박사는 물고 있던 여송연을 집어던지고, 무서운 눈초리로 홈즈를 노려보았다. 나는 뭔가 무기를 가져오지 않은 것을 안타깝게 생각하였다. 박사의 얼굴은 분노로 붉으락푸르락했으며, 이마에는 파란 심줄이 섰다. 그는 두 주먹을 휘두르며 금방이라도 홈즈에게 달려들 기세였다. 홈즈도 빈틈없이 몸을 도사렸다. 숨막힐 듯한 몇 초가 흘렀다.

그때 갑자기 생각을 바꾸었는지, 박사는 주먹을 내리며 부드럽게 말했다.

"홈즈 씨, 내가 잘못했소. 나는 오랫동안 아프리카 토인을 상대로 살아온 탓에 걸핏하면 폭력을 휘두르는 나쁜 버릇이 생겼소. 나는 당신을 해칠 생각이 전혀 없소."

"나도 당신을 해칠 생각은 조금도 없습니다. 그 증거로 나는 모든 사실을 알고 있으면서도 이곳에 경찰을 부르지 않았습니다. 자아, 어서 앉으시죠."

홈즈의 말은 조용했지만 누구도 거역할 수 없는 위엄이 어려 있었다. 박사는 얌전히 나무 의자에 앉으며 홈즈를 바라보았다.

"홈즈 씨, 도대체 무슨 말을 하려는 거요?"

"나는 당신을 모티머 트리제니스 살해의 유력한 용의자로 보고 있습니다. 당신이 왜 모티머를 죽였는지, 그 이유를 듣고 싶군요."

"뭐라고?"

박사는 벌떡 일어나 홈즈를 노려보았으나 가까스로 진정하고 다시 의자에 앉았다.

"흥! 홈즈 씨. 당신은 넘겨짚어 사람을 겁주는 데에 명수로군요. 당신이 탐정으로 성공한 것도 그 때문이겠죠.”

“남의 마음을 넘겨짚는 건 바로 당신이요.”

홈즈가 거침없이 말했다.

“당신은 어제 나를 찾아와서 브렌다 양을 죽이고 두 형제를 미치게 한 범인이 누구냐고 물었습니다. 자신은 범인을 정확하게 알고 있으면서도 내가 누구를 의심하고 있나 알아보려고 했던 것입니다. 내가 지금으로서 알 수 없다고 대답하자, 당신은 화를 내며 돌아갔죠. 그 뒤를 내가 밟은 겁니다.”

“뭐, 미행이라고? 난 누구에게도 미행당한 기억이 없는데…….”

“당신에게 들킬 만큼 서투른 짓은 하지 않소. 당신 집 앞에는 도로 공사에 사용되는 붉은 자갈 더미가 있죠. 당신은 그 자갈 더미를 유심히 바라보다가 집 안으로 들어갔소.”

스탕달 박사는 놀란 듯 눈을 크게 떴다.

“지금부터 내가 추리한 것을 이야기하겠습니다. 만약 틀린 점이 있다면 말씀해 주십시오. 당신은 오늘 새벽, 해뜰 무렵에 집을 나섰소. 그리고 집 앞의 자갈 더미에서 붉은 색 자갈을 한 움큼 호주머니에 넣은 후, 모티머 트리제니스가 세들어 있는 목사관으로 갔소. 당신은 목사관 뒤꼍에 있는 과수원을 가로질러 울타리의 틈을 비집고 정원으로 스며들었소. 그 증거로 당신이 지금 신고 있는 밑창에 줄이 쳐진 테니스화의 자국이 과수원에 뚜렷이 남아 있습니다.”

박사의 얼굴에는 점점 두려운 빛이 나타났다.

“주위는 벌써 밝아졌으나, 목사관에는 아직 아무도 잠에서 깨어나

지 않았죠. 당신은 트리제니스가 자고 있는 이층 침실 창문으로 호주
머니 속에 있던 붉은 자갈을 던졌습니다."

그 순간, 스탕달 박사는 벌떡 일어서며,

"홈즈, 넌 악마야! 악마가 아니고선 그렇게까지 자세히 알 리가
없어!"

하고 미친 듯이 고함을 질렀다.

홈즈는 빙그레 웃으면서 침착한 목소리로 말을 이었다.

"칭찬해 주셔서 영광입니다. 당신이 침실 창문에다 돌을 여러 번 던
지는 바람에 모티머는 겨우 눈을 뜨고 창문을 열었소. 당신은 아래층
거실로 내려오라고 신호했죠. 모티머는 서둘러 옷을 입고 거실로 내
려와 창문을 열었습니다. 당신은 그 창문으로 들어가서 탁자 위에 있
던 램프에 불을 켜고 등갓 위에 어떤 독극물을 얹어 놓고 재빨리 창문
을 통해 밖으로 나온 다음 창문을 꼭 닫았죠. 그리고 정원에 앉아 방
안을 가만히 지켜보았소. 박사, 거기에 대해서도 증거가 있습니다."

홈즈는 주머니에서 종이 봉지를 꺼내어 펼쳤다. 거기에 하얀 여송
연의 재가 들어 있었다.

"나는 이 재를 정원의 잔디밭에서 찾아냈습니다. 누가 보아도 당신
이 피우는 여송연의 재라는 것은 바로 알 수 있을 겁니다. 모티머 트
리제니스는 10분도 안 되어 램프에서 내뿜는 독가스 때문에 죽어 버
렸습니다. 당신은 그 모습을 끝까지 지켜보고 난 뒤 자택으로 돌아갔
습니다. 제 추리가 어떻습니까? 사실과 거의 틀리지 않을 테죠? 자,
이제 모티머를 죽인 이유를 말해 주십시오. 만일 조금이라도 속이려

든다면, 나는 당신을 곧장 경찰에 넘기겠소."

박사의 얼굴은 흙빛으로 변해 있었다. 탁자에 팔꿈치를 괸 채 생각에 잠겨 있던 박사는 마침내 결심을 한 듯 호주머니에서 사진 한 장을 꺼내어 탁자 위에 놓았다. 그것은 매우 아름다운 여자의 사진이었다. 홈즈가 들여다보며,

"브렌다 양이군요."

하고 말했다.

"예, 모티머 트리제니스의 누이동생인 브렌다 트리제니스입니다. 우린 오랫동안 서로 사랑해 왔습니다. 내가 아프리카 탐험에서 돌아와 이 고장에 살게 된 것도 브렌다 때문입니다."

"그렇게 서로 사랑하면서 왜 결혼을 하지 않았죠?"

"나에게는 아내가 있었는데, 10년 전에 도망가서, 아직 행방도 모르고 있습니다. 영국의 법률은 까다롭기 때문에, 나는 이혼을 할 수가 없었고 결혼도 할 수 없었습니다. 나와 브렌다는 10년 동안이나 기다렸는데, 그 결과가 이런 비극을 가져오고 말았군요. 브렌다는 이제 영원히 만날 수 없는 먼 나라로 가 버렸지만……."

박사는 순간 흐느껴 울기 시작했다. 넓은 어깨와 금빛 턱수염이 마구 흔들렸다. 홈즈는 안타깝다는 표정으로 그 모습을 지켜보다가 이윽고 입을 열었다.

"박사님, 브렌다 양은 독가스로 살해되었을 것입니다. 그 가스를 내는 독극물은 어떤 것입니까?"

스탕달 박사는 호주머니에서 작은 종이 봉지를 꺼내어 책상 위에

올려놓았다. 겉봉에 '악마의 다리의 뿌리'라 씌어 있고, 그 밑에 '독약'이란 빨간 표지가 붙어 있었다.

"왓슨 씨, 당신은 이 독약을 아십니까?"

박사가 물었다.

"모르겠군요. '악마의 다리'란 이름조차 들은 기억이 없습니다."

"모르는 것도 무리가 아닙니다. 이 독약에 대해선 어떤 책에도 씌어 있지 않으며, 이것을 알고 있는 이는 유럽에서 한두 사람뿐입니다. 서아프리카에서 나는 이 식물의 뿌리가 사람과 비슷한 모양을 하고 있으므로, 어느 선교사가 '악마의 다리'라는 별난 이름을 붙인 것입니다. 토인 점쟁이들은 죄인을 자백시킬 때 이것을 이용하고 있습니다. '악마의 다리'의 뿌리를 말려서 가루로 만들어 불 속에 집어넣으면 독가스가 발생합니다. 그 가스를 마신 죄인은 공포로 미친 사람처럼 되어 뭐든지 다 불어 버리고 말지요. 나는 온갖 고생 끝에 겨우 이것을 손에 넣었습니다. 자, 보십시오. 이게 바로 그 식물의 가루입니다."

박사가 봉지를 열자 가루가 나왔다. 홈즈는 엄한 어조로 물었다.

"모티머 트리제니스는 어디서 이 가루를 손에 넣었죠?"

"홈즈 씨, 이렇게 된 이상 뭐든지 사실대로 이야기하겠습니다. 난 사촌인 남자 형제들과는 마음이 맞지 않았으나, 브렌다를 봐서 겉으로는 사이좋게 지내고 있었습니다."

잠시 생각에 잠겨 먼 곳으로 시선을 주던 박사는, 다음과 같은 이야기를 들려 주었다. 약 2주일 전, 모티머가 느닷없이 박사의 집으로 놀러 왔다. 박사는 토인의 활과 화살, 창 따위의 아프리카 탐험 기념품들을 모티머에게 보여 주었다.

모티머가 매우 흥미를 느끼는 바람에 박사는 그만 마음이 풀려 독약 가루를 보여 주었다. 게다가 이 가루를 불 속에 넣으면 독가스가 발생하여 이것을 마시면, 미치거나 심하면 죽기까지 한다는 것을 모조리 털어놓고 말았다. 큰 실수를 저지른 것이다.

그러나 박사는 모티머가 언제 그 가루를 훔쳤는지 몰랐다. 그가 다른 기념품을 보여 주려고 선반을 뒤지고 있을 때 살짝 빼낸 모양이다.

그런 일이 있고 얼마 안 지나, 박사는 최후의 아프리카 탐험길에 오르기 위해 프리머드 항으로 갔다. 배에다 짐을 절반쯤 실었을 때, 라운드 헤이 목사가 브렌다의 죽음을 전보로 알려 주었다. 그는 허둥지둥 마을로 돌아와 목사로부터 자세한 이야기를 들었다.

'하룻밤 사이에 두 사람이 미치고 한 사람이 죽어 버린 것은 틀림없이 '악마의 다리'의 뿌리 가루를 사용하였기 때문이다.'라고 생각한 박사는, 그런 짓을 할 사람은 모티머 트리제니스뿐이라고 확신했다. 범행의 목적은 물론 돈이었다. 형제들이 미쳐 버리기만 해도 재산은 모두 모티머의 것이 되기 때문이다. 박사는 사랑하는 브렌다를 잃어버린 슬픔과 모티머에 대한 분노로 미칠 것만 같았다.

'좋아, 꼭 원수를 갚고야 말겠다!' 하고 마음 속으로 굳게 맹세했다. 그러나 모티머가 범인이란 것을 경찰에 알리지는 않기로 했다. 이런 조그만한 시골의 재판관들은 아무도 '악마의 다리'의 뿌리 같은 독약이 있다는 것을 모를 것이기 때문이다.

그리고 박사가 독극물을 가지고 가서 그들 앞에서 그 무서운 작용을 실험해 본다 해도 모티머가 그 독약을 사용했다는 확증이 없다. 따라서 모티머는 무죄가 되고, 형제들의 재산을 독차지해서 평생을 편안하게 살아갈 수 있는 것이다.

박사는 유명한 탐정인 홈즈는 이 사실을 알고 있을지도 모른다는 생각에서, "브렌다를 죽인 범인은 누구라고 생각합니까?" 하고 물었던 것이다.

그러나 홈즈마저도, "지금으로선 알 수 없소." 하고 말했다.

결국 모티머가 '악마의 다리'라는 독약을 사용한 사실을 알고 있는 사람은 박사 자신뿐이라고 생각하였다. 그러나 박사도 아프리카 탐험에 나서면 당분간은 돌아오지 못할 것이다. 모티머를 처벌할 수 있는 사람은 자기 밖에 없다고 생각한 박사는, 하늘을 대신하여 그 일을 해야겠다고 결심했다. 그날 아침 일찍, 그는 집 앞에 쌓인 자갈 더미에서 붉은 자갈을 한줌 쥐어 호주머니에 집어넣고 목사관으로 갔다. 홈즈가 말한 것과 같이 그는 과수원을 가로질러 목사관의 정원으로 숨어 들었다.

주위는 이미 밝아졌는데도, 모티머는 그때까지 이층 침실에서 자고 있었다. 박사는 호주머니에서 붉은 자갈을 꺼내어 이층 침실 유리창에다 던졌다. 여러 번 던지자, 모티머는 잠을 깨어 아래층으로 내려와 거실의 창문을 열었다. 그 창문을 넘어 거실로 들어간 박사는 아프리카 탐험 때 쓰던 커다란 회전식 권총을 들이대고, "브렌다를 죽이고 두 형제를 미치게 한 건 너지?"

하고 소리쳤다.

권총을 본 모티머는 새파랗게 질린 얼굴로 와들와들 떨면서,

"예, 제가 저지른 일입니다. 돈은 얼마든지 드릴 테니 제발 용서해 주십시오."

하고 자백했다. 박사는 더 이상 생각할 여지가 없다고 생각했습니다. 그는 탁자 위에 있던 램프에 불을 붙이고, 심지를 돋구워 놓았다. 그리고 램프의 갓에다 '악마의 다리'의 뿌리 가루를 뿌리고는 재빨리 밖으로 나온 뒤 창문을 닫았다.

박사는 정원의 잔디에 웅크리고 앉아 여송연을 물고 오른손으로는 권총을 겨누었다. 만일 모티머가 의자에서 움직이기만 하면 한 방에 쏘아 죽이려고 방 안의 동정을 지켜보고 있었다.

아프리카에서 박사는 자기에게 덤벼든 사자를 권총으로 쏘아 죽인 적이 있었다. 그는 사격의 명수였던 것이다.

총소리가 나는 것을 상관하지 않았다. 사람들이 달려온다고 해도 달아날 생각은 없었다. 모티머는 5분도 안 되어 방 안에 가득 찬 독가스 때문에 심한 공포에 사로잡혀 미친 듯이 날뛰더니, 잇달아 손발이 굳어지며 죽었다. 공포에 일그러진 얼굴로 죽어가는 모티머의 얼굴을 보면서도 돌처럼 차갑게 굳어진 박사의 마음은 조금도 흔들리지 않았다.

그는 모티머가 죽은 것을 확인한 다음에야 집으로 돌아갔다.

"홈즈 씨, 이로써 모든 것을 다 털어놓은 셈입니다. 만일 당신이 한

여자를 깊이 사랑한 경험이 있다면, 아마 당신도 내가 한 것과 똑같은 일을 하였을 것입니다. 어떻든 내 목숨은 홈즈 씨, 당신 손에 달렸습니다. 나를 경찰에 넘기든지 말든지 당신 마음대로 하십시오. 재판 결과 사형을 당해도 좋습니다. 브렌다가 없는 세상에서 더 살고 싶은 생각은 조금도 없으니까요."

스탕달 박사는 그것으로 이야기를 끝냈다. 한동안 아무도 입을 열지 않았다. 얼마 후, 홈즈가 물었다.

"박사님, 복수가 끝나면 어떻게 할 작정이셨나요?"

"배를 타고 최후의 아프리카 탐험에 나설 작정이었습니다. 아프리카에는 내가 해야 할 일이 아직도 많이 남아 있습니다. 그 일을 끝내고 나서 정글 깊숙한 곳에 뼈를 묻을 생각이었습니다."

"박사님, 그럼 그 계획대로 곧 아프리카로 건너가서 남은 일을 끝내십시오. 나는 당신을 여기 잡아둘 생각이 없습니다."

홈즈가 조용히 말했다.

스탕달 박사는 천천히 큰 몸을 일으키며 홈즈를 바라보았다.

나는 박사가 홈즈의 따뜻한 조처에 감사할 줄 알았다. 그러나 박사는 고맙다는 말 한 마디 없이 떠나갔다.

홈즈는 잠시 그 뒷모습을 바라보다가 생각난 듯, 호주머니에서 파이프를 꺼내어 불을 붙였다. 그리고는 담배 쌈지를 나에게 건네주면서,

"왓슨, 한 대 피워 보게. 독 없는 연기도 기분 전환에 좋을 테니까. 이번 사건에서 난 경찰과는 관계없이 혼자 조사해 왔어. 그러니까 박

사를 놓아 주어도 별로 책망은 듣지 않겠지. 그 대신 내가 발견한 단서를 모두 뒤에 남겨두었어. 만일 이곳 경찰에 능력 있는 사람이 있다면, 그러한 단서를 바탕으로 해서, 모티머 살인범을 밝혀 내고 체포할 수 있을 거야. 자넨 어떤가? 내가 스탕달 박사를 놓아 준 것이 못마땅한가?"

홈즈가 물었다.

"아니, 오히려 잘했다고 생각하네. 박사는 두 번 다시 영국으로 돌아오지 않고, 아프리카의 깊숙한 정글 속에서 일생을 마치겠지. 그편이 박사를 오랫동안 감옥에 넣거나 사형시키는 것보다 훨씬 인류를 위해 도움을 주겠지."

"그렇게 생각해 주니 고맙네. 왓슨, 그런데 난 자네와는 달리 연애 감정이 전혀 없어. 만일 내가 사랑하는 여성이 브렌다 양과 같이 처참한 죽음을 당했다면, 나도 스탕달 박사와 같은 짓을 할지 몰라. 사람이란 자기가 그런 환경에 놓여 보지 않고서는 스스로 장담할 수 없으니까 말이야."

"그건 그렇고, 자네가 스탕달 박사를 모티머 살해범으로 보게 된 이유는 무엇이었나?"

"응, 거기에는 다섯 가지 이유가 있어, 첫째가 이 붉은 빛이 도는 자갈이야."

홈즈는 주머니에서 작은 돌을 꺼내 보이며 말을 이었다.

"목사관에 갔을 때, 내가 모티머의 침실 창문을 조사하던 일을 기억하나?

유리창에는 희미하게 금이 가 있었고, 창가에는 이 붉은 자갈이 두 개 놓여 있었어. 누군가가 정원에서 이층 창문에다 던진 게 틀림없었지. 나는 그 돌 하나를 주머니에 넣고 목사관 주위는 물론 온 마을의 길들을 샅샅이 조사해 보았지. 그런데 이렇게 붉은 빛이 도는 작은 돌은 스탕달 박사의 집 앞 외에는 아무 데도 없었어. 나는 스탕달 박사가 모티머를 죽인 범인일지도 모른다고 생각하게 되었지."

"음, 그랬었군. 그럼 두 번째 이유는 뭔가?"

"다음에 나는 목사관 정원 잔디밭에서 하얀 여송연 재를 찾아냈어. 그건 박사가 피우던 여송연의 재와 같은 것이었네. 그곳은 모티머의 거실이 똑똑히 들여다보이는 장소였어. 그리고 세 번째로, 모티머의 거실 탁자 위에서 타고 있던 램프를 조사해 보았지. 기름통의 석유는 거의 줄어 있지 않았어. 이것은 램프가 켜진 지 얼마 되지 않았다는 걸 말해 주고 있어."

나는 새삼 홈즈의 추리에 감탄하며, 다음 이야기를 재촉했다.

"그 다음 나는 램프의 갓 끝에 묻어 있던 다갈색 가루를 칼로 긁어 내어 집으로 가져왔어. 그리고 자네와 둘이서 타고 있는 램프의 갓 위에 다갈색 가루를 얹어 놓고 위험한 실험을 했지. 우린 하마터면 미치거나 죽을 뻔했지. 이로써 두번의 사건에 모두 같은 독이 사용되었다는 것을 알아냈지. 왓슨, 자네도 알다시피 나는 독극물에 대해서는 오랫동안 연구를 하여 넓은 지식을 갖고 있어. 그런데 램프의 갓에서 긁어낸 다갈색의 가루는, 유럽은 물론 아시아에도 남북아메리카에도 없는 것이야. 그렇다면 여러 차례 아프리카 탐험에 나섰던 스탕달 박사가 가져온 것이 아닐까하는 의심이 생기는 건 뻔하지 않나."

"듣고 보니 그렇군, 마지막 다섯 번째 이유가 남아 있지?"

"나는 목사관 뒤에 있는 과수원의 부드러운 땅 위에서 스탕달 박사가 늘 신고 다니는 테니스화의 발자국을 발견했지. 그 발자국은 돌아가는 길과 돌아오는 길 두 가닥으로 나 있었지. 이상 다섯 가지의 단서를 바탕으로 나는 모티머를 죽인 것은 스탕달 박사가 틀림없다고 단정을 내린 거야. 어떤가, 왓슨? 무슨 의견이라도 있나?"

"아냐, 없어. 참으로 멋진 추리야."

"하하하, 그렇게 칭찬받으니 쑥스럽군. 스탕달 박사의 이야기를 듣기 전에는 독극물의 이름도, 그가 모티머를 죽인 이유도 몰랐거든. 그런데 왓슨, 아까 박사가 돌아갈 때의 뒷모습을 보았나? 거인 같은 사나이가 어깨를 축 늘어뜨리고 가는 모습이 여간 쓸쓸해 보이지 않더군. 애인을 잃어버린 것이 몹시 충격이 컸던 모양이야. 나머지 탐험을 무사히 끝내 주었으면 좋으련만……."

그러다가 홈즈는 갑자기 활기를 띤 목소리로 말했다.

"이봐, 왓슨! 저녁 노을이 아주 아름답군. 저녁식사 때까지 벌판을 산책하며 사건에 대한 것은 말끔히 잊어버리지 않겠나?"

스탕달 박사가 아프리카로 떠난 지 5년째 되는 해, 박사가 깊은 정글에서 행방불명이 되었다가 곧 늪 근처에서 시체로 발견되었다는 소식이 왔다. 탐험을 모두 끝마치고 애인의 뒤를 쫓아간 모양이다.

마지막 인사
(His Last Bow)

마지막 인사
(His Last Bow)

　제 1차 세계대전이 일어나던 1914년, 영국이 독일에게 선전포고를 하기 직전인 8월 2일 밤 9시의 일이었다.

　몹시 무덥고 탁한 공기는 어쩐지 기분 나쁘게 조용했고, 마치 신의 저주라도 내릴 듯 음침하기까지 했다. 하늘에는 별이 반짝이고 있었고, 항구에는 배의 불빛이 아른거리고 있었다.

　유명한 두 명의 독일인이 넓고 튼튼해 보이는 집을 뒤로 하고 정원 산책로의 돌 난간 옆에 서 있었다. 두 사람은 하얗게 솟아 있는 낭떠러지 아래로 넓게 펼쳐져 있는 모래사장을 내려다보고 있었다. 이 집의 주인인 폰 보르크는 4년 전부터 이곳에 살고 있었다.

　두 남자는 서로 머리를 맞대고 작은 소리로 뭔가를 이야기했다. 두 사람이 피우고 있는 시가의 붉은 불이 마치 미움에 불타는 악마의 눈처럼 빛났다.

이 폰 보르크라는 사람은 독일 황제의 스파이 중에서도 최고의 실력자로 그 재능을 인정받아, 가장 중요한 영국 근무를 맡고 있었다. 이 사람이 스파이라는 사실은 세계에서 단 여섯 명만 알고 있었는데, 그 여섯 명 중의 하나가 지금 함께 이야기하고 있는 영국 주재 대사관의 1등 서기관 폰 헤를링이었다. 집에는 커다란 벤츠 승용차가 멈추어서서 폰 헤를링이 런던으로 돌아가기를 기다리고 있었다.

폰 헤를링이 말했다.

"폰 보르크, 당신은 아마 1주일 내에 베를린으로 돌아가게 될 것이오. 돌아가면 굉장한 환영을 받고는 깜짝 놀랄 것이오. 이 나라에서 당신이 한 멋진 활약은 황제 폐하도 알고 계시니까."

폰 보르크는 웃었다.

"영국인을 속이기는 아주 쉬워요. 이렇게 다루기 쉽고 단순한 민족은 처음 보았소."

폰 헤를링은 생각에 잠겼다가 이윽고 말했다.

"나는 그렇게 생각지 않소. 영국인은 외면적으로는 몹시 허술해 보이지만 그 안은 생각보다 꽉 짜여져 있소. 나는 외교관으로서 종종 그런 느낌을 받았어요. 그러나 당신에게는 당신 특유의 방법이 있을 테니까."

"아니, 아니, 방법 따위는 없소. 방법이라면 일부러 연구하는 것을 의미하지만, 내 경우엔 아주 자연스러워요. 나는 타고난 스포츠맨이에요. 나는 진심으로 게임을 즐기고 있는 겁니다."

"그러니까 상당한 효과가 있는 거요. 요트 경주나 사냥, 폴로 등 어떤 스포츠라도 할 수 있겠다, 소문에 의하면 젊은 사관들과 권투 시합까지 했다면서요? 승부는 어떻게 되었소? 아무도 당신을 흑심이 있는 남자라고 생각하지 않아요. '사랑스러운 스포츠맨'이라든가, '술 잘 마시고 놀기 좋아하는 분별없는 남자' 등으로 생각하고 있소. 어쨌든 당신은 유럽 제일의 실력있는 스파이니까, 폰 보르크, 당신은 천재요!"

"비행기 태우지 마세요, 남작. 하여간 이 나라에 온 지 4년이 되었지만, 내가 헛되이 시간을 보내지 않았다는 건 분명하게 말할 수 있소. 당신에게 내가 모은 정보를 한 번도 보여 주지 않았지요? 잠시 안으로 들어갈까요?"

서재의 문은 직접 테라스 쪽으로 통해 있었다. 폰 보르크가 문을 밀고 먼저 안으로 들어가서 전등 스위치를 켰다. 그러고 나서 덩치 큰 남작이 들어오자 문을 닫고 창문에 드리워진 두꺼운 커튼을 조심스럽게 다시 고쳤다. 그리고 햇볕에 그을린 독수리 같은 얼굴을 손님 쪽으로 돌렸다.

"서류의 일부는 이미 여기에 없소. 아내와 아이들이 어제 대륙으로 출발할 때 그다지 중요하지 않은 것들은 가지고 갔소. 물론 나머지 서류를 옮기려면 대사관에 도움을 청해야만 하겠지요."

"당신은 이미 대사관 직원으로 등록되어 있소. 그러니 당신 자신은 물론 당신의 짐 역시 당연히 대사관에서 처리해야지요. 물론 우리가 독일로 돌아가지 않을 수도 있긴 해요. 영국이 독일에 선전포고를 하지 않을지도 모르니까. 어쨌든 이번주 내에는 분명해지겠죠. 그건 그렇고 서류를 보여 주지 않겠소?"

폰 헤를링은 커다란 대머리를 전등에 번쩍이면서 팔걸이 의자에 앉아 시가를 피웠다. 책을 잔뜩 늘어놓은 커다란 방의 맞은편 구석에 커튼이 쳐져 있었다. 커튼을 걷자 커다란 금고가 나타났다. 폰 보르크는 시계줄에 매달린 작은 열쇠를 꺼내어 자물쇠를 돌리더니 무거운 문을 열었다.

"어떻습니까?"

그가 손을 흔들면서 말했다.

전등이 열린 금고 안을 밝게 비추었다. 폰 헤를링은 금고 안에 가득 꽂힌 서류를 바라보았다. 서류 보관함에는 각각 이름이 붙어 있었다. '얕은 여울', '항만 방비', '항공기', '아일랜드', '이집트', '포츠머스 요새', '도버 해협' 등 스무 개가 넘는 것 같았고, 각각의 서류 보관함 안에는 서류와 설계도가 잔뜩 들어 있었다.

"대단하군."

폰 헤를링은 그렇게 말하며 시가를 놓고, 투박한 손으로 조용히 띄엄띄엄 박수를 쳤다. 폰 보르크는 자신만만하게 말했다.

"4년 동안 한 일이오, 남작. 술만 마시고 말타기만 좋아하는 시골 신사로서는 그리 실적이 나쁘지는 않은 것 같소. 그러나 가장 값어치가 있는 자료가 이제 곧 도착할 것이오. 넣을 자리도 미리 준비해 두었소."

그러면서 '해군 암호' 라고 쓰여져 있는 서류장을 가리켰다.

"하지만 벌써 서류가 꽉 차지 않았소?"

"그것은 오래되어서 휴지나 마찬가지요. 어찌 된 일인지 해군성이 암호를 바꿔 버린 걸요. 완전히 뒤통수를 맞은 셈이지요. 그러나 앨터몬트라는 남자 덕분에, 오늘밤 만사 해결될 겁니다."

남작은 시계를 보고, 마음 속으로 몹시 실망한 듯 이렇게 말했다.

"유감스럽지만, 더 이상은 기다릴 수 없소. 당신도 알다시피 독일 대사관에서도 오늘 여러 가지 일로 몹시 바쁜 것 같고, 우리는 모두 각자 자기 부서에 대기하고 있어야 해요. 당신의 대성공 뉴스를 갖고 돌아가면 좋겠지만, 앨터몬트가 언제 올지 알 수 있어야지요."

폰 보르크가 전보를 한 통 내밀었다.

– 오늘밤 새로운 점화 플러그 가지고 감 ― 앨터몬트. –

"점화 플러그라고?"

"우리 사이에서 사용되는 암호에는 자동차 부품의 이름을 붙이고 있소. 냉각기라고 하면 구축함을 말하고, 오일 펌프는 순양함을 말하지요. 점화 플러그는 해군 암호고요."

폰 헤를링은 전보의 겉을 보더니 말했다.

"포츠머스에서 정오에 친 것이군요. 그런데 당신 가끔 앨터몬트에게 돈을 주었소?"

"이번에는 특별히 5백 파운드. 물론 급료도 따로 주고 있소."

"욕심이 많은 악당이군. 그런 매국노는 도움은 되지만 보상금까지 주는 건 좀 지나치지 않소?"

"앨터몬트는 훌륭한 수완가요. 돈을 많이 주면 그만큼의 가치가 있는 물건을 건네주거든. 게다가 녀석은 매국노가 아니오. 아일랜드계 미국인으로 잉글랜드인이 날뛰는 요즘 영국을 상당히 증오하고 있어요."

"흐음, 아일랜드계 미국인이라고?"

"그 남자의 말투를 들으면 당신도 그것을 알 수 있을 것이오. 때로는 나도 그 남자가 무슨 말을 하는지 모를 때가 있을 정도요. 그런데 꼭 돌아가야만 하나요? 녀석이 곧 올 텐데."

"그래요, 돌아가야 합니다. 유감스럽지만 시간이 없소. 내일 아침 일찍까지 기다리고 있겠소. 그 암호문을 손에 넣을 수 있다면, 당신의 승리는 한층 더 빛나게 될 것이오. 아니, 토케이 포도주 아니오, 그 귀한 것을?"

폰 헤를링은 먼지투성이의 병이 두 개의 글라스와 함께 쟁반에 얹혀져 나오는 것을 보며 외쳤다.

"런던에 돌아가기 전에 한 잔 하지 않겠소?"

"아니, 괜찮소. 어쨌든 굉장한 술이군요."

"앨터몬트라는 작자는 포도주를 참 좋아해요. 우리집의 토케이를 특히 마음에 들어하지요. 꽤 까다로운 녀석이기 때문에 이런 사소한 것으로 기분을 돋구어 줄 필요가 있어요. 내가 관찰하기엔 그런 작자지요."

두 사람은 다시 테라스 쪽으로 걸어가서 그곳을 지나 밖으로 나왔다. 남작을 기다리고 있던 운전사가 시동을 걸자 대형 자동차는 붕붕

거리면서 소리를 냈다.

폰 헤를링은 조용한 밤 경치를 둘러보면서 말했다.

"이 얼마나 평화롭고 조용하오. 그러나 1주일 안에 영국의 해안에는 이런 평화로움이 지속될 수 없게 될 거요. 공중에 저 멋진 제펠린 비행선이 날아다니게 되면 이런 평온함도 끝이지요. 그런데 저 사람은 누구요?"

폰 보르크의 집에는 딱 한 군데 창에서 불빛이 새어 나오고 있었다. 방 안에 램프가 놓여 있고, 그 옆의 테이블 쪽으로 시골풍의 모자를 쓴 붉은 얼굴의 노파가 앉아 있었다. 노파는 열심히 뜨개질을 하고 있었는데, 가끔 옆 의자에 웅크리고 있는 커다란 검은 고양이의 머리를 쓰다듬어 주곤 했다.

"마르타지요. 이 집에 남겨둔 유일한 하녀요."

폰 헤를링이 쿡쿡 웃었다.

"저 노파는 철저한 영국인이오. 자신의 일 이외엔 아무것도 모르는. 그럼 안녕히 계시오, 폰 보르크!"

그리고 손을 들어 올리면서 자동차에 올라탔다.

헤드라이트에서 두 줄기의 금색 빛이 어둠 속으로 뻗어 나왔다. 서기관은 자동차 쿠션에 몸을 기대고 다가올 전쟁에 대해서 깊이 생각에 잠겨 있었다. 그래서 차가 마을의 거리를 돌 때 반대쪽에서 달려오는 소형 포드 차와 거의 부딪칠 뻔한 것도 깨닫지 못했다.

자동차의 불빛이 멀리 사라져 버리자, 폰 보르크는 천천히 서재로 되돌아왔다. 나이든 가정부는 어느새 램프를 끄고 잠이 든 모양이었다. 어제까지만 해도 많은 사람들로 북적대던 이 넓은 집이 이토록 적막에 쌓여 있다는 사실이 이상할 정도였다.

그러나 가족들은 모두 안전하게 피신했고, 부엌에서 돌아다니는 노파 외에 이 넓은 집에는 자신만이 남아 있었다. 그러자 안심이 되는 듯했다. 서재 안에는 정리할 일이 잔뜩 쌓여 있었으므로, 그는 재빨리 일을 시작하여 우선 필요없는 서류를 불태웠다.

그러고 나서, 테이블 옆에 있던 가죽 가방에 중요한 서류를 깨끗이 차례대로 넣기 시작했다. 그런데 그 일을 시작하자마자 곧 멀리서 자동차가 달려오는 소리가 들렸다. 폰 보르크는 만족해 하면서, 가방을 잠그고 금고를 열쇠로 잠근 뒤 서둘러 테라스 쪽으로 나갔다.

마침 문 앞에서 소형 자동차가 헤드라이트를 끄는 것이 보였다. 타고 있던 남자가 차에서 내리더니 성큼성큼 다가왔다. 바로 그렇게 기다리던 앨터몬트였다. 운전사는 회색 수염을 붙인 단단한 체격의 중년 남자로, 운전석에 깊숙이 몸을 묻은 채 가만히 앉아 있었다. 폰 보르크는 달려나가 앨터몬트를 향해 여러 가지를 물었다.

"어떻게 된 거야?"

남자가 그 말에는 대답하지 않고, 승리를 뽐내는 듯이 머리 위로 작은 갈색 종이 뭉치를 흔들었다.

"오늘 완전히 끝냈어요. 기뻐해 주십시오. 선물을 갖고 왔습니다요."

"암호는?"

"전보로 알려드린 그대로입니다. 수기 신호, 등화 신호, 무전 신호 등 모두가 최신 것이지요. 사본이에요. 원본을 빼내면 아무래도 위험하니까요. 하지만 진짜입니다. 어떤 내기를 걸어도 좋아요. 절대로 지지는 않을 테니까요."

앨터몬트는 덜렁대며 무례하게 독인일의 어깨를 탁 쳤는데, 그런 버릇에는 폰 보르크도 질려 버렸다.

"자, 들어오게. 집에는 나 혼자 있으니까. 이렇게 기다리고 있었던 것도, 그 암호를 가져온다고 했기 때문이야. 물론 원본보다는 사본이 좋아. 원본이 없어지면 암호를 전부 다시 바꿀 테니까. 이 사본이 빠져나간 걸 저쪽에선 눈치채지 못하겠지?"

앨터몬트는 서재에 들어가 팔걸이 의자에 기대며 손발을 쭉 폈다. 키가 크고 야윈 60세 가량의 남자로, 반듯한 얼굴에 작은 턱수염을 기른 것이 어딘가 만화 주인공과 비슷한 데가 있었다. 절반 정도 피운 시가를 옆으로 물고 있었는데, 앉으면서 다시 성냥으로 불을 붙였다.

"이사할 준비를 하시는군요."

주위를 둘러보며 그렇게 말하다가, 앨터몬트는 커튼 뒤로 환히 보이는 금고를 보고 말했다.

"서류를 저 안에 넣으면 안 될 텐데요?"

"안 된다고?"

"그래요. 이렇게 커다란 금고 속에 어떻게 넣는단 말입니까? 당신도 스파이로 주목받고 있는 것 같은데, 미국의 전문가라면 이런 것쯤은 깡통따개 하나로도 열 수 있어요. 내가 보낸 편지도 이 금고 안에 넣는다는 걸 알았다면, 절대로 편지를 보내지 않았을 거요."

"이 금고를 열려면 어떤 전문가라도 고생해야 할 거야. 이 금고는 어떠한 도구로도 열 수가 없어."

"하지만 자물쇠를 부수면 되잖아요."

"아니, 이건 이중 자물쇠로 되어 있어. 잘 모르겠나?"

"잘 모르겠군요."

"자물쇠를 열려면 숫자뿐 아니라 문자도 맞춰야 하는 거지."

폰 보르크는 일어서서 열쇠 구멍 주위의 이중으로 된 테두리를 가리켰다.

"이 바깥쪽에서 문자를, 안쪽에서 숫자를 맞추어야 열리도록 장치되어 있어."

"대단하군요."

"그러니까 당신이 생각하는 것만큼 간단하지는 않아. 4년 전에 이 금고를 구입했는데 문자나 숫자로 무엇을 선택했다고 생각하나?"

"글쎄, 잘 모르겠는데요."

"문자로는 August(8월) 숫자로는 1914년을 선택했어. 자, 보라고."

앨터몬트의 얼굴에 놀람과 감탄의 빛이 역력했다.

"허어, 굉장하군요. 전쟁이 시작될 때를 딱 맞췄으니."

"우리의 정보는 그 정도로 정확해. 내일 아침에는 이 집도 비울 예정이야."

"그러면 나도 도망칠 수 있도록 해줘야 하잖아요? 이렇게 조마조마한 나라에 혼자서 어떻게 있을 수 있겠어요. 아마 1주일 이내에 영국인들이 나를 붙잡으려고 큰 소동을 벌일 겁니다. 나는 바다 건너편에서 그 광경을 구경하고 싶어요."

"하지만 당신은 미국 시민이니까 영국 법으로는 처벌되지 않아."

"그렇지 않아요. 당신이 부하로 썼던 잭 제임스도 미국 시민인데도 불구하고 형무소에 처넣어졌어요. 영국 경관에게 '나는 미국 시민입니다.' 하고 말해도 절대 봐주지 않아요. '여기에서는 영국 법률에 따르는 거야.' 라고 오히려 빈정거리지요. 제임스의 경우를 보자니 당신이 부하들의 일에 너무 소홀한 것이 아닌가 하는 생각이 드는군요."

폰 보르크는 험악하게 물었다.

"그게 어쨌다는 말인가?"

"당신은 모두의 고용주가 아닙니까? 부하가 실패하지 않도록 신경쓰는 것이 당신의 책임이지요. 그런데 실패하면 언제나 자살하게 만들잖아요. 제임스도 그렇고……."

"그것은 제임스가 마음대로 행동하다가 실패한 거야. 그건 알고 있겠지? 그 녀석은 지나치게 자기 멋대로였어."

"제임스는 머리가 빈 녀석이었어요. 그건 인정해요. 하지만 홀리스는 어찌 된 거죠?"

"그 녀석은 미쳤어."

"하긴, 그 녀석도 마지막에는 머리가 돌긴 했지만, 하지만 그 밖에 스타이너라든가……."

폰 보르크는 너무 놀라서 붉은 얼굴이 창백하게 변했다.

"스타이너가 어찌 되었나?"

"잡혔어요. 어젯밤. 그 녀석 가게에서. 당신은 혼자서 도망치겠지만, 살아서라도 나온다면 운이 좋은 거겠죠. 그러니 나도 당신을 따라서 바다를 건너고 싶다는 거예요."

폰 보르크는 원래가 침착한 남자였지만, 새로운 소식에 오싹해 하면서 중얼거렸다.

"어떻게 스타이너를 알아차렸을까? 이번에는 너무 심한 타격이야."

"좀더 심한 타격을 받게 될 겁니다. 내 쪽으로도 손이 뻗쳐오고 있으니까요."

"정말인가?"

"정말이지요. 프래턴의 내 하숙집 아주머니가 심문을 받았어요. 그 말을 들었을 때 이제는 서둘러야 한다고 생각했지요. 그런데 어떻게 경찰에서 이런 사실을 알아차렸을까요? 내가 당신 밑에서 일한 뒤로 잡혀간 사람은 스타이너가 다섯 번째예요. 내가 여기에서 손을 떼지 않는다면, 여섯 번째가 될 것이 분명해요. 이 일을 어떻게 설명할 건가요? 부하들이 이런 상황에 처해 있는 것을 보고도 부끄럽다고 생각하지 않나요?"

폰 보르크의 얼굴이 더욱 붉어졌다.

"무슨 말을 하는 건가!"

"이 정도의 말도 할 수 없다면 이 일에 끼어들지도 않았을 겁니다. 나는 평소에 생각하던 것을 그대로 이야기하고 있는 거예요. 당신들 독일 정치가들은 스파이가 일을 다 끝내면 그 사람이야 어찌 되든 상관없다는 투로 이야기하지요."

폰 보르크는 벌떡 일어섰다.

"내가 나의 부하를 적에게 넘겨주기라도 했다고 말하는 건가?"

"그런 뜻은 아닙니다. 그러나 어딘가에 함정이나 내통이 있는 게 분명한데, 그 구멍이 어디에 있는지를 찾아내는 것이 당신의 임무라는 겁니다. 어쨌든 이제 위험한 일은 사양하겠어요. 네덜란드로 날아가겠습니다. 빠를수록 좋죠."

폰 보르크는 몹시 화를 내면서 말했다.

"우리는 오랫동안 함께 일을 해 왔는데, 대성공을 거둔 이 순간에 싸움을 하고 있다니! 당신은 위험을 극복하고 멋진 일을 해 주었어. 나도 그것을 잊지 않을 걸세. 반드시 네덜란드로 가게 해 줄게. 로테르담에 뉴욕행 배가 있어. 앞으로 1주일 동안은 그 이외의 항로는 위험해. 그 암호문을 내게 맡기고 필요한 짐을 꾸려 놓게."

앨터몬트는 작은 종이 뭉치를 갖고 있었지만, 그것을 건네줄 기미는 보이지 않았다.

"돈은 어디에 있습니까?"

"뭐라고?"

"수수료 말입니다. 5백 파운드. 정보를 알려 준 함포 사수가 마지막 순간에 지나친 욕심을 부리며 돈을 더 요구하지 뭡니까. 할 수 없이 백 달러 더 주면서 입을 막았지요. 그렇게라도 하지 않았다면 큰일 났었겠죠. 처음 일을 시작해서부터 끝날 때까지 2백 파운드나 들었어요. 그러니 돈을 받지 못하면 나도 이것을 건네줄 수가 없습니다."

폰 보르크는 쓴 웃음을 지었다.

"나를 그다지 신뢰하지 못하는 것 같군. 암호문을 건네주기 전에 돈이 필요하다는 걸 보니."

"그게 바로 장사 수단이 아니겠습니까?"

"좋아, 말한 대로 하지."

폰 보르크는 테이블에 앉아 수표를 쓰고 그것을 수표책에서 뜯어 냈다. 그러나 상대방에게 건네주지 않고 어깨 너머로 앨터몬트를 보며 말했다.

"당신이 나를 믿지 않으니까, 나도 당신을 믿어야 할 이유가 없어. 알겠나? 테이블 위에 수표를 얹어 놓겠어. 그렇지만, 그 전에 그 꾸러미를 조사해 보아야겠어."

미국인은 잠자코 꾸러미를 건네주었다. 폰 보르크는 묶인 끈을 풀고 두 겹의 포장지를 뜯었다. 그러나 순간 너무나도 깜짝 놀라서 앞에 놓여 있는 작은 푸른색 서적을 멍하니 바라보았다. 표지에는 금색 문자로 『꿀벌 사육 안내』라고 쓰여져 있었다.

다음 순간, 폰 보르크는 강철 같은 손이 목덜미를 죄는 바람에 괴로운 얼굴로 발버둥쳤다. 그러나 마취제를 흠뻑 적신 스폰지가 그의 얼굴을 덮고 말았다.

아일랜드계 미국인 앨터몬트라는 사람은, 사실은 명탐정 셜록 홈즈였다.

아까의 건장한 운전사도 테이블 옆에 같이 앉아 있었는데 바로 나, 왓슨 박사의 변장이었다.

홈즈는 내게 토케이 술병을 내밀면서 말했다.

"한 잔 더 하지, 왓슨."

나는 진심으로 말했다.

"좋은 술이야, 홈즈."

"진귀한 술이지. 왓슨. 저 소파에 누워 있는 폰 보르크의 이야기로는 오스트리아의 프란츠 요제프 황제의 특별 저장실에 있었다는군. 미안하지만 창문을 좀 열어 주겠나. 마취제 냄새 때문에 술맛이 떨어지니까."

금고는 열려 있었다. 홈즈는 그 앞에 서서, 서류를 하나하나 꺼내 재빨리 조사하고는 폰 보르크의 가방에 깨끗이 집어넣었다.

폰 보르크는 팔과 다리를 묶인 채, 소파 위에서 숨소리를 크게 내며 자고 있었다. 홈즈는 말했다.

"서두를 것 없어. 왓슨. 우릴 방해할 것은 없으니까. 벨을 눌러 주게. 이 집에는 마르타 할머니뿐이야. 마르타도 훌륭하게 일을 해냈어. 내가 이 사건을 맡았을 때 여기에서 일하도록 했지. 마르타, 기뻐해 줘요. 모든 일이 잘되었어요."

그 노파가 문으로 들어서면서, 빙긋 웃으며 홈즈에게 인사했다. 그러고는 걱정스러운 듯이 소파 위에 누운 남자를 쳐다보았다. 홈즈가 걱정 없다는 듯이 말했다.

"괜찮아요, 마르타. 상처는 전혀 없으니까."

"그러면 다행이에요. 홈즈 씨. 이분도 나름대로 좋은 주인이었어요. 어제 부인과 함께 독일로 가지 않겠느냐고 내게 권했는데 그렇게 되면 당신의 계획이 수포로 돌아가 버리잖아요."

"그랬군요, 마르타. 당신이 여기에 있어 주지 않았다면 안심할 수 없었을 거예요. 오늘밤에 당신의 신호를 몹시 기다리고 있었지요."

"독일 대사관의 서기관 때문에 늦었어요."

"알고 있어요. 올 때 자동차로 스쳐 지나갔지."

"그 사람이 돌아가지 않으면 어떡하나 걱정했어요. 그가 여기에 있었다면 계획대로 되지 못했겠죠?"

"그랬겠지요. 30분이나 기다렸으니까. 결국, 당신 방에 램프가 꺼지고 나서야 겨우 방해자가 없다는 것을 알게 된 거지요. 내일 런던의 클래리지 호텔로 좀 와 줘요, 마르타."

"알았습니다."

"출발 준비는 다 되어 있겠지요?"

"네, 다 됐습니다. 주인은 오늘 일곱 통의 편지를 보냈습니다. 평소와 마찬가지로 수신자의 이름과 주소를 적어 놓았어요."

"수고했어요, 마르타. 내일 명단을 보여 주세요. 그럼 쉬세요."

노파가 사라지자 홈즈는 계속 말을 이었다.

"이 서류들은 그다지 중요하지 않아. 물론 오래 전에 독일 정부에 보냈겠지만."

"그렇다면 이것을 다시 가져간들 아무런 도움도 되지 않겠군."

"뭐, 그렇지는 않네. 왓슨. 저쪽에 무엇이 알려져 있고, 무엇이 알려져 있지 않았는지 정도는 알 수 있지 않겠는가. 서류 중에는 내 손을 거쳐 건너간 것도 상당히 많지만 그건 전혀 가치가 없는 것이야. 내가 건네준 기뢰 부설도를 가지고 독일의 순양함이 소렌트 해협을 항해한다면 순식간에 가라앉아 버릴 거야. 하지만 왓슨."

홈즈는 일손을 멈추고 내 어깨를 잡았다.

"아직 밝은 곳에서 자네의 얼굴을 보지 못했어. 오랫동안 헤어져 있었지만 늙지는 않았군. 여전히 건강해 보여."

"오히려 20년이나 젊어진 것 같네. 홈즈, 노위치로 자동차를 가지고 마중나와 달라는 전보를 받았을 때의 기쁨을 아직도 잊을 수가 없어. 그러나 홈즈, 자네도 조금도 변하지 않았어. 그 보기 흉한 턱수염 말고는."

홈즈는 드문드문 나 있는 턱수염을 잡아당기면서 말했다.

"이것도 나라를 위해서야. 왓슨. 내일이 되면 본래 모습으로 클래리지 호텔에 나타날 거야. 이 미국인의 역할을 맡기 전의 모습으로."

"한데, 자네는 은퇴했잖은가, 홈즈? 시골의 작은 농장에서 꿀벌을 기르고 독서에 빠져 태평스러운 생활을 보내고 있었을 텐데."

"바로 그거야. 왓슨. 이것이 내가 시골 생활에서 만들어낸 산물이야."

홈즈는 테이블 위에서 그 책을 집어 들고 제목을 읽었다.

"『꿀벌 사육 안내』라는 책이야. 나는 과거에 런던의 범죄계를 지켜보았듯이 열심히 일하는 작은 꿀벌의 무리를 지켜본다네. 거기서 낮에는 일하고 밤에는 사색하면서 지혜를 얻고 있다네."

"그런데 어째서 이 일로 돌아왔나?"

"옛날로 되돌아와서 나라를 위해 일해 달라는 부탁을 받았어. 외무

장관의 부탁만이었으면 거절했을 텐데, 수상께서 일부러 나의 집을 방문하셨기 때문에 거절할 수가 없었던 거야. 솔직히 말해서 소파에서 자고 있는 이 독일 신사는 영국인으로서는 상대하기에 약간 벅찬 상대야. 제1급 스파이라고 말해도 좋을 정도지. 최근 3~4년 동안에 나라의 비밀이 끊임없이 누설되었는데, 누가 그런 짓을 하는지 전혀 아무도 몰랐어. 외국 스파이들에게 혐의를 두어 그 중에는 체포된 사람도 있지만, 아무래도 그 밖에 뭔가 강력한 비밀 스파이단이 있을 것 같았네. 그러니 그 스파이단을 파헤쳐야 했고, 내게 그것을 조사해 달라는 강력한 요청이 들어왔지. 조사는 2년이나 걸렸다네. 난 아일랜드계의 미국인으로 변장하여 시카고에 갔네. 그리로 버팔로에서 아일랜드의 비밀결사에 들어가 경찰을 크게 괴롭혔지. 그러는 사이 폰 보르크의 부하 눈에 들게 되었고, 그 사람이 나를 적절한 인물이라고 추천해 준 거야.

그러고 나서 폰 보르크의 신용을 얻었지만, 한편으로는 녀석의 계획의 이면을 파헤쳐서 부하 스파이를 다섯 명이나 형무소에 집어넣었다네. 녀석들을 감시하고 있다가 적절한 기회를 포착하여 붙잡은 거지.

왓슨, 폰 보르크가 정신을 차린 것 같아. 괴롭지는 않은가?"

폰 보르크는 조금 전에 정신이 들어서 괴로워하기도 하고 눈을 껌벅거리기도 하면서 가만히 누운 채 홈즈의 설명을 듣고 있었다. 그러다가 그는 심하게 화를 내면서, 독일어로 마구 욕설을 퍼부어대는 것이었다. 홈즈는 거기에는 아랑곳없이 재빨리 서류를 계속 조사했다.

이윽고 폰 보르크가 아우성치다가 제풀에 지쳐 잠자코 있자, 홈즈가 부드럽게 말했다.

"폰 보르크 씨, 대답해 줘야 할 것이 많습니다."

폰 보르크는 간신히 소파 위에서 몸을 일으켜 놀라움과 증오가 섞인 표정으로 홈즈의 얼굴을 뚫어져라 쳐다보다가, 이윽고 낮은 목소리로 말했다.

"반드시 복수를 하고야 말겠다. 앨터몬트. 내 평생을 다 바쳐서라도 원수를 갚고야 말겠다."

"나는 그런 말을 수도 없이 들었어. 죽은 범죄 왕 모리어티 교수도 그렇게 말했고, 세바스찬 모런 대령도 그렇게 말했지. 그래도 나는 이렇게 살아서 시골에서 느긋하게 꿀벌을 기르고 있다네."

폰 보르크는 묶인 채 몸을 비틀며 분노로 가득 찬 눈에 살기를 번뜩였다.

"야비한 이중 스파이놈!"

홈즈는 빙그레 웃었다.

"아니, 나는 그렇게 나쁜 사람이 아니야. 내 이야기를 듣고 알았겠지만, 시카고의 앨터몬트라는 사람은 실제로는 존재하지 않아. 내가 만들어낼 때까지 그런 남자는 없었던 거야."

"도대체 넌 누구냐?"

"내가 누구인지는 별로 중요한 문제가 아니야. 그러나 당신이 흥미를 갖고 있는 것 같으니 가르쳐 주기로 하지. 폰 보르크, 당신의 가족과 가까워지게 된 것은 이번이 처음이 아니야. 나는 옛날 독일에서 많은 활동을 했기 때문에 나의 이름은 아마 당신도 알고 있을 거야.”

폰 보르크는 얼굴을 찡그리며 말했다.

“너의 이름이 뭐지?”

“당신 사촌 하이리히가 공사였을 무렵, 보헤미아 왕과 아이린 애들러를 헤어지게 만든 게 나였어. 당신의 외삼촌인 그라펜슈타인 백작이 허무주의자 크로프만에 의해 죽을 뻔한 것을 구한 것도 바로 나였지. 게다가 또…….”

폰 보르크는 놀라며 다시 일어섰다.

“그렇다면, 셜록 홈즈!”

“맞아.”

“나는 대부분 정보를 당신을 통해 입수하고 있었어. 물론 쓸데없는 정보였겠지. 난 이제 끝장이야!”

“내가 준 정보가 그다지 신용할 수 없다는 것은 분명하네. 당신 나라 제독은 영국의 새로운 대포가 예상보다 크고 순양함도 생각보다 빠르다는 것을 알게 되겠지.”

폰 보르크는 너무나 절망해서 몹시 괴로워했다.

홈즈는 계속했다.

“그밖에 자세한 내용이 많이 있지만, 차차 알게 되겠지. 그런데 폰 보르크, 당신도 유능한 스포츠맨이었지? 지금까지 많은 사람을 앞질러 왔다가 결국 자신이 뒤처지게 된 셈이지만, 나를 미워하지 않는 게 좋을 거야. 결국 당신은 당신의 조국을 위해 최선을 다했고, 나는 나의 조국을 위해서 최선을 다한 거니까.”

홈즈는 폰 보르크의 어깨에 손을 얹고 위로하듯이 덧붙였다.

"당신이 나에게 붙잡힌 것을 부끄러워할 건 없어. 자, 왓슨. 서류는 제대로 정리되었어. 곧 런던으로 출발해야 하니, 이 사람을 차로 옮겨야겠네."

폰 보르크는 힘이 세지만 거의 자포자기해 있었으므로, 자동차가 있는 곳까지 끌고 가는 게 어렵지 않았다. 홈즈와 내가 각각 한쪽 팔을 받치고 정원의 산책로를 조금씩 걸어갔다. 폰 보르크는 마지막에 약간 저항했지만, 손발이 묶인 채 소형 자동차에 태워졌다. 중요한 서류 가방은 그 옆에 놓여졌다. 그리고 나서 홈즈는 정중하게 말했다.

"답답하겠지만, 될 수 있는 한 편하게 해 드리지. 시가에 불을 붙여서 입에 물려 줘도 괜찮겠지?"

그러나 증오에 불타는 폰 보르크에게는 어떠한 친절도 소용없었다.

"셜록 홈즈, 알고 있겠지만, 당신이 당신 나라의 정부 묵인 아래 이런 짓을 하고 있다면 전쟁이 일어날 거야."

"당신 나라의 정부가 이런 일을 한 건 어떻게 설명하지?"

홈즈가 서류 가방을 두드리면서 말했다.

폰 보르크가 다시 말했다.

"당신은 민간인으로 체포영장도 갖고 있지 않아. 모든 행위가 완전히 불법이야."

홈즈는 태연하게 수긍했다.

"그래."

"독일 국민의 납치야."

"게다가 개인 문서도 훔쳤지."

"그래, 자신이 한 일을 잘 알고 있군. 마을을 빠져나갈 때, 내가 큰 소리로 도움을 요청하면……."

"이봐, 그런 바보 같은 짓을 하면 당신 입장만 더 나빠진다는 것을 잘 알 텐데, 영국 사람들은 참을성이 꽤 강하지만 지금은 독일인 때문에 약간 화가 나 있으니까 계속하지 않는 편이 좋겠지. 이봐, 폰 보르크. 점잖게 경시청에 가서, 그곳에서 친구인 폰 헤를링 남작을 불러내. 그리고 대사관 직원으로 이름이 아직도 올라가 있는지 어떤지를 확인하는 거야. 왓슨, 자네는 옛날과 같이 내 일을 도와주고 있으니까, 틀림없이 이 차로 런던에 데려다 주겠지? 잠깐만 이 테라스에 함께 서 있어 줘. 조용히 서로 이야기하는 것도 이것이 마지막이 될지 모르니까."

홈즈와 나는 옛날 일을 떠올리면서, 잠깐 동안 다정하게 이야기를 나누었다. 그 동안 폰 보르크는 밧줄을 풀기 위해 쓸데없이 계속 발버둥치고 있었다. 이윽고 홈즈는 자동차 쪽으로 걸어가면서 달빛에 빛나는 바다를 가리키며 머리를 가볍게 흔들었다.

"동풍이 오고 있어, 왓슨."

"그렇지 않을 거야, 홈즈. 상당히 따뜻해."

"왓슨, 시대의 바람을 전혀 느끼지 못하겠나? 지금 살을 에듯이 차가운 바람이 영국에 불어오고 있어. 그리고 그 바람을 맞고 많은 사람들이 쓰러지겠지. 하지만 그 태풍이 지나간 뒤에는 태양이 환히 비추어 좀더 아름답고 행복한 나라가 될 거야. 시동을 걸어 줘, 왓슨. 이제 출발할 시간이야. 나는 5백 파운드의 수표를 갖고 있는데. 빨리 현금으로 바꿔야겠어. 폰 보르크가 지불을 중지할지도 모르니까."

고명한 의뢰인

(The Adventure of the Illustrious Client)

고명한 의뢰인
(The Adventure of the Illustrious Client)

"이제는 괜찮겠지."

이 말이 그때 셜록 홈즈의 의견이었다. 나는 지난 10년 동안 이제부터 이야기할 사건을 공표하게 해달라고 적어도 열 번쯤은 졸라서 겨우 승낙을 받게 된 것이다. 이리하여 가까스로 나는 어떤 뜻에서는 그의 생애 최고의 시기라고도 할 수 있는 때에 일어났던 이 사건을 발표할 수 있게 되었다.

나와 홈즈는 터키탕에 대해서 그다지 아는 것이 없는 편이었다. 욕실에서 나와 휴게실에서 땀을 식히는 동안 기분좋은 피로 속에 잠겨 담배를 피우고 있을 때는 그도 얼마쯤은 입이 가벼워져 꽤 인간미를 띠게 된다.

노섬벌랜드 거리의 터키탕 위층에는 다른 곳과 묘하게 동떨어진 장소가 한 군데 있는데, 침대 의자가 두 개 나란히 놓여 있다.

이 이야기가 시작된 것은 1902년 9월 3일, 이 침대 의자에 나란히 누워 있던 때이다. 내가 요즘 무슨 색다른 일이 없는지 묻자, 홈즈는 아무말 없이 뒤집어쓰고 있던 시트 사이로 길고 가느다란 신경질적인 팔을 쑥 내밀어 옆에 걸려 있던 웃옷 주머니에서 편지 봉투 한 장을 꺼냈다.

"대단한 일도 아닌데 공연히 떠들어대는 것인지, 아니면 정말 생사가 걸린 문제인지 지금으로서는 여기 쓰여 있는 것밖에 모르는 일이지만."

하고 말하며 홈즈는 나에게 봉투를 건네주었다.

받아 보니 칼튼 클럽에서 쓴 것으로 날짜는 전날 밤으로 되어 있었다. 그 내용은 다음과 같다.

– 셜록 홈즈 선생님께 –

안녕하십니까? 아직 선생님을 만날 수 있는 기회가 없었습니다만, 편지로나마 경의를 표합니다. 당돌한 말씀이지만, 아주 신중을 요하는 중대사에 대해 의논드리고 싶어 내일 오후 4시 30분에 찾아뵙겠으니 꼭 시간을 내주십시오.

죄송하지만 시간이 있으신지 여부를 칼튼 클럽으로 전화해 주시면 정말 고맙겠습니다.

– 제임스 데멀리 경

"물론 승낙한다고 대답은 해 놓았는데."

홈즈는 내가 돌려 주는 편지를 받으며 말했다.

"자네, 혹시 이 데멀리라는 사람에 대해 알고 있는 게 있나?"

"글쎄, 사교계에서 꽤 명성이 나 있다는 정도뿐이지, 뭐."

"그럼, 내가 좀더 많이 알고 있는 것 같군. 이 친구는 신문에 오르내리기를 꺼리는 골치 아픈 사건을 교묘하게 해결하는 데 명망이 있다네. 자네가 아직도 기억하고 있는지 모르겠네만, 해마포드의 유언장 사건에 대하여 조지 루이스 경과 협의한 것이 바로 이 사람이었어. 상류 사회에 출입하는 사람치고는 천부적으로 외교적 자질을 갖춘 사람이지. 그래서 오늘 의논하러 오겠다는 일도 공연히 혼자서 떠들어대는 것이 아니라, 정말로 우리의 도움을 필요로 하는 문제가 아닐까 하는 기대를 갖게 하는군."

"우리?"

"응, 왓슨 자네도 협조해 주겠지?"

"그건 오히려 내가 부탁하고 싶은 일일세."

"그럼 4시 30분이야. 그때까지는 이 문제를 잊어버리도록 하세."

그 무렵 나는 퀸 앤 거리에 살고 있었는데, 약속한 시간이 되기 전에 베이커 거리에 와 있었다. 정각 4시 30분이 되자 제임스 데멀리 경이 나타났다.

제임스 경에 대해서는 새삼 여기서 설명할 필요도 없을 것이다. 도량이 넓고 성격이 시원시원하며 정직한 인품과 수염이 없는 큰 얼굴, 특히 그의 여유 있는 쾌활한 목소리는 누구나 다 알고 있는 사실일 테니까. 아일랜드인다운 잿빛 눈에는 담백함이 넘쳐흐르고, 미소를 머금은 입가는 항상 밝은 표정을 짓고 있다. 윤이 나는 실크모자, 검은 프록 코트를 비롯하여 검은 비단 나비넥타이에 꽂은 진주 핀, 윤을 낸 구두 위에 보랏빛 각반 등, 그는 세밀한 곳까지 빈틈없이 갖추었으며, 그 하나하나에 세심한 주의를 기울이고 있었다. 보기에도 위대한 귀족이 들어와서인지 우리의 작은 방은 그로 인해 압도되는 듯했다.

"아, 역시 왓슨 박사도 함께 계셨군요."

그는 공손히 머리를 숙이며 말했다.

"홈즈 선생, 상대방은 폭력쯤은 예사로 알고 어떤 일에도 개의치 않는 사람이므로, 왓슨 박사의 협력이 많이 필요하리라고 생각합니다. 유럽이 아무리 넓다 해도, 이렇게까지 위험한 인물은 아마 없을 겁니다."

"말씀하시는 대로 그렇게 유쾌한 인물이라면 예전에 몇 사람 상대한 경험이 있습니다."

홈즈는 싱긋 웃으며 말했다.

"담배는 피우지 않으십니까? 그럼, 실례하고 담배를 좀 피우겠습니다. 말씀하시는 인물이 죽은 모리어티 교수나 아직 살아 있는 세바스찬 모런 대령보다 더 위험한 사람이라면 분명히 제 상대가 될 만합니다. 이름은 무엇입니까?"

"구르너 남작이라는 이름을 들으신 적이 있으신지요?"

"오스트리아의 살인자를 말씀하시는 건가요?"

데멀리 대령은 웃으면서 염소 가죽 장갑을 낀 두 손을 들고 말했다.

"무슨 일이든 당신의 눈을 피할 수는 없군요. 정말 대단하십니다! 그럼, 홈즈 선생은 그 사람이 살인자라는 것도 이미 알고 계시겠군요?"

"대륙의 범죄 사건을 상세히 조사해두는 게 제 일이지요. 프라하 사건의 기록을 본 사람이라면 누구나 그 사람의 범행이라고 믿을 겁니다. 그 사람이 겨우 죄를 모면할 수 있었던 것은 그 사건의 쟁점이 순수한 법률적 기술 문제였다는 것과 증인 중의 한 사람이 의문을 남기고 죽었기 때문입니다. 그의 아내는 쉬프뤼겐 고개에서 '뜻하지 않은 사고' 때문에 죽은 것으로 되어 있지만, 사실은 그가 손을 써서 죽은 것이라 단언할 수 있습니다. 그리고 그가 영국에 와 있다는 것과 머지 않아 그 사람을 상대로 싸워야 한다는 것도 각오하고 있었지요. 혹, 구르너 남작이 무슨 짓을 했다는 말입니까? 설마 옛날의 그 비극적 사건을 여기서 되풀이하려는 것은 아니겠지요?"

"아닙니다. 더 중대한 문제입니다. 어쨌든 범죄는 일어난 것을 벌하는 것도 중요하지만, 이것을 미리 방지하는 문제가 더 중요하다고 생각합니다. 홈즈 선생, 끔찍한 사건, 정말 말로 표현할 수 없는 상황이 눈앞에서 벌어진 것을 보고, 더구나 그 결과를 분명히 내다보면서, 그것을 방지할 수 없다면 그보다 안타까운 일이 있겠습니까?"

"그건 그렇습니다."

"그렇다면 내가 대리로 온 어떤 인물에 대하여 호의를 가져 주시겠지요?"

"당신은 중개자로 오신 거로군요? 본인은 누구십니까?"

"홈즈 선생, 그 점만은 너무 책망하지 마십시오. 그 사람의 명예있는 이름은 이야기 도중에 나온 일이 없노라고 돌아가서 보고하게 되어 있으며, 그렇지 않을 경우 제 입장이 매우 난처해집니다. 그 사람의 동기는 어디까지나 훌륭하고 의협적인 것이지만, 이름은 알리고 싶지 않아 합니다. 그렇다고 보수에 대해서 번거롭게 구는 일은 절대 없을 것이고, 행동의 자유를 조금도 속박하지 않으리라는 것 또한 말할 나위도 없습니다. 그렇다면 실제적인 의뢰자가 누구인지는 상관이 없다고 보는데요?"

"참 안타까운 이야기지만, 나는 비밀은 한쪽 끝에만 있어야 한다고 봅니다. 그것이 양쪽에 있게 되면 혼란을 초래하게 됩니다. 죄송하지만, 그런 조건이라면 사건을 맡을 수 없습니다."

손님은 몹시 당황했다. 그 크고 예민해 보이는 얼굴이 곤혹과 실망으로 어두워졌다.

"그렇게 되면 어떤 결과를 초래하는지 당신은 모르시는 것 같군요. 덕분에 나는 중대한 딜레마에 빠집니다. 어쨌든 여기서 내가 사실을 털어놓게 되면 홈즈 선생으로서도 기꺼이 받아 주시리라고 생각합니다만, 약속을 했기 때문에 그럴 수 없을 뿐입니다. 제가 허용된 범위 안에서 사정을 말씀드리면 들어 주시겠습니까?"

"듣고 말고요. 그로 인해 내가 아무 구속도 받지 않는다는 조건으로 말입니다."

"잘 알았습니다. 우선 먼저 선생은 드 멜빌 장군을 아시겠지요?"

"카이버 고개로 유명한 드 멜빌 장군 말씀입니까? 그 사람이라면 알고 있습니다."

"그에게 딸이 하나 있습니다. 바이올렛 드 멜빌이라고 하면, 돈이 많고 젊고 아름다우며 재치가 있어서 어느 점으로 보나 나무랄 데 없는 아가씨입니다. 우리가 지금 악마의 손아귀에서 지키려고 애쓰고 있는 것은 이 사랑스럽고 순진한 아가씨입니다."

"그럼, 구르너 남작이 그 아가씨의 약점이라도 잡고 있다는 말씀입니까?"

"그렇습니다. 그것도 여성에게 있어선 가장 강력하게 작용하는 사랑의 힘으로 이끌고 있는 겁니다. 이미 듣고 계시리라고 생각합니다만, 그 사람은 세상에서 보기 드문 호인인데다, 로맨틱하고 달콤한 면을 함께 갖고 있습니다. 들은 바에 의하면 그 사람은 어떤 여자든지 마음대로 자기 일에 이용할 수 있다더군요."

"그렇다 하더라도, 그런 사람이 어떻게 바이올렛 드 멜빌 양과 같은 신분의 여자를 가까이 할 수 있었을까요?"

"지중해를 요트로 여행하면서 생긴 일입니다. 회원은 모두 가려뽑은 사람들이었지만, 회비는 각자 부담하는 것이었으므로 말하자면 누구나 참가할 수 있었습니다. 주최자는 물론 남작의 정체를 몰랐기 때문에 참가를 받아들였는데, 사실을 알아차렸을 때는 이미 일이 생긴 뒤였지요. 그 악한은 아가씨를 따라다니며 마침내 그녀의 마음을 완전히 자기 것으로 만들었습니다. 그녀의 열중한 모습은 뭐라 말로 표현할 수 없을 정도입니다. 맹목적인 사랑이라고 할까요, 무엇에 정신을 빼앗긴 듯 그 없이는 하루도 살 수 없을 것 같습니다.

나쁜 평판이 나 있다고 아무리 말해도 도무지 듣지 않습니다. 마치 미친 것 같은 상태라서 어떻게든지 눈을 뜨게 하려고 온갖 노력을 기울였지만 결국 아무런 효과가 없었습니다. 어쨌든 요점만 말하면, 다음 달에 그에게 청혼을 하겠다는 겁니다. 아가씨도 이제는 성년이고, 의지가 강한 사람이기 때문에 우리로선 도저히 손을 쓸 방법이 없습니다."

"그녀가 오스트리아에서 있었던 남작의 사건을 알고 있나요?"

"어쨌든 교활한 사람이니까 좋지 않은 과거 중에서 세상에 알려진 부분만은 숨김없이 아가씨에게 털어놓은 모양인데, 다만 어느 것이나 다 자기에겐 죄가 없으며 오히려 자기가 피해자라고 교묘하게 말했던 겁니다. 아가씨는 그 말을 완전히 믿고 있으며, 옆에서 무슨 말을 해도 전혀 흔들리지 않고 있습니다."

"그거 참, 난처하겠군요. 하지만 덕분에 의뢰자의 이름을 알았습니다. 드 멜빌 장군이군요?"

방문객은 의자에 앉은 채 망설이는 듯 몸을 움찔거리더니 입을 열었다.

"음, 물론 그렇다고 대답하여 선생을 속일 수는 있겠지만, 그렇게 하지 않겠습니다. 현재 드 멜빌 장군은 반 병자입니다. 강직하고 씩씩한 군인도 이번만은 기세가 꺾였습니다. 전쟁터에서는 한번도 그런 모습을 보인 적이 없었는데, 이번만은 낙심하여 한낱 늙은 노인이 되어 버려서 그 같은 악한을 밀어낼 생각조차 할 수 없는 형편입니다.

나에게 의뢰한 이는 장군과 오랜 친분을 맺어 온 사이이고, 아가씨가 어렸을 때부터 친자식처럼 귀여워해 주신 분입니다. 그러니까 이번 일과 같은 비극을 남의 일처럼 내버려둘 수는 없는 거지요. 그렇다고 해서 경시청을 찾아갈 문제도 아닙니다. 그래서 선생께 부탁하자고 말을 꺼낸 것은 그분입니다만, 아까도 말했듯이 자기 이름은 절대로 밝히지 말라고 부탁하셨습니다.

그분이 누구인지는 선생 정도의 실력이라면 분명 알아낼 수 있으리라 믿습니다만, 이것은 명예에 관한 문제이니 부디 그것만은 입 밖에 내지 말아주십사 거듭 부탁하는 바입니다."

홈즈는 들뜬 미소를 띠며 말했다.

"그 일이라면 안심하셔도 될 겁니다. 그리고 사건 그 자체에 대해서도 흥미를 느끼게 되었으니 받아들이고 싶습니다. 당신에게 연락을 취하려면 어떻게 하면 되겠습니까?"

"저는 늘 칼튼 클럽에 있습니다. 만일 급한 일이 있을 때는 X31이 저의 전화번호이니 그리로 연락주십시오."

홈즈는 기록 노트를 무릎 위에 펴 놓더니 미소를 띠며 말했다.

"구르너 남작의 현주소를 알려 주십시오."

"킹스턴에서 가까운 배든 롯지라는 큰 집에 살고 있습니다. 좋지 못한 데 투기를 해서 한몫 잡은 거지요. 그렇기 때문에 적수로 삼으면 아주 골치아픈 사람입니다. "

"지금 그 집에 살고 있나요?"

"그렇습니다."

"지금 말씀하신 것 외에, 그 사람에 대해 해주실 말은 없습니까?

"사치를 좋아하고 승마가 취미입니다. 한때는 헐링검의 폴로에 몰두했었는데, 그 클럽 사건으로 소문이 자자해지자 그만두었습니다. 지금은 고서와 그림 수집을 하고 있으며 예술적인 재능이 상당한 걸로 알고 있습니다. 중국 도자기에 대해서는 정평 있는 권위자로, 그 방면에 대한 저서도 있습니다."

"복잡한 성격이군요. 대범죄자는 모두 그런 법입니다만, 내가 잘 알고 있는 찰리 피스는 바이올린의 명수였고, 웬라이트도 가볍게 보아넘길 수 없는 예술가였습니다. 그밖에도 얼마든지 예를 들 수 있습니다만……

그럼, 이만 돌아가 보시지요. 내가 구르너 남작에 대한 사건을 수락했음을 의뢰인에게 전해 주십시오. 그밖에는 지금 말씀드릴 수가 없습니다만, 문의해 볼 만한 곳이 몇 군데 짚히니, 어떻게든 사건을 해결할 수 있으리라 생각됩니다."

손님이 돌아가자 홈즈는 오랫동안 나의 존재마저 잊어버린 듯 말없이 생각에 잠겨 있다가, 이내 정신을 차리고 말했다.

"왓슨, 자네 의견은 어떤가?"

"글쎄, 우선 그 여자를 만나보는 게 좋을 것 같군."

"무슨 말인가. 병자가 되다시피한 늙은 아버지가 설득을 해도 안된다는데, 전혀 알지 못하는 우리가 설득할 수 있을 것 같은가. 하기야 다른 방법이 다 소용없게 된다면 자네 말대로 해보는 것도 좋겠지만, 처음에는 아무래도 다른 방향에서 손을 대야겠지. 우선 시누엘 존슨이 도움이 될 것 같군."

나는 홈즈의 사회 활동 중에서 후기의 것은 지금까지 그다지 붓으로 옮긴 일이 없었으므로 시누엘 존슨의 일을 회상록에서 취급할 기회가 없었다. 이 사나이는 금세기(20세기) 첫 무렵부터 홈즈에게 있어 아주 유력한 조수였던 것이다.

존슨은 유감스럽게도 최초에는 아주 위험한 악한으로 이름을 날렸고, 파크허스트 감옥에도 두 번이나 들어갔었다. 그런 뒤 개심하여 홈즈와 손을 잡은 것이며, 런던의 암흑 사회에 그의 하수인으로 파고 들어가 정보 수집을 해왔다. 이렇게 하여 얻은 정보가 치명적인 효과를 올린 경우도 종종 있었다. 이것이 만일 경찰의 첩자였다면 곧 탄로가 났겠지만, 그가 관계하는 것은 언제나 직접 법정에 올려지는 일이 아니었기 때문에 동료들도 그의 활약을 전혀 알아차리지 못했던 것이다.

어쨌든 두 번이나 감옥에 들어간 전력이 있기 때문에 그는 나이트 클럽, 싸구려 하숙집, 도박장 등을 마음대로 드나들 수 있었고, 날카로운 관찰력과 민첩한 머리회전으로 정보를 수집해 오는 첩자로는 그만한 사람이 없었다. 셜록 홈즈가 지금 이용하려고 하는 것은 바로 이 사람인 것이다.

나는 공교롭게도 본업인 의사일이 바빠서 곧바로 활약하기 시작한 홈즈와 행동을 같이 할 수 없었으나, 미리 약속을 하여 그날 밤 심프슨 레스토랑에서 그를 만났다.

바깥 창문가에 있는 작은 테이블 앞에 앉아 스트랜드 거리를 흘러가는 사람들의 무리를 내려다보며 그는 그날의 경과를 말해 주었다.

"존슨이 지금 열심히 알아보고 있으니, 암흑 사회의 한 구석에서 뭔가 알아낼지도 몰라. 남작의 비밀을 알아내려면 무엇보다도 죄악의 근본을 찾아야 하니까."

"하지만 이미 알려진 남작의 나쁜 소행도 바이올렛 양이 인정하지 않는다는데, 비록 자네가 아무리 새로운 사실을 알아냈다 하더라도 그 여자의 마음을 바꿀 만한 힘은 없을 걸세."

"그거야 모르는 거지. 여자의 마음은 감정이나 이성이나 모두 남자로서는 풀기 힘든 수수께끼야. 살인자를 용서하는가 하면, 하찮은 일에 마음 아파하는 일도 있거든. 구르너 남작도 말한 일이 있지만……."

"뭐라고! 남작과 말해 본 일이 있나?"

"응, 나의 계획을 아직 말하지 않았었군, 왓슨. 나는 그 사나이하고 직접 부딪쳐 보고 싶었었네. 마주 앉아 눈과 눈을 마주 보며 어떤 재료로 이루어진 사나이인지 친근감을 갖고 살펴보고 싶었던 거야. 그래서 존슨에게 지시를 한 뒤 마차를 빌려 킹스턴으로 찾아갔는데, 남작은 아주 상냥한 사람이었어."

"자네가 누구라는 것을 알던가?"

"알고 말고가 없지. 명함을 내놓고 면담을 부탁했는 걸. 상대방에게 부족한 점은 없었네. 얼음같이 냉정하고, 목소리도 아주 젊더군. 꼭 자네와 같은 의사들에게 인기 있는 사람처럼 부드러우면서도 코브라처럼 독기 있는 녀석이야. 그는 소질이 있었어. 겉으로는 오후의 차라도 마시는 모습을 보이면서도, 그 속에는 지옥의 잔인성을 간직하고 있었어. 그야말로 진짜 범죄 귀족이지. 나는 아델버트 구르너 남작에게 주목하기를 잘했다고 기뻐하고 있는 참일세."

"상냥하다고 했지?"

"잡힐 듯한 쥐를 보고 골골 소리를 내는 고양이 같다고나 할까. 그런 사나이의 상냥함은 우악스러운 사람의 폭력보다도 더 무서운 것이지. 우선 인사법부터가 특색이 있더군. '조만간 뵐 수 있으리라고 생각했었습니다'라고 말하는 거야. 그리고는 '아마 드 멜빌 장군의 의뢰로 바이올렛 양과 저의 결혼을 막으려고 오셨겠지요? 안 그렇습니까?' 하고 말하더군.

그래서 나는 아무말 없이 고개를 끄덕였지. 그랬더니 미리 말문을 탁 막으려는 듯이 이렇게 말하는 거야.

'그것은 애써 얻은 명성을 땅에 떨어뜨리게 될 뿐입니다. 이것만은 당신에게 맞는 문제가 아닙니다. 헛수고일 뿐아니라 오히려 위험에 빠뜨릴 겁니다. 당장 그만두라고 강력하게 충고드리는 바입니다.'

'그거 참, 묘한 일입니다. 나도 똑같은 말을 당신에게 하려던 참이었습니다. 당신의 두뇌에는 이미 탄복하고 있었으며, 이렇게 처음 뵙는데도 능히 짐작하고도 남겠군요. 그래서 남자 대 남자의 이야기로 말씀드리는데, 지난 일을 들추어 당신을 불쾌하게 하려는 생각은 조금도 없습니다. 다 끝난 일이고, 당신 역시 발 밑이 어두운 사람은 아닙니다. 그러나 당신이 끝까지 이 결혼을 고집하신다면, 유력한 반대자가 사방에서 일어나 당신은 결국 영국에 있을 수 없게 될 것입니다. 그렇게까지 하면서 버틸 만한 가치가 있다고 생각합니까? 이런 경우엔 잠자코 그 여자에게서 손을 떼는 것이 현명합니다. 당신의 과

거를 그 여자가 알게 되면 좋지 않을 테니까요.'

그 남작은 코밑수염(포마드를 발라 빳빳하게 만들어 마치 곤충의 짧은 더듬이 같았는데)을 만지작거리며 자못 재미있다는 듯이 이야기를 듣고 있더니, 마침내 조용히 웃으며 말하더군.

'웃어서 미안합니다만, 당신이 하는 짓을 보고 있자니 마치 손에 카드도 쥐지 않고 게임을 하고 있는 것 같아 우스워서 못 견디겠군요. 이것만은 교묘하게 해낼 만한 사람이 없으리라고 보고는 있지만, 어쨌든 다소 비장한 데가 있는 것 같군요. 하지만 이렇다 할 비결은 없고, 당신이 가지고 있는 것은 쓸모없는 카드뿐이잖습니까.'

'진심으로 그렇다고 생각하십니까?'

'그렇다고 봅니다. 사실을 분명히 말씀드리지요. 나는 좋은 방법이 강구되어 있으니까 보여드려도 상관없습니다. 다행히 나는 그 여자의 사랑을 완전히 얻었습니다. 이것은 나의 과거의 불행한 사건을 다 털어놓고서 이루어진 일입니다. 그리고 또 얼마 안 지나 어디선가 심술궂은 마음이 있는 자가 – 자신의 일을 생각해 보십시오 – 나타나서 그 말을 과장해서 지껄이게 될 테니, 그 때는 어떻게 대처해 나가면 되리라는 것도 다 말해두었습니다.

당신은 최면술의 후속 암사에 대한 것을 들으셨겠지요? 그렇다면 그것이 어떤 작용을 하는지도 아시겠군요. 개성이 강한 사람은 비속한 안수(기도)나 쓸데없는 짓을 하지 않아도 최면을 걸 수 있는 법이니까요. 그녀는 당신이 찾아오기를 기다리고 있습니다. 가면 틀림없이 만나 줄 겁니다. 왜냐하면 그 여자는 아버지의 말씀에 아주 고분

고분하니까요, 단 한 가지 작은 문제를 제외하고는.'

　이런 식이었네, 왓슨. 이렇게 되면 도저히 말이 될 것 같지 않아서 되도록 체면을 손상시키는 일 없이 물러나려고 했는데, 문고리에 손을 대는 순간 남작이 나를 부르지 않겠나.

　'그런데 홈즈 씨, 프랑스의 탐정 르블랑이라는 사람을 아십니까?'

　'알고 있습니다.'

　'그 사람이 어떻게 되었다는 것도?'

　'몽마르트르에서 아파슈(파리 시내의 건달)의 습격을 받아 평생 다리를 저는 절름발이가 되었다는 말을 들었습니다.'

　'그렇습니다. 이상한 우연의 일이지만, 그 사람은 1주일 전부터 나의 신변을 조사하기 시작했었습니다. 홈즈 씨도 그런 꼴을 당하지 않도록 조심하십시오. 그다지 유쾌한 일은 아니니까요. 그렇다는 것을 안 사람도 한둘이 아닙니다. 당신이 당신의 길을 가는 대신 나에겐 나의 길을 택할 수 있게 내버려두십시오. 이것이 당신에게 드리는 마지막 충고입니다. 안녕히 가십시오.'

　이렇게 말하지 뭔가. 지금으로서는 이 정도 밖에 진행되지 않았네."

　"험악한 사람 같군."

　"굉장히 험악한 사나이야. 위협적인 말에 꼼짝도 하지 않을 뿐아니라, 아마 입으로 말한 이상의 것도 할 수 있는 자일 거야."

　"꼭 간섭을 해야 할 일인가? 그가 바이올렛 양과 결혼하면 그렇게 난처해지는 일이 있는가?"

　"그가 전처를 죽인 것이 사실이라면 결혼하게 되면 큰일이지. 그리고 의뢰자가 부탁하는 일이니만큼 왈가왈부할 게 못되네. 자아, 커피를 마시고 함께 우리집에 가보세. 틀림없이 기운넘치는 시누엘이 정보를 가지고 왔을 테니까."

가보니 과연 큰 몸집에 천해 보이는 불그레한 얼굴을 한, 마치 괴혈병이라도 걸린 듯한 사나이가 기다리고 있었다. 생기 있는 검은 눈만이 교활한 속마음을 얼굴에 나타내고 있었다. 자신 있는 세계에 숨어들었던 듯, 그 증거로 화사하고 불타는 듯한 젊은 여자를 소파에 앉혀 놓고 있었다. 파리하고 정열적인 젊은 얼굴이지만 죄악과 비탄의 생활에 지쳐 문둥병을 앓은 것 같은 흔적마저 남아 있는, 오랫동안 거친 생활을 해온 것으로 보이는 여자였다.

"이 여자는 키티 윈터 양입니다."

하고 시누엘은 두툼한 손을 흔들며 소개했다.

"이 여자가 글쎄, 아니, 그건 본인이 말하겠지요. 나는 지시를 받은 지 한 시간도 못되어서 이 여자를 찾아냈습니다."

"나를 찾는 일이야 누워서 떡먹기지요. 이 지옥 같은 런던에서 나가 본 적이 없는 걸. 그 점은 뚱뚱이 시누엘과 마찬가지예요. 나는 이 뚱뚱이하고는 오래 전부터 아는 사이에요. 안 그래요, 뚱뚱이? 하지만 나는 말하겠는데, 세상에 정의라는 것이 있다면 우리보다 더 깊은 지옥으로 빠져야 할 사람이 있죠. 바로 그 사람이에요? 홈즈 선생이 뒤쫓고 있는 사람이?"

홈즈는 싱긋 웃으며 말했다

"우리에게 호의를 베풀어 줄 의향이 있는 모양이지요?"

하고 말했다.

"그놈을 제 갈 곳으로 처넣을 수만 있다면, 나는 무슨 일이든 기꺼이 하겠어요."

여자는 아주 무서운 기세로 말했다.

그녀의 결의에 찬 하얀 얼굴과 번쩍이는 눈초리에서 무서운 증오가 느껴졌다. 남자에게서는 절대로 볼 수 없는 표정이었다.

"나의 과거에 대해서는 물어볼 것도 없어요. 아니, 이 자리에서만이 아니에요. 내가 이렇게 된 것도 아델버트 구르너 때문이니까요. 그놈을 요절낼 수만 있다면!"

여자는 허공에 덤빌듯이 쥐어뜯으며 두 손을 들고 계속 말했다.

"그 녀석이 계속 여자를 밀어넣은 그 지옥 속으로 처넣을 수만 있다면!"

"사정은 알고 있겠지요?"

"뚱뚱이 시누엘에게서 들었어요. 또 바보 같은 여자의 뒤를 쫓아다니며 결혼하자고 한다면서요? 그것을 못하게 하고 싶은 거죠? 즉 선생은 그 귀신 같은 놈을 잘 알고 있기 때문에 양가집 딸이 제정신으로 그놈과 목사님 앞에 서려는 것을 막아보자는 것일 테구요?"

"제 정신이 아닙니다. 사랑에 빠져 거의 미치다시피 되었습니다. 그 사람의 일에 대해 거의 다 알고 있으면서도 하나도 개의치 않습니다."

"살인자라는 것도 말인가요?"

"네, 알고 있습니다."

"어머나, 강심장이군요!"

"헐뜯는 말인 줄 알고 상대하려 들지 않는 거지요."

"증거를 들이대어 눈을 뜨게 할 수 없나요?"

"그렇게 할 테니 도와주시겠습니까?"

"바로 내가 좋은 증거가 아니겠어요? 내가 만나 어떤 꼴을 당했는지 직접 말해 주면……."

"그렇게 해주시겠습니까?"

"해주겠느냐고요? 물론이죠."

"분명히 해볼 만한 값어치는 있습니다. 그러나 그가 벌써 자기가 한 나쁜 짓을 다 고백하고 그 여자의 용서를 받은 터라, 그런 이야기를 믿지 않을 것으로 생각되지만 말입니다……."

"그놈이 아직 하지 않은 말을 알려 주겠어요. 살인자라고 세상에서 떠든 일도 그 한 가지이겠지만, 그 밖에도 내가 어슴푸레하게나마 알고 있는 일이 한두 가지 있어요. 언젠가, 누군가의 비위를 맞추는 듯한 간지러운 목소리로 이야기를 하더니 시치미를 뚝 떼고 나를 물끄러미 쳐다보며 '그 자의 목숨도 한 달 밖에 안 남았군' 하고 눈썹 하나 까딱하지 않고 말하는 거였어요. 하지만 나는 그다지 신경쓰지 않았죠. 어쨌든 그 무렵에 나 또한 그에게 푹 빠져 있었으니까요. 지금의 그 어리석은 여자처럼 그가 하는 일이 모두 좋게만 보였었지요.

그러다가 그만 그가 실수를 하고 말았지요. 그때 그의 거짓말에 속지만 않았더라면 나는 그날 밤 안으로 도망쳤을 텐데. 그것은 그가 가지고 있던 책으로 갈색 가죽표지에 자물쇠가 달려 있고, 겉에는 금으로 그의 문장이 들어 있는 책이에요. 그날 밤은 술이 좀 취했던 것 같아요. 그렇지 않고는 그런 것을 나에게 보여줬을 리가 없어요."

"그게 무슨 책입니까?"

"홈즈 씨, 그는 여자를 수집하고 있어요. 다른 사람이라면 나비나 나방을 수집할 텐데, 그는 여자 수집을 자랑으로 삼고 있었던 거예요. 그 수집첩이었어요. 스냅 사진을 붙여 놓고, 이름부터 시작해서 모든 것을 하나하나 상세히 써넣었더군요. 정말 더러운 놈이에요. 아무리 천한 사람이라도 어찌 그런 것을 만들 수가 있겠어요! 그런데 아델버트 구르너는 그런 것을 가지고 있었어요. '구르너 때문에 몸을 망친 영혼'이라는 제목을 붙여도 될 만한 책이에요. 하지만 그런 거야 아무래도 상관없어요. 당신에게 도움이 될 책도 아니고, 비록 도움이 된다고 하더라도 구할 수도 없는 것이니까요."

"어디에 있습니까?"

"그게 지금 어디에 있는지 내가 어떻게 알아요! 그 남자와 헤어진 지 1년이 넘었어요. 그 무렵엔 그가 늘 놓아둔 곳을 알고 있었지만……. 모든 일에 아주 훌륭하고 깔끔한 남자라 어쩌면 지금도 안쪽 서재의 헌 책상 위에 놓여 있을지도 모르죠. 그 사람의 집을 알고 계신가요?"

"서재에 들어가 본 일이 있습니다."

"어머나, 그래요? 오늘 아침에 일을 시작한 셈치고는 수배가 그리 느린 편은 아니군요. 아델버트도 이번엔 마음을 놓지 못할 거예요. 바깥쪽 서재는 중국의 도자기를 장식한 방으로 창문과 창문 사이에 큰 유리 선반이 있는데, 그곳 책상 뒤 문 속이 안쪽 서재지요. 그곳은

264

작은 방이지만, 그는 여러 가지 서류를 거기다 넣어둔답니다."

"도둑을 두려워하고 있나요?"

"아델버트는 그렇게 겁쟁이가 아니에요. 아마 사이가 나쁜 상대방이라도 그 말만은 부인하지 않을 거예요. 자기 몸은 자기가 지킬 수 있어요. 밤에는 경보기가 있고, 그리고 도둑이 노릴 만한 물건도 없고, 있다면 진기한 도자기 정도니까요. "

"그런 것은 함부로 훔칠 수 없지."

시누엘 존슨은 자못 전문가답게 말했다.

"녹여 버릴 수도 없고, 그대로는 물론 팔릴 것 같지도 않은 그런 물건을 어느 장물아비가 사 주겠어!"

"그건 그래."

홈즈가 말했다.

"그럼, 윈터 양. 내일 저녁 5시에 다시 한 번 이리로 와 주지 않겠습니까? 그때까지 당신이 말한 그 여자들을 만나 볼 방법을 강구해 볼까 합니다. 도와주셔서 정말 감사합니다. 말할 것도 없는 일이지만 의뢰자도 사례에 대해……."

"그만두세요, 홈즈 씨. 나는 돈이 필요해서 이런 일을 하는 것이 아니에요. 그를 진창 속에 빠뜨릴 수만 있다면 그것으로 충분합니다. 진창 속에 빠진 그의 보기 싫은 얼굴을 구둣발로 짓밟아 주고 싶어요. 그것으로 나는 만족합니다. 내 일만이 아니라, 선생님이 그를 상대로 하시는 한, 언제든지 도와드리러 오겠어요. 내가 있는 곳은 이 뚱뚱이가 잘 알고 있습니다."

이렇게 하고 헤어진 뒤 다음날 밤까지 나는 홈즈를 만나지 않았다. 그날 밤 우리는 스트랜드의 그 음식점에서 함께 식사했다. 그 자리에서 내가 그녀와 만난 데 대한 이야기를 묻자 그는 목을 움츠리며 이야기해 주었다. 단 그의 말투가 아주 무미건조하여 실제 대화에 맞지 않는 점이 있으므로 여기서는 부드럽게 옮겨 쓰도록 하겠다.

"쉽게 만날 수는 있었네. 왜냐하면 이번 약혼으로 빚어진 현재의 불화를 메우기 위해 모든 것을 2차적인 일로 돌리고 자식으로서의 절대적인 복종을 기꺼이 이행하고 있었기 때문이야.

장군으로부터 기다리고 있다는 전화가 있었고, 윈터 양도 약속대로 와주었기 때문에 우리가 노장군의 집이 있는 버클리 거리 104번지에서 마차를 내린 것은 5시 반이었어. 아주 낡아 보통 교회는 발치에도 못갈 정도의 저택이었지. 사람이 나와서 노란 커튼을 친 큰 객실로 안내했는데, 들어가 보니 그 여자가 거기서 우리를 기다리고 있더군. 아름다운 모습의 파리한 얼굴을 한 가까이 하기 어려운 마치 산 위에 있는 눈사람처럼 사귀기 힘든 여자야.

뭐라고 하면 좋을까. 나로서는 그녀의 모습을 분명히 설명할 수 없지만 사건이 처리될 때까지 자네도 만날 기회가 있을 테니까 모든 것은 자네의 글재주에 맡기겠네. 분명히 미인은 미인인데, 계속 높은 곳만 바라보고 있는 광신자적이고 이 세상 사람같지 않은 아름다움이었어. 중세의 명인이 그린 그림에서 가끔 본 일이 있는 얼굴이야. 그처럼 짐승 같은 자가 어떻게 그런 여자에게 마수를 뻗쳤는지 짐작도 안 가지만 신성한 것과 가축류, 야인과 천사라는 식으로 극과 극

266

은 서로 끌어당기는 데가 있는 모양이지. 그렇다 하더라도 이렇게 극단적인 것은 없다고 보네. 그녀는 물론 우리가 찾아온 목적을 알고 있었네. 그 악한이 일찌감치 우리에 대해서 말해두었기 때문이야. 윈터 양이 찾아온 데는 조금 놀란 모양이었는데, 마치 경건한 수녀원 원장이 문둥병 환자를 맞이하듯 우리를 각기 자리로 안내하더군. 자네도 거만해지려면 바이올렛 드 멜빌을 보고 배우면 될 걸세.

'잘 오셨습니다.' 그녀는 마치 얼음산에서 불어오는 바람처럼 차갑게 말하더군. '성함은 잘 알고 있습니다. 오늘 찾아오신 것은 약혼자 구르너 남작을 비방하기 위해서겠지요? 내가 여러분을 만나 보기로 한 것은 아버지의 말씀이 있었기 때문입니다. 미리 말씀드립니다만, 무슨 말을 들어도 나의 마음은 조금도 움직이지 않습니다.'

나는 그녀가 불쌍한 생각이 들더군. 더욱이 딸 같은 생각까지 들었네. 나는 그다지 웅변적인 편은 못되잖는가. 감정에 사로잡히는 일 없이 머리로 말을 하지. 그러나 이때만은 나의 성격으로 보아서 최대한의 다정한 말로 그녀를 설득했네. 결혼한 뒤에야 비로소 남자의 성품을 깨닫게 되는 여자의 입장이 얼마나 두려운 것인가를, 피로 더럽혀진 손과 호색적인 입술로 달래는 대로 참고 살아가야 하는 여자의 삶이 얼마나 비참한 것인가를 알아듣도록 말했네. 무슨 일이건 하나도 빠짐없이 말했네. 모욕, 공포, 고민, 절망이 결혼이 지니고 있는 모든 예상되는 바를 말해 주었지. 그러나 아무리 입이 아프게 말해도 그녀의 상아 같은 볼에는 핏기조차 비치지 않았고 꿈을 꾸는 듯한 두 눈에는 아무런 감동도 나타나지 않더군. 나는 새삼 그 악한이 말한 후속 암시가 얼마나 강한지에 놀랐네. 그녀는 높은 하늘에서 황홀한 꿈 같은 생활을 즐기고 있다고 밖에 생각할 수가 없더군. 더구나 그녀의 대답은 분명한 것이었네.

'꽤 참고 이야기를 들었습니다만, 나의 마음은 처음에 말씀드렸듯이 조금도 변함이 없습니다. 아델버트는 상당히 변화가 많은 길을 걸어왔으므로 남들에게서 심한 미움과 부당한 악평을 받고 있다는 것은 잘 알고 있습니다. 여러 사람들이 찾아와서 그 사람의 욕을 하고 갔습니다만, 그것도 이젠 당신이 마지막이 될 것입니다. 물론 악의가 있는 것은 아니라고 생각합니다만, 당신은 돈으로 고용된 탐정이라는 말을 들었습니다. 돈에 따라서 남작 편을 들 수도 있는 분이겠지요.

어쨌든 나는 그분을 사랑하고 있고, 그분도 나를 사랑하고 있으니 세상이 우리를 향해 뭐라 해도 창문 밖에서 지저귀는 새소리만큼도 귀기울여 듣지 않는다는 것을 알아 주세요. 그분의 높은 품성이 비록 한때나마 흐려지는 일이 있다면, 그 구름을 몰아내고 참된 진가를 발휘하도록 하는 것이 제 일이라고 생각하고 있습니다.'

그리고 그녀는 내가 데리고 간 여자 쪽을 바라보며 '이 젊은 부인은 누구지요?' 하고 묻더군.

그 말에 대답을 하려고 하자 윈터 양은 마치 회오리바람이 몰아치듯 퍼부었네.

'누구냐고요, 그것은 내 입으로 말하지요.' 그녀는 갑자기 의자에서 일어나더니 격정적으로 입을 일그러뜨리며 말했네. '나는 얼마 전까지만 해도 그 남자의 정부였어요. 그 남자에게 걸려들어 마음껏 희

롱당한 뒤 쓰레기통에 버려진 몇백 명의 여자 가운데 한 사람이지요. 보나마나 그렇게 될 터이지만, 당신은 쓰레기통 속에 버려지는 것이 아니라 무덤 속이 되겠지만, 그러는 편이 좋을 거예요. 내가 말해 두지만, 그런 남자와 결혼하는 날이면 그것이 마지막이에요. 틀림없이 죽게 될 거예요. 가슴이 빠개지게 하든가, 목뼈를 부러뜨리든가, 그것은 그 남자가 결정해 주겠죠. 이런 말을 하는 건 당신이 좋아서가 아니에요. 당신 같은 사람이 죽든 살든 내 알 바는 아니지요. 다만 남자가 미울 뿐이에요. 화풀이로나마 그가 나에게 한 것과 똑같은 일을 해서 복수해 주고 싶을 뿐이고요. 하지만 그런 일은 아무래도 상관없어요. 당신도 그런 얼굴을 하고 있을 것 없어요. 아가씨, 당신도 어느 날 문득 눈을 뜨고 보면 지금의 나보다도 훨씬 타락했다는 것을 깨닫게 될 테니까요.'

그러자 드 멜빌 양은 '여기서 그런 말은 하지 말기로 합시다' 하고 냉정하게 말하더군. '단 한 마디만 말해두겠는데, 그분의 생애에는 세 시기가 있어, 어떤 시기에 음모가 있는 여자와 관계를 가졌던 일이 있었다는 사실은 나도 알고 있으며, 그 때문에 만일 무슨 잘못을 저지른 일이 있다 하더라도 지금은 진심으로 회개하고 있습니다.'

'흥, 뭐가 세 시기야! 정말 구제할 수 없는 바보로군!' 이렇게 외치는 윈터 양의 말에 '홈즈 씨, 이제 그만 돌아가 주세요' 하고 그녀는 점점 더 쌀쌀해졌네. '당신을 만나라는 아버님의 말씀을 따르기는 했습니다만, 이 부인의 광란된 소리까지 들을 필요는 없다고 생각합니다.'

이 말을 듣자 윈터 양은 무섭게 덤벼들었네. 그때 내가 손목을 잡아·말리지 않았다면, 아마 미운 상대의 머리를 미친 듯이 쥐어뜯었을 것일세. 나는 다행히도 구경꾼들이 몰려들기 전에 그녀를 마차 속으로 밀어넣을 수 있었다네. 정말 행운이라고 볼 수밖에 없었지. 왜냐하면 그녀는 화가 나서 미친 사람 같았기 때문이야. 나 자신도, 동요하지는 않았지만 꽤 분개했어. 애써 구해 주려는데 드 멜빌 양은 아주 쌀쌀하고 무관심하게 굴었으며, 얕잡아 보는 듯한 공손한 태도를 보인 것이 말할 수 없이 불쾌했기 때문이야. 이젠 자네도 지금까지의 경과를 다 알았겠지만, 말할 것도 없이 이 방법이 잘못되었다면 다른 방법을 강구해야겠지. 그런데 왓슨, 아무래도 필연적으로 자네의 도움을 받아야 할 테니까 자네와 연락을 취해야겠네. 특히 이번에는 저쪽에서 승부를 겨뤄오리라고 보니까.”

과연 그러했다. 저쪽에서 설마 비밀리에 그녀가 관여하고 있다고 볼 수 없으므로, 아델버트 구르너가 승부를 걸어왔다고 할 수 있을 것이다. 나는 그때 신문팔이가 들고 있는 플랭카드를 보고 영혼까지 공포에 떨던 그 지점을, 지금도 이곳이라고 분명히 지적할 수 있을 것 같다. 그랜드 호텔과 체링 크로스 역의 중간에 외다리 신문팔이가 저녁 신문을 팔고 있는 장소가 있다. 날짜는 앞서 적은 그 대화가 있은 지 이틀 뒤의 일이었다. 노란 종이 위에 시커멓게 무서운 말이 적혀 있었다.

셜록 홈즈 씨 괴한의 습격을 받다.

그것을 보고 나는 한동안 어이가 없어 멍청히 서 있었던 것 같다. 그러다가 빼앗듯이 신문을 낚아챘던 일, 값도 치르지 않고 빼앗았으므로 신문팔이에게서 좋지 않은 말을 들었던 일, 돈을 치르자마자 약국 앞에 서서 신문을 펼쳐들고 그 기사를 정신없이 읽었던 일 등을 두서없이 생각해낼 수 있다. 그때의 기사는 다음과 같다.

유명한 사립 탐정 셜록 홈즈 씨가 괴한의 습격을 받았다. 아직 상세한 소식은 알 수 없으나, 어젯밤 12시쯤에 일어난 사건으로, 장소는 리벤트 거리의 로얄 카페 앞이다. 가해자는 단장을 든 2인조의 사나이로 홈즈 씨는 머리를 비롯해 여러 군데를 구타당하거나 찔렸다. 의사의 말에 의하면, 부상의 정도가 가볍지 않다고 한다. 사건 직후, 홈즈 씨는 곧 챠링 크로스 병원으로 실려갔으나 본인의 희망으로 베이커 거리에 있는 자택으로 옮겨 치료중이다. 목격자에 의하면, 가해자는 차림새가 수상쩍은 사나이였다고 하며, 모여든 구경꾼들을 헤치고 로얄 카페 뒷거리인 글래스 하우스 거리 쪽으로 도주했다고 한다. 범인은 평상시 홈즈 씨의 명민한 활동에 괴로움을 받던 일당일 것으로 경찰은 짐작하고 있다.

이 기사를 읽고 내가 곧 영업용 마차를 집어타고 베이커 거리를 향해 달린 것은 말할 나위도 없다. 가보니 유명한 외과의사 레슬리 옥쇼트 경이 홀에 있고 그 사람의 마차가 밖에서 기다리고 있었다.

"지금으로서는 뭐라고 말할 수가 없습니다. 가슴을 칼에 찔렸고, 머리에 열상이 두 군데 있습니다. 그 밖에도 여러 군데 타박상을 입었습니다. 몇 바늘 꿰맸습니다만 모르핀 주사를 놓았으니 안정을 취해야 합니다. 몇 분 동안의 면회라면 구태여 금할 필요는 없겠지만요."

그의 허락을 받은 나는 어둑한 방으로 살그머니 들어갔다. 환자는 완전히 눈을 뜨고, 가라앉은 듯한 낮은 목소리로 나의 이름을 불렀다. 해를 가리기 위해 커튼을 4분의 3쯤 쳤지만, 햇살 한 줄기가 비스듬히 흘러들어와 붕대감은 홈즈의 머리를 유난히 돋보이게 하고 있었다. 머리를 감싼 붕대 사이로 빨간 피가 스며나왔다. 나는 머리맡에 걸터앉아 그를 조용히 들여다보았다.

"괜찮아, 왓슨. 그렇게 겁먹을 것 없어. 눈에 보이는 것만큼 나쁘지는 않아."

그는 힘없이 말했다.

"그렇다면 천만다행이군."

"자네도 알다시피 나는 봉술을 어느 정도 하네. 방위에만 한껏 힘을 기울여 왔지만, 둘이서 덤벼드는 바람에 당한 거야."

"내가 해줄 일이 있으면 사양말고 말해 보게. 물론 그 녀석이 한 짓이야. 자네가 괜찮다고만 하면 찾아가 얼굴 가죽을 벗겨주고 싶네만."

"왓슨, 고맙네. 그러나 경찰이 개입해 주지 않는 한, 우리 힘으로는 어쩔 수가 없네. 가해자의 도주로는 아주 잘 준비되어 있었네. 그들은 미리 계획하고 있었던 거야. 기다려 주게. 나에게도 생각이 있네. 우선 할 일은 나의 부상을 과장해서 '1주일을 견딜 수 있을지 의문이라느니, 뇌진탕이라느니, 의식이 없다느니' 하고 터무니 없는 소문을 퍼뜨리는 것일세. 왓슨, 더 심하게 말해도 상관없네."

"하지만 레슬리 옥쇼트 경이 있잖은가."

"그 사람은 괜찮아. 그 사람에게는 나의 나쁜 면만 보일 걸세. 그 점은 내가 잘할 테니까 걱정 말게."

"그 밖에는 더 할 일이 없나?"

"글쎄, 시누엘 존슨에게 말해 주게. 그 여자를 찾아 몸을 숨기도록 전하라고 말이야. 그들은 지금쯤 윈터 양을 찾고 있을 걸세. 왜냐하면 그 여자가 나를 도와주고 있다는 것을 알았기 때문이야. 나에게 폭행을 가할 정도라면 그 여자도 그냥 두지 않을 거야. 급한 일일세. 오늘밤 안으로 전해 주게."

"지금 곧 갔다오겠네. 또 다른 일은 없나?"

"내 파이프를 테이블 위에 내놓아 주게, 담배통도……. 그래, 됐네. 그리고 매일 아침 이리로 와주게. 같이 전략을 짜기로 하세."

그날 밤 나는 존슨을 만났다. 존슨에게 나는 윈터 양을 조용한 교외로 데리고 가 위험이 사라질 때까지 숨겨두라고 부탁했다. 그리고 6일 동안, 세상에서는 홈즈가 생사의 경지를 헤매고 있는 것으로 알고 있었다. 홈즈가 매우 위독하다는 소식이었으며 신문기사도 좋지 않았다. 그러나 매일 찾아가는 나로서는 그처럼 나쁘지 않다는 것을 잘 알 수 있었다. 그의 강한 체질과 의지력이 놀라운 작용을 보였던 것이다.

회복이 너무 빨라서 그는 나에게도 감추려는 듯했으며, 사실 나로서도 뜻밖이라는 생각이 들 정도로 빨리 좋아지는 게 아닌가 하고 때로는 의심을 해보기도 했다. 7일째 되는 날 실을 뽑았다. 그날 저녁 신문에는 홈즈의 상처가 재발했다고 나와 있었다. 같은 신문에 그의 상태야 어찌 되었든 상관없이 꼭 알아야 할 기사가 있었다. 금요일에 리버풀을 출범하는 큐너드사의 루리타니아 호의 선객 속에 아델버트 구르너 남작의 이름이 있었던 것이다. 눈앞에 다가온 드 멜빌 장군의 외동딸 바이올렛과의 결혼식 전에 꼭 정리해야 할 경제 문제가 미국에서 기다리고 있다는 것이었다. 셜록 홈즈는 차가워 보이는 창백한 얼굴로 열심히 듣고 있었는데, 이 소식에 몹시 충격을 느끼는 모양이었다.

"뭐, 금요일이라고? 사흘 밖에 안 남았군. 위험하다고 여기고 도망치는 게로군. 내가 놓칠 것 같은가! 천만에 절대로 놓치지 않겠어! 그런데 왓슨, 자네에게 꼭 부탁할 게 있네."

"무슨 말이든 다 하게."

"앞으로 24시간 동안 중국 도자기 연구에 몰두해 주게."

거기에 대해 그는 아무것도 설명해 주지 않았고 또 나도 물어보지 않았다. 오랫 동안의 경험으로 나는 그가 시키는 대로 하는 게 가장 옳다는 것을 잘 알고 있었다. 나는 밖으로 나와 어째서 이런 이상한 일을 수행해야 하는가 생각하며 베이커 거리를 걸어갔다. 나는 센트 제임스 거리에 있는 런던 도서관으로 마차를 달려 부사서로 일하고 있는 친구 토머스를 찾았다. 그리고 그에게 사정 이야기를 하고 두툼한 참고서를 빌려왔다.

변호사가 월요일에 전문가를 증인으로 세우고 심문할 수 있도록 필사적으로 암기한 지식을 토요일이 되자 잊어버렸다는 이야기가 있다. 나는 도자기의 대가인 척하고 싶은 생각은 없었지만, 그때부터 다음날 오전까지 줄곧 책을 읽어 지식을 흡수했다.

내가 외운 것은 위대한 장식 예술가의 각인과 이상하기 짝이 없는 연호와 홍한(紅汗)의 기호, 옹로(雍路)의 아름다움, 당인(唐印)의 문체, 송과 원의 상고시대에 있어서의 융성 등 여러 가지가 있었다.

다음날 밤에 홈즈를 찾아갔을 때는 이런 지식을 머릿속에 잔뜩 넣은 뒤였다.

신문의 정보만을 믿고 있는 사람은 생각할 수도 없는 일이었지만, 가보니 그는 침대에서 일어나 안락의자에 깊숙이 몸을 파묻고 있었는데 붕대투성이의 머리를 팔로 괴고 있었다.

"뭐야, 홈즈. 신문에는 자네가 죽어가고 있는 것으로 쓰여 있어."

"그것이 바로 내가 바라는 바일세. 그런데 왓슨, 연구는 다 되었나?"

"글쎄, 해보긴 했는데."

"그거 잘했군. 그 문제에 대해 남과 이야기를 해도 적당한 대답을 할 수 있겠지?"

"뭐, 그럭저럭 할 수 있겠지."

"그럼, 맨틀피스 위에 있는 저 작은 상자를 이리 좀 갖다 주게."

그는 작은 상자의 뚜껑을 열고 안에서 동양의 비단으로 정성껏 싼 것을 꺼냈다. 그것을 풀자 말할 수 없이 아름다운 짙은 청색의 정교한 접시가 나왔다.

"조심해서 다루어 주게. 이것은 명 시대의 진짜 연자(軟磁)야. 크리

스티 경매장에서도 이렇게 아름다운 것을 취급한 일은 없다네. 한 세트가 완전히 갖추어진다면 볼모로 잡힌 국왕의 몸만큼이나 가치가 있는 것일세. 사실 북경의 왕성 이외에 완전히 갖추어진 것이 있는지 의문이지만, 진짜 감상가는 한 번 보기만 해도 미친 사람처럼 떠들어 댈 거야."

"이것을 어떻게 하려는 건가?"

홈즈는 〈하프 문 거리 369번지, 힐 버튼 박사〉라는 명함을 내게 건네주었다.

"구르너 남작의 일상생활에 대해 좀 조사해 보았네. 그는 8시 반이면 볼 일을 마치고 집에 돌아와 있을 걸세. 미리 편지를 내어 오늘밤에 찾아가겠다는 것과 그때 명나라 시대의 훌륭한 도자기를 한 세트 가지고 있는데 그 견본을 가져가겠다고 전하도록 하게. 자네를 의사라고 한 것은 그러는 편이 본성대로 할 수 있으니까 오히려 편할 것 같아서일세. 다만, 자네가 수집가라는 것, 우연히 이 연자를 입수한 일, 남작도 역시 동호인이라는 말을 듣고 왔으며 값에 따라서는 양보할 수 있다는 의사를 꼭 밝혀야 하네."

"얼마라고 할까?"

"그거 말 잘했군. 자기가 가지고 온 물건값을 모르면 그야말로 오리발을 내놓은 셈이 되니까. 이 접시는 제임스 경이 입수한 것인데, 아마 그 사람의 친구가 모은 수집품인 것 같아. 세상에 다시 없는 물건이라 해도 과장되지 않을 거야."

"그럼, 한 세트로 갖추어 전문가의 감정을 받겠다면 어떻게 하지?"

"좋아! 오늘은 이상스럽게 머리가 잘 도는군, 자네. 그러면 크리스티라든가 소더비의 이름을 대면 돼. 자네가 먼저 값을 말하지 않도록 조심하게."

"만일 만나주지 않으면?"

"염려 말게. 만나줄 거야. 수집에 대해선 아주 병적인 편이니까. 더욱이 도자기라면 남들도 권위를 인정할 정도라네. 자, 앉게나, 왓슨. 편지 글귀를 말할 테니. 답장은 받지 않아도 돼. 다만 방문한다는 것과 목적만 말해 주면 되네."

간단하고도 정성이 담겼으며 감상가의 호기심을 끌 수 있는 아주 멋진 편지였다. 곧 심부름하는 사람을 통해서 보냈다. 그리고 밤이 되기를 기다렸다가 힐 버튼 박사의 명함을 주머니에 넣은 다음 그 귀중한 접시를 들고 나는 혼자서 모험에 나섰다.

구르너 남작의 아름다운 저택은 제임스 경의 말대로 그가 아주 부유하다는 것을 나타냈다.

양쪽으로 아름다운 나무가 심겨진 활처럼 굽을 길을 들어서자 조상을 여러 개나 장식한 자갈 깔린 광장이 나왔다. 이것은 남아프리카의 왕이 호황시대에 세운 것으로, 거물의 네 귀퉁이에 작은 탑이 서 있고, 전체가 나직하게 옆으로 퍼져 있었다. 건축학상으로 봐서는 이상했지만 크기나 튼튼한 면으로 보면 아주 당당한 것이었다. 문을 두드리자 추기경의 자리에 있으면 어울릴 것 같은 집사가 나와서 플라시덴(빌로도처럼 생긴 천) 제복을 입은 하인을 앞장세워 주어 나는 남작이 있는 방으로 들어가게 되었다.

남작은 창문 사이에 설치한 중국 계통의 수집품 일부로 장식해 놓은 큰 선반장 문을 열고 그 앞에 서 있었는데, 내가 들어가자 작은 갈색 항아리를 손에 든 채 돌아다보았다.

"거기 앉으십시오. 마침 나의 귀중한 수집품들을 둘러보며 더 좋은 물건은 구할 수 없을까 생각하고 있던 참이었습니다. 어떻습니까, 이 작은 당대의 참고품은? 이것은 7세기부터 전해내려온 것인데, 당신도 흥미를 느끼시겠지요. 세공도 그렇고 광택도 그렇고 이만한 것은 여간해서 구하기 힘듭니다. 그런데 말씀하신 명나라 시대의 접시는 가지고 오셨습니까?"

나는 조심조심 꾸러미를 풀고 작은 접시를 꺼내어 주었다. 그러자 그는 책상 앞에 앉더니 램프 불을 끌어당겨 천천히 살펴보기 시작했다. 그 동안에 밖은 꽤 어두워져 있었지만, 노란 램프 불빛을 얼굴 가득히 받고 있으므로 나는 마음껏 그를 관찰할 수 있었다. 과연 그는 아주 잘생긴 사나이였다. 유럽에서 미남으로 이름을 날렸을 만한 자격이 있었다. 몸집은 그다지 크지 않지만 생김새가 아주 우아하고 발랄해 보였다. 얼굴빛은 거의 동양적이라고 해도 좋을 만큼 가무잡잡하고, 꿈을 꾸는 듯한 커다랗고 검은 눈은 뭇 여성들을 뇌쇄시키고도 남음이 있었다. 새까맣고 가는 수염은 하늘로 뻗쳐 있었는데 포마드를 발라 빳빳하게 세워져 있었다. 단 한 가지 얄팍한 입술을 일자로 꽉 다물고 있는 것만 제외한다면 얼굴 모습은 단정하고 애교가 있어 보였다. 살인자다운 그의 모습을 엿볼 수 있다면 그것은 바로 입매일 것이다. 얼굴 속에 푹 파인 자국이라고 할까, 꽉 다물면 피도 눈물도 없어 보이는 무서운 입이었다. 거기에 수염을 기른다는 것은 희생자에게 보내는 자연스러운 위험 신호가 되는 셈이니, 그로서는 너무 생각이 없는 짓이라고 할 수 있다. 목소리는 매력적이고 태도도 나무랄 데가 없었다. 나이는 30살쯤 되어 보였는데, 나중에 알고 보니 42살이라고 했다.

"아름답군. 정말 아름다워!"

내가 가지고 간 물건을 한동안 바라보고 있던 그가 탄성을 질렀다.

"이것과 같은 것이 여섯 개가 있단 말이지요? 이 정도의 일품이 있는데, 내가 지금까지 들어본 일도 없었다는 것이 참으로 이상하군요. 이것에 버금갈 만한 것이 영국에 꼭 한 가지 있다는 것은 알고 있지만 말입니다. 하지만 그것은 팔려고 내놓을 물건이 아니지요. 이런 것을 물으면 실례되는 줄은 압니다만, 이것을 어디서 구하셨습니까, 힐 버튼 선생?"

"그거야 아무려면 어떻습니까."

나는 되도록 자연스럽게 받아넘겼다.

"물건이 확실하다는 것만은 아셨으리라고 생각합니다. 가격은 전문가의 평가에 맡기겠습니다."

"아무래도 납득이 안 가는데요……. 이처럼 값진 것이라면 거래하기 전에 상세한 것을 알아두어야 할 것 같습니다. 그야 물품이 진짜라는 것은 잘 알고 있습니다. 그 점은 조금도 문제가 없습니다. 그러나 나로서는 모든 가능성을 고려하지 않으면 안 됩니다. 만일 이것의 권리가 당신에게 있지 않다면 나로선 큰 봉변을 당할 테니까요. 안 그렇습니까?"

그는 검은 눈에 의혹의 빛을 띠며 말했다.

"그런 문제는 절대로 일어나지 않습니다. 그건 제가 보증합니다."

"글쎄요. 그렇게 되면 당연히 당신의 보증이 얼마나 가치가 있느냐 하는 것이 문제가 되겠지요."

"그 점은 나의 거래은행이 책임을 집니다."

"그건 그렇겠군요. 그래도 나로서는 이 거래가 심상치 않은 기분이 듭니다."

"억지로 사시지 않아도 됩니다."

나는 일부러 태연하게 말했다.

"당신이 이 방면에서는 권위 있는 감상가라는 말을 들었기 때문에 그냥 한 번 보여드렸을 뿐입니다. 살 사람은 당신이 아니라도 얼마든지 있을 겁니다."

"내가 도자기를 좋아한다는 말을 누구한테 들으셨습니까?"

"그 방면의 저서까지 있다는 것도 알고 있습니다."

"읽으셨습니까?"

"아니오."

"아니, 점점 납득이 안 가는 말씀만 하시는군요! 당신은 감상가이기도 하고, 동시에 이런 귀중한 물건까지 구할 정도의 수집가이기도 합니다. 그러면서도 지금 당신이 가지고 있는 물건의 진가를 알 수 있는 유일한 책을 참조하지 않았다니! 이게 대체 어떻게 된 일입니까?"

"나는 몹시 바쁜 몸입니다. 나는 개업의랍니다."

"그건 말도 안 됩니다. 취미가 있는 사람은 다른 일이야 어떻게 되든지 끝까지 그것을 추구하는 법입니다. 편지에는 감상가라고 되어 있던데요."

"네, 그렇습니다."

"실례지만 시험삼아 몇 가지 질문을 하게 해 주십시오. 이야기를 들을수록 납득이 안 가는 일뿐이니 그렇게 할 수밖에 없습니다. 선생은 의사라고 하셨지요. 우선 묻겠는데, 중국 은나라와 당송 시대에 걸친 청자기에 대해서 아는 바를 말해 보십시오."

"……."

"아니, 그만한 것도 모르십니까? 그럼 북왜와 그 왕조가 도기 사상 어떤 지위를 차지하고 있는지 설명해 보십시오."

나는 화가 난 척하고 자리에서 벌떡 일어섰다.

"이것은 그냥 듣고만 넘어갈 문제가 아닙니다. 나는 당신에게 좋은 것을 보여드리려고 찾아온 것이지, 학교 학생처럼 시험을 치르러 온 것은 아닙니다. 이 문제에 관한 나의 지식은 당신을 따르지는 못할지 모르지만, 그래도 이렇게 무례한 질문을 받고서야 어디 대답할 마음이 들겠습니까."

그는 나를 물끄러미 쳐다보았다. 그러다가 잔인해 보이는 얄팍한 입술 사이로 흰 이가 드러났다.

"뭐 하러 왔소? 스파이로군. 홈즈가 보낸 밀사지. 감히 나를 속이려고 하다니. 그 녀석은 죽어간다면서, 그래도 나를 감시하기 위해 이런 앞잡이를 보냈군. 흥, 멋대로 여기까지 들어오다니. 개 같은 자식!

들어올 때처럼 쉽게 돌아갈 수 있을 줄 알면 큰 오산이야."

그가 벌떡 일어서는 바람에 나는 나도 모르게 뒷걸음질치면서 방어 태세를 갖추었다. 그는 미친 사람처럼 화를 내고 있었으므로 무슨 짓을 할지 알 수 없었다. 처음부터 나를 의심스러운 눈으로 보고 있었는지도 모르지만 반대 심문에 의해 진상이 탄로나고 만 것 같았다.

어쨌든 이 사나이를 계속 속일 수는 없을 것 같았다. 그는 책상서랍을 열고 뭔가를 급하게 찾더니 문득 무슨 소리를 들었는지 가만히 서서 귀를 기울였다. 갑자기 그가 앗! 하고 외치며 뒷문을 통해 안쪽에 있는 방으로 급히 뛰어들어갔다.

나는 활짝 열린 문 앞까지 한 걸음에 뛰어갔다. 그때 본 방 안의 광경은 언제까지 잊을 수 없을 것이다. 마당으로 나갈 수 있는 창문이 활짝 열리고, 그 옆에서 무서운 유령처럼 보이는, 피투성이의 붕대를 머리에 감은 셜록 홈즈가 서 있었다.

그러나 그렇게 생각했던 것은 순간적인 일이었고, 그는 벌써 창문을 뛰어넘어 바깥 월계수나무 앞으로 사뿐 내려앉고 있었다. 이 집 주인은 무섭게 화를 내며 창문으로 내달렸다.

그때였다. 힐끗 보이기는 했지만 나는 그것을 똑똑히 보았다. 여자의 팔 하나가 월계수나무 가지 사이에서 쑥 튀어나왔다. 그것을 본 순간 남작은 소리를 질렀다. 지금까지도 귓속에 남아 있을 만큼 무서운 목소리였다. 그는 두 손으로 얼굴을 가린 채 미친 듯이 방 안을 이리저리 뛰며 벽에다 머리를 꽝꽝 받았다. 그러다 그는 마침내 깔개 위에 쓰러졌고 집이 떠나갈 듯이 고함을 지르며 몸부림쳤다.

"물, 물을 줘! 나 좀 살려줘! 물!"

나는 탁자 위에 있던 주전자를 들고 달려갔다. 동시에 집사와 몇 명의 하인이 홀에서 달려왔다. 내가 그 자리에 무릎을 꿇고 부상자의 무서운 얼굴을 램프 쪽으로 돌렸을 때, 그를 보고 한 하인이 기절했던 것으로 기억된다.

그의 얼굴은 유산으로 말미암아 짓물러 있었다. 조금 전에 내가 찬탄을 아끼지 않았던 얼굴은 마치 화가가 아름다운 그림을 더러운 걸레로 닦아낸 것처럼 되어 있었다. 엉망이 된 얼굴은 잔인했고 소름을 끼치게 했다. 주인의 이야기를 듣고 하인 하나가 창문을 뛰어넘어 잔디밭으로 나갔다. 그러나 밖은 어두웠으며 비까지 내리고 있어 아무런 흔적도 발견할 수 없었다. 그러는 동안에도 남작은 무섭게 울부짖으면서 복수자에게 욕을 퍼부었다.

"키티 윈터! 악마 같은 년. 두고 봐라. 꼭 복수를 할 테니까! 아아, 이건 도무지 참을 수가 없어!"

나는 그의 얼굴에 기름을 바른 다음 허물이 벗겨진 곳에는 탈지면을 대고 모르핀 주사를 놓아주었다. 이 충격으로 이제는 나에 대한 의혹도 느슨해진 모양이었다. 나에게 눈을 뜨게 할 힘이라도 있다고 여겼는지, 나의 손을 붙잡고 죽은 물고기 같은 눈으로 나를 물끄러미 올려다보았다. 아무것도 모르는 처지라면 크게 동정하겠지만, 이렇게 애처롭게 된 것도 도리에 벗어난 일을 거듭해 온 결과임을 나는 잘 알고 있었다. 타는 듯이 뜨거운 손으로 잡고 늘어지는데는 나도 얼마쯤 난처했는데, 단골 의사가 전문의를 데리고 왔으므로 가까스로 풀려나왔다.

그때 경감이 찾아왔으므로 나는 진짜 명함을 내놓았다. 경시청에서는 홈즈에 뒤지지 않을 정도로 얼굴이 알려져 있기 때문에 다른 하나의 명함을 내보인다는 것은 어리석을 뿐만 아니라 헛된 일이기 때문이다. 그런 뒤 나는 그 무섭고 불길한 집을 나와 한 시간 남짓 걸려 베이커 거리로 돌아갔다.

돌아가 보니 홈즈는 지친 듯 창백한 얼굴로 여느 때처럼 안락의자에 앉아 있었다. 자기가 다친 상처는 그만두고라도, 오늘밤 소동에는 그도 상당한 타격을 받았을 것이 틀림없었다. 남작의 모습이 전혀 달라졌다는 나의 말을 듣고 있던 그가 '죄를 받은 거야. 머지않아 이렇게 될 줄 알았지. 그렇게 죄를 거듭해 왔으니 안 그렇겠나.'라고 말하며 테이블 위에서 갈색 노트를 집어들었다.

"왓슨, 이것이 그 여자가 말하던 노트일세. 이것으로 결혼을 막을 수 없다면, 달리 방법이 없네. 그러나 이제 이것으로 잘될 걸세. 반드시 막을 수 있네. 자존심이 강한 여자니까 참을 수 없을 거야."

"그 사람의 연애일기로군?"

"정욕일기라는 편이 옳겠지. 뭐, 이름이야 아무려면 어떤가. 그의 일을 그 여자에게서 듣고, 그것을 손에 넣을 수만 있다면 훌륭한 무기가 되리라는 것을 알았지. 그때는 잘못하다 그 여자가 떠들어대면 난처하다고 생각했기 때문에 그런 눈치를 조금도 보이지 않았지만, 난 몰래 궁리를 하고 있었네. 그러던 차에 습격을 받았으므로 기회가 찾아온 셈이지. 덕분에 남작은 나에 대한 경계를 늦추게 된 거야. 순조롭게 잘 되었다고 할 수 있어.

사실은 좀더 대기 상태로 있고 싶었으나 미국에 간다고 해서 서두르기로 한 걸세. 그런 위험한 기록을 남겨 놓고 갈 리는 없으니까 곧 행동을 개시해야만 했었지. 그도 조심은 하고 있을 테니까 도둑의 흉내는 낼 수 없었네. 그러나 밤에 그의 주의력을 밖으로 쏠리게 할 수만 있다면 그때는 기회가 있는 셈이지. 그래서 그 파란 접시를 준비한 걸세. 그러나 나로서는 이 노트가 있는 장소를 미리 알아둘 필요가 있었고, 또 나에게 주어진 시간은 자네의 도자기에 관한 지식에 의해 제한을 받게 되니까, 몇 분밖에 없다는 것도 알고 있었어. 그래서 생각한 끝에 마지막으로 그 여자를 이용하기로 했네. 하지만 외투 밑에 아주 소중한 물건처럼 들고 있던 작은 꾸러미가 그런 것일 줄이야 누가 알았겠나? 나는 그 여자가 나를 도와주기 위해서만 같이 갔다고 생각했었는데, 그 여자는 자신의 목적도 있었던 거야."

"그는 내가 자네가 보낸 앞잡이라는 것을 알아보았네."

"나도 그렇게 되지나 않을까 하고 걱정스러웠다네. 하지만 자네가 잘해 주었기 때문에 도망칠 여유는 없었지만 문제의 노트를 찾을 만한 여유는 있었어. 아, 제임스 경! 마침 잘 오셨습니다."

홈즈는 이 친절한 친구에게 와달라고 미리 부탁을 해 놓았었던 것이다. 그는 홈즈가 이야기하는 사건의 경과에 주의깊게 귀기울이더니, 그 이야기가 끝나자 입을 열었다.

"대단한 활약이었군요, 홈즈 씨. 하지만 그 상해가 왓슨 씨의 말대로 무서운 것이라면, 이 무서운 노트를 쓰지 않더라도 결혼을 막는 목적은 이룰 수 있을 겁니다."

홈즈는 머리를 내저었다.

"드 멜빌 양과 같은 여자는 그렇지 않습니다. 위해를 받은 수난자로서 점점 더 뜨겁게 사랑하게 됩니다. 그러므로 우리는 그 남자를 신체적으로가 아니라 정신적으로 파멸시켜야 합니다. 이 노트가 있으면 그녀도 틀림없이 마음의 눈을 뜨게 될 겁니다. 달리 이만한 힘을 지닌 것은 없다고 봅니다. 이것은 그 남자의 자필로 되어 있으니까 아무리 그녀라도 그렇게 호락호락 넘어가지는 않을 겁니다."

제임스 경은 그 노트와 귀중한 접시를 들고 일어섰다. 나도 꽤 오래 앉아 있었으므로 그 기회에 자리에서 일어나 함께 밖으로 나갔다. 나가 보니 제임스 경의 자가용 마차가 기다리고 있었다. 제임스 경은 가볍게 뛰어오르더니 제복을 입은 마부에게 행선지를 말하고 그대로 사라져 버렸다. 그때 그의 창문으로 외투자락을 반쯤 늘어뜨려 문 바깥쪽에 붙어 있는 문장을 가렸으나, 그래도 나는 홈즈의 집 문 위의 창문으로부터 새어나오는 빛으로 힐끔 그 문장을 볼 수 있었다. 나는 너무 뜻밖이라 깜짝 놀라서 그대로 발길을 돌려 계단을 뛰어올라가 홈즈의 방으로 뛰쳐들어갔다.

"의뢰인의 정체를 알았어! 의뢰인은……."

놀라운 뉴스를 전하려고 하자, 홈즈는 한 손을 들어 내 말을 막으며 말했다.

"충실하고 의협심이 있는 사람이야. 지금은 이쯤 해두지. 그리고 앞으로도 그만하면 충분하지 않을까."

그 확고한 증거인 노트가 어떻게 사용되었는지 나는 지금도 알지 못한다. 어쨌든 제임스 경이 어떻게든 조처했을 것이다. 문제가 매우 미묘하므로 그녀의 아버지에게 모든 것을 맡겼다고 보는 편이 옳을지도 모르겠다. 어쨌든 결과는 바라던 대로 되었다.

사흘 뒤 모닝 포스트지에 아델버트 구르너 남작과 바이올렛 드 멜빌 양의 결혼이 취소되었다는 내용의 기사가 실렸다. 그리고 키티 윈터 양의 유산 세례에 대한 재판 내용도 실려 있었다. 심리가 진행됨에 따라 참작할 만한 사정이 있다는 것이 명백해졌으므로 선고는 범죄의 형질에 비교해 아주 가벼운 것이었다.

셜록 홈즈는 절도죄로 고발하겠다는 위협을 받았으나, 목적이 분명하고 의뢰자가 고명한 사람이었으니만큼 그토록 엄격한 법률도 인간미와 탄력성을 발휘하여 홈즈는 아직 법정의 피고석에 서는 일 없이 무사히 지내고 있다.